Ippolita Avalli
Die Göttin der Küsse

SERIE PIPER

Zu diesem Buch

Aus der Sicht des kleinen Mädchens Giovanna erzählt Ippolita Avalli die Geschichte einer italienischen Dorfkindheit in den sechziger Jahren. Klug, lebensmutig und mit ungebrochenem Optimismus gelingt es der kleinen Giovanna, sich in einer archaischen, für sie immer grausamer werdenden Welt zu behaupten. Nach dem frühen Tod ihrer Mutter muß sie ihren Platz neben einem übermächtigen, unberechenbaren Vater und dessen neuer Frau Maria behaupten. Zusammen mit ihrem Freund Omero und ihren Tieren, einem Lamm und einem Hund, schafft sie sich eine eigene Welt voller Poesie und ist im Einklang mit der eigentlich unwirtlichen Natur. Je härter ihr Leben wird, desto mehr wächst ihre innere Stärke. Doch eines Tages macht sie die schockierende Entdeckung, daß ihre Eltern gar nicht ihre leiblichen Eltern sind, sondern sie aus dem Waisenhaus geholt haben. Giovanna begibt sich auf die Suche nach ihrer wahren Herkunft.

Ippolita Avalli wurde 1949 in Mailand geboren. Nach der Veröffentlichung mehrerer Romane, darunter »Warten auf Ketty« und »Die Ungetreue«, gilt sie als eine der interessantesten zeitgenössischen Autorinnen in Italien. Zuletzt erschien auf deutsch ihr Roman »Die Perleninsel« (2000).

Ippolita Avalli
Die Göttin der Küsse

Roman

Aus dem Italienischen von
Sigrid Vagt

Piper München Zürich

Ungekürzte Taschenbuchausgabe
Juli 2000

Titel der italienischen Originalausgabe:
»La Dea dei baci«

Umschlag: Büro Hamburg
Stefanie Oberbeck, Katrin Hoffmann
Foto Umschlagvorderseite: Image Bank
Foto Umschlagrückseite: Roberto Ferrantini
Gesamtherstellung: Clausen & Bosse, Leck
Printed in Germany ISBN 3-492-23069-5

I

ICH HATTE MICH im Schuppen unter den Brettern versteckt. Von dort aus konnte ich sehen, wie du in der Werkstatt Berzaga, dem Schmied, in seinem Rauch und Qualm Anweisungen gabst. Es war unser Versteck, Omeros und meins. Wir wollten uns zum Zaubern treffen.

»Leg dich hin und mach die Augen zu«, sagte Omero.

Er hatte einen Kreis ins Sägemehl gezeichnet. Ich legte mich hin und machte die Augen zu. Aber heimlich schielte ich unter den Lidern hervor.

»Keine Angst, dein Papa kommt nicht.«

Ich hab keine Angst.

Er nahm ein bißchen Sägemehl und hielt es in der geschlossenen Faust über mir in die Höhe. Ein ganz feiner Strahl rieselte ihm durch die Finger und kitzelte mich auf der Haut.

»Wenn der Zauber wirken soll, mußt du raten, was ich schreibe. Was für ein Buchstabe ist das?«

»P?« riet ich.

»Nein, das ist kein P.«

»R?«

»Nein, auch kein R.«

»... O?«

»Nein. Paß auf! Die letzte Chance.«

Ich konnte es nie erraten. Aber ich hatte nicht den Mut, zu Omero zu sagen: »Ich schaff's nicht, es geht nicht, es wird nichts mit dem Zaubern.«

»... G?«

Doch bevor Omero antwortete, hörte ich Mamas Schmerzensschreie. Eine Welle, die mir die Beine wegriß wie ein Stock in die Kniekehlen.

»Was machst du dir für Gedanken, mein liebes Kind. Dein Mann liebt dich. Da bin ich mir sicher. Hör nicht auf die bösen Zungen.«

Don Bruno redete mit Mama. Sie saßen im Eßzimmer, wie jeden Tag seit einiger Zeit, und sie zeigte ihm niedergeschlagen deine bestickten Hosenträger. Ich saß auf meinem Ausguck im Wohnzimmer unter dem Tisch mit der Sankt Gallener Spitzendecke, die sie genäht hatte, bevor sie dich heiratete. Ich guckte durch die Löcher der Stickerei und sah das Eßzimmer, die Haustür und ein Stück Hof mit den großen Töpfen voll blühender Lilien. Am frühen Nachmittag teilte ein Sonnenstrahl meinen Ausguck mittendurch. Ein goldener Faden, auf dem ich bis zu den Wolken hinaufklettern und wieder zur Erde hinunterschlendern konnte.

Hui, hui, war das toll, in der Parfümwüste zu landen!

Aber es gab auch die Wollknäuelhalbinsel in der Sofaecke, wo Mama immer saß und strickte. Und die Bucht der Leintücher, die sie mit Hohlsaum und Kreuzstich für meine Aussteuer bestickte.

Mama klammerte sich an die Leintücher.

»Dea, die Göttin der Küsse, wie sie sie nennen, hat es einer aus der Nachbarschaft erzählt. Die Dea kommt aus der Stadt. Sie ist eine gebildete Frau und kennt sich aus in solchen Dingen«, sagte Mama.

»Die Frau ist zu beklagen und nicht zu bewundern. Vorsicht, Luigina, der Teufel erscheint im Gewand der Schönheit, um uns leichter in Versuchung zu führen.«

Mama mußte von einem Meteoriten getroffen worden sein, auch wenn kein Aufprall zu hören gewesen war. Manchmal ließ sie die Garnrollenwiese und den Stecknadelsee herunterpurzeln.

Don Bruno streichelte sie, und sie legte ihr Gesicht in die Hand des Priesters. Er zog ein kariertes Taschentuch aus der Tasche. Mama wischte sich damit die Augen, und so begriff ich, daß sie weinte. Sie ließ die Hände mit deinen Hosenträgern in den Schoß sinken.

»Nicht doch, Luigina. Ich verstehe, es war dein Hochzeitsgeschenk, er hat sie immer getragen, und jetzt benutzt er sie nicht mehr. Doch was beweist das schon? Daß er dich nicht mehr liebt? Hör nicht auf die Leute, die Ehe ist ein Sakrament, meine Tochter. Was Gott zusammengefügt hat, das soll der Mensch nicht scheiden. Zerbrich dir nicht den Kopf, hege keinen Groll. Hab Vertrauen. Die Vorsehung wird schon alles richten.«

Er hielt ihr das Kreuz seines Rosenkranzes hin, und sie griff danach und preßte die Lippen darauf, als könnte sie etwas heraussaugen. Kalkweiß war sie.

Don Bruno beugte sich über sie. Groß und dick, wie er war, dachte ich einen Moment lang, er würde sie hochheben, wie die Hostie während der Messe. Statt dessen legte er seine Arme um ihren Kopf, sah zur Decke hoch und machte ein finsteres Gesicht, noch viel finsterer, als wenn einer im Chor falsch sang.

»Wie kannst du verlangen, daß sie an dich glaubt, wenn du sie nicht hörst, wenn du niemals zu ihr herunterschaust?« schimpfte er.

Ich wußte genau, wen er meinte, obwohl außer den beiden niemand zu sehen war. Deshalb schloß ich die Augen und kletterte den goldenen Strahl hinauf.

Im November warst du eines Tages mit einer dicken Beule unter dem Mantel aus dem Nebel aufgetaucht. Auf einmal bewegte sich die Beule, und ich schrie vor Schreck. Du hast den Mantel aufgeschlagen, und aus deinem Bauch sprang ein junger Hund. Sie hatten ihn in den Mühlenbach geworfen, um ihn zu ertränken, aber er konnte sich retten, weil er an einem Brombeerstrauch hängengeblieben war. Seine Schnauze war ein ganzes Spinnennetz aus Kratzern, deshalb nannten wir ihn Graffiato, den Zerkratzten.

Wenn Mama und ich jetzt im heftigen Märzwind mit dem Klammernkorb auf den Hof gingen, um die Wäsche abzunehmen, brachte Graffiato uns schwanzwedelnd die Klammern, die heruntergefallen waren.

Über dem Hühnerstalldach zog, dick und rund wie ein Kürbis, der Mond herauf. Mama stand da mit einer Klammer im Mund und betrachtete ihn.

»Sieh mal, Giovanna, wie schön!« seufzte sie. »Weißt du, wenn die Menschen sterben, gehen sie für eine Weile dort hinauf und warten, bis der Herr sie ins Paradies ruft.«

Ich hatte Angst, daß sie sagen würde: »Siehst du, dahin möchte ich auch.« Deshalb fing ich an herumzualbern, um sie abzulenken.

»Guck mal, Mama«, schrie ich und warf mich gegen ein geblähtes Bettlakensegel, »guck mal, Mama«, und ich zog mir einen Schlüpfer über den Kopf, »guck mal, Mama«, und ich schlug einen Purzelbaum, »guck mal, Mama, guck mal, guck mal!« Die Wäschestücke fielen ihr von den Armen.

»Hör auf, mir wird ganz schwindlig.«

Ein Laken hing ihr, mit den Zöpfen zusammen, von der Schulter bis zur Erde. Ihre Augen füllten sich mit Tränen.

»Verzeih mir, Schatz, komm her, meine Kleine, ich

wollte nicht schimpfen, ich bin nur so müde«, sagte sie und drückte mich an sich.

Von wegen der Mond ist schön! Schön bist du, hätte ich gern zu ihr gesagt, du siehst aus wie eine Fee. Ich hängte mich an eine Wäscheleine, um ihr zu zeigen, wie gut ich schaukeln konnte, aber die Wäschestützen gaben nach. Während ich mit dem Kinn auf einen Stein schlug und mir das Blut in den Mund lief, sah ich gerade noch aus einem Augenwinkel, daß sie nicht mehr da war.

Ihr trugt sie ins Haus. Du hieltest sie unter den Achseln, Oma an den Fußgelenken. Ihr Kleid schleifte über die Erde im Hof und zog lauter Gestrüpp mit.

Zwei Tage später kam Don Bruno wieder. In Sonntagskleidung habt ihr ihn erwartet. Ihr seid in Signor Marzaticos Giulietta eingestiegen, und ich hatte alle Mühe, Graffiato zu beruhigen, der bellte, weil er Mama nicht ins Auto steigen lassen wollte. Zuletzt hatte er sich in ihrem Mantel festgebissen und zog so heftig, daß sie beinah umgefallen wäre. Ihr seid zu einem Arzt in die Schweiz, nach Lugano, gefahren. Noch nie hatte ich diese Namen gehört, und am Abend vorher hatte ich Mama fragend angesehen. Sie breitete einen Bogen Papier voller Linien und Zeichnungen aus. Zwischen unzählig vielen anderen kleinen Punkten gab es einen, neben dem stand das Wort *Lugano*. »Damit du weißt, wo wir in den nächsten Tagen sind«, sagte sie.

Als ihr zurückkamt, war die Giulietta ganz voll Staub und die Reifen ohne Luft. Dein Anzug hing schlaff an dir herunter, und Signor Marzatico sah alle an wie ein geprügelter Hund. Mama konnte sich beim Aussteigen nicht auf den Beinen halten. Du mußtest sie auf den Armen ins Haus tragen, wie bei eurer Hochzeit.

Noch am selben Abend hast du sie zu den Großeltern gebracht, ins Haus gegenüber, auf der anderen Straßenseite. Im Wohnzimmer, neben der Borelli, Großvaters Schneidernähmaschine, hatten sie ihr ein Bett hergerichtet.

»Von jetzt ab darfst du ihr nicht mehr um den Hals fallen, wenn du von den Nonnen heimkommst. Am besten faßt du sie gar nicht an, denn sie kann zerbrechen«, hast du zu mir gesagt.

Unser Haus blieb geschlossen, nur zum Schlafen brachtest du mich dorthin. Du hast nie die Fensterläden geöffnet und immer sofort das Licht ausgeknipst. Sogar das Tischtuch vom Wohnzimmertisch war verschwunden und damit auch mein Ausguck.

»Sie fehlt uns sehr, nicht?« flüsterte ich in der Höhle unter der Hobelmaschine Graffiato zu und kraulte ihn am Kopf. Aber wen kümmert's, was macht es uns, durch die Welt zu bummeln, was, Graffiato?! Ich würde alle Reisen der Welt darum geben, wenn nur Mama wieder gesund wird und Papa seine Hosenträger wieder anzieht.

II

AN DER STRASSE bergauf lagen die Höfe mit ihren dunklen Schuppen und dem schaukelnden Eimer über dem offenen Brunnen. Ich hielt mich vom Gehweg fern und sah nirgends hinein. Vor allem nicht in den Hof der Berninis an der Kreuzung vor der Betura-Bar. Ein einziges Mal hatte ich es getan, am Palmsonntag. Sie hatten die Lämmer, die geschlachtet werden sollten, auf der Tenne neben dem Brunnentrog zusammengetrieben. Es war kalt, und ihre Mäuler dampften. Im ganzen Hof blökte es. Eine Gruppe von Mutterschafen umringte die Kleinen, die nichts ahnten. Benommen vor Kälte, suchten sie nach der Zitze. Doch die Mütter blökten vor Verzweiflung, und ihr Atem stand in der Luft.

»Man kann nichts für die Lämmer tun. Es ist so üblich zu Ostern, deshalb werden sie getötet«, hast du mir erklärt. »In manchen Fällen ist das Töten kein Unrecht, weil es ein Brauch ist und deshalb eine Notwendigkeit.«

Nur zum Teil konnte ich dir glauben. Warum war

es notwendig, den Brauch einzuhalten? Und was für einen Brauch noch dazu? Sie schön zur Schau zu stellen, mit blutigem Kopf, auf einer Platte voll Senf, im Schaufenster bei Manzoni. Ich wäre gern vor dem Tor des Bernini-Hofes stehengeblieben, um hineinzuschauen, aber ich brachte es nicht fertig. Wenn ich es geschafft hätte, hätten sie vielleicht aufgehört zu blöken.

»Man kann ihnen nicht das Leben retten, es ist nun mal ihre Bestimmung«, sagtest du, fest überzeugt. »Das einzige, was wir tun können, ist, unsere nicht zu schlachten. Wir lassen sie aufwachsen und nehmen nur ihre Wolle.«

Ich hatte meine Hand in deine gelegt, und du hast die Faust geschlossen. Ich atmete durch, wenn auch mühsam, und war still.

Gott hätte die Unschuldigen retten können, wenn er es gewollt hätte. »Für manche Dinge ist Gott zu groß«, sagte Mutter Rachele. Ich wollte Mutter Racheles Worte nicht in Zweifel ziehen, auch wenn ich gehört hatte, daß die Oberin zu ihr sagte, sie solle lieber die Kochtöpfe schrubben und die Deckel blankputzen, denn sie habe nur Stroh im Kopf, aber wenn Gott Gott war, hätte er sich um die Tiere kümmern müssen. Er weiß doch, daß die Lämmer nicht sterben wollen. Aber vielleicht war es ja gar nicht so. Vielleicht hörte Gott sie nicht.

Wie sollte er sie denn auch hören, wenn er doch im Tabernakel saß, in dem goldenen Kästchen auf dem

Altar? Nur während der Messe holte ihn der Pfarrer für ein paar Minuten heraus. Wie konnte Gott in ein so kleines Kästchen passen? Gut, der Pfarrer setzte ihn hinein. Aber was war denn das für ein Gott, wenn irgendein Pfarrer ihn in ein Kästchen sperren konnte, selbst wenn es aus Gold war? Wahrscheinlich war es eine Angelegenheit zwischen Gott und dem Pfarrer, wie die Gottesdienste.

Wenn Gott nicht redete, wenn er mich nicht irgend etwas von sich begreifen ließ, wie konnte ich dann an ihn glauben? Und wenn ich nicht glaubte, wie konnte ich dann abends mit den anderen zusammen den Rosenkranz beten oder in der Kirche die Psalmen singen?

Wenn der Pfarrer während der Messe Gott hervorholte, waren alle still und knieten nieder. Die Frauen legten ihr Gesicht in die Hände. Ich drückte meins gegen den Stoff deiner Hosen und hielt wegen des Mottenpulvergeruchs den Atem an, solange ich sie umklammerte. Gott ist unendlich. Gott ist der Höchste. Gott liebt die Guten. In seiner Güte ruft Gott die edelsten und die wehrlosesten Geschöpfe zu sich, donnerte der Pfarrer von der Kanzel.

Um Mama machte ich mir keine Sorgen. Sie war ja zu Hause. Ich fürchtete, Gott könnte sein Auge auf dich richten. Bei der Wandlung neigtest du den Kopf, hieltest die Augen halbgeschlossen und sahst aus wie einer der Seligen. Ich dagegen sperrte meine Augen so weit auf, daß mir die Lider weh taten.

Hochaufgereckt starrte ich auf die erhobene Hostie und wartete auf den Blitz, der mich vernichten würde.

Ich ließ dich erst los, wenn die Hostie wieder im Tabernakel stand und das Glöckchen des Meßdieners ankündigte, daß die Gefahr vorüber war. Mein Papa. Giuseppe Sironi. Im Zweireiher mit Krawatte, am Revers das Parteiabzeichen – ein Schild mit einem Kreuz und einem wunderschönen Wort darauf: Libertas –, am Unterarm die Armbinde des Bürgermeisters in den Farben der Trikolore, blankgeputzte Schuhe und die bestickten Hosenträger. Zwanzig Maschinen hattest du. Und niemals hörte man ein Lachen in der Werkstatt. Immer nur *roarr* und *drrr*, ununterbrochen, bis zum Abend. Die beste Partie im Dorf. Zweimal nacheinander hatten sie dich zum Bürgermeister gewählt. Mehr konnte man nicht tun. Er hat zwanzig Maschinen in der Werkstatt, hörte ich sagen, mehr kann man nicht tun. Solange ich den Schild gegen ihn erhob und ihn herausforderte, überlegte Gott es sich bestimmt zweimal, bevor er sein Auge auf dich richtete.

Wenn am Ende der Messe der Küster die Kirchentüren öffnete, war in der Sonne das Blöken aus dem Bernini-Hof wieder lauter zu hören.

Nicht für alles Gold der Welt hätte ich jemals einen Fuß in diesen Hof gesetzt. Ich wollte nicht von den Lämmern gesehen werden. Denn sie sind sehr klug, das weiß ich, und erkennen die Menschen wieder. Und wenn sie mich um Hilfe gebeten und mich womöglich mit meinem Namen gerufen hätten?

»Omero!«

Von unserem Posten hinter den Brettern aus spähten wir in den Hof. Der Schmied schlug mit dem Eisenhammer auf den Amboß, daß ringsum die Funken sprühten. Unter dem Vordach stand Doriana. Sie schwenkte ein Päckchen in der Hand.

»Ah, das Vesperbrot«, sagte Omero ganz aufgeregt, »kommst du mit?«

Ich verstand nicht, warum er bei jedem Spiel, das wir spielten, sofort weglief, sobald seine Mutter ihn rief. Meine Oma rief mich nie. Weder wegen des Vesperbrots noch wegen sonstwas. Sie hatte Wichtigeres zu tun, sie mußte sich um Mama kümmern.

Doriana trug die Haare so straff in den Nacken gekämmt, daß es aussah, als ob unsichtbare Gewichte, auf jeder Seite eins, ihr die Backen plattdrückten. Ihr Gesicht bewegte sich immer in der Senkrechten, nur der Mund verzog sich quer dazu. Breit wie ein ausgelatschter Pantoffel. Lange Zunge, böse Zunge, ständig am Klatschen, was du machst, wie du angezogen bist, wieviel du im Geldbeutel hast und so fort. »Wer den Mund bewegt, kann keine Nadel halten«, sagte meine Oma. »Wehe, du antwortest auf ihre Fragen!«

»Willst du auch eins?« fragt mich Doriana und

langt unter ihre Schürze. Ich weiß, was sie denkt: Die Oma mit den Gedanken ganz woanders wegen der Luigina, und das Mädchen lassen sie verhungern. Immer mischt sie sich ein. Stopf es dir in den Hals, dein Brötchen, würde ich am liebsten antworten. Statt dessen sage ich: »O ja, danke, vielen Dank.«

Was für ein Taschenspielertrick! Sie hebt die Schürze hoch, na, so eine Überraschung! Was hat sie in der Hand? Ein schönes Salamibrötchen. Und seltsam, kaum sehe ich es, läuft mir das Wasser im Mund zusammen. Es ist dick belegt mit schönen dunkelroten Wurstscheiben, sogar die schwarzen Pfefferkörner sind zu sehen.

Omero zwinkert mir zu. Soll heißen: *Was habe ich dir gesagt? Iß es, los, ich weiß doch, daß es dir schmeckt.* Wir sitzen nebeneinander auf der Bank unter dem Vordach, und während wir kauen, lächelt er mich immer wieder an und zwinkert mir zu. Auf einmal sehe ich dich über den Hof kommen. Mit finsterem Gesicht kommst du auf uns zu. Noch ehe du vor mir stehst, bin ich schon aufgesprungen und habe den Mund leer.

»Was ißt du da?« fragst du.

»Nichts.«

»Wieso nichts? Wer hat dir das gegeben?«

»Doriana.«

»Du gibst es ihr sofort zurück.«

Aber Papa, möchte ich sagen, jetzt hab ich es doch überall angebissen, es ist nur noch ein kleines Stück übrig. Man kann doch nicht zurückgeben, was man schon gegessen hat. Aber ich sage nichts.

»Gib es ihr zurück!«

Doriana ist auf der Schwelle erschienen. Sie wischt sich ihre geröteten Hände an der Schürze ab. Man sieht ihr schon von weitem an, daß sie in diesem Augenblick lieber nicht hier wäre.

»Hören Sie ...«, sagt sie, »die Kleine hatte Hunger. Ich denke, ich habe nichts Schlechtes getan.«

»Das hat niemand behauptet«, sagst du, »aber das nächste Mal kümmern Sie sich um ihre eigenen Angelegenheiten.«

Und mich zerrst du so heftig am Arm weg, daß ich kaum noch mit den Füßen den Boden berühre.

Was hatte Omero zu zwinkern? Vielleicht meinte er damit gar nicht: »Was habe ich dir gesagt! Ich weiß doch, daß es dir schmeckt«, sondern: »Siehst du, was für eine liebe Mama ich habe?«

Wieso, ich etwa nicht?!

III

»DA KOMMT ER, da kommt er!« schrie Onkel Pale, und alle sind aufgesprungen und haben sich die Hände wundgeklatscht. Bravo, bravo! Hoch lebe unser Bürgermeister! Viele Leute waren da, die Arbeiter mit ihren Frauen und die Nachbarinnen aus unserer Straße mit ihren Männern.

»Ohne ihn würdet ihr immer noch Wasser aus dem Brunnen schöpfen, meine lieben Frauen«, sagte Berzaga und biß in ein Mortadellabrötchen, und sofort schrien alle im Chor *wohl wahr, wohl war.* Es gab eine ganze Pyramide Brötchen, auf einem Tablett. Sie drohte jeden Moment einzustürzen, weil niemand ruhig stand und es Ellbogenstöße von allen Seiten setzte. Oma hatte mich zum Aufpassen daneben gestellt.

»Gib acht, Giovanna, wenn jemand eins will, dann gibst du's ihm. Aber immer nur eins auf einmal, und nicht, daß du sie aufißt!«

Ich sie aufessen?! Hunger hatte ich wirklich nicht.

Ich war satt wie nach dem Weihnachtsessen, und

jedesmal, wenn mich jemand streichelte oder mir zulächelte, blähte sich mein Magen auf, so voll war ich.

Uh uh, stöhnte die Torelli und kitzelte sich mit ihrer Brosche im Ausschnitt. *Wraang, wraang*, machte Pales Ziehharmonika. *O jaaa!* kreischte Doriana.

Über dem Stapel Hosen mit den aufgehefteten Hosenschlitzen auf Opas Nähmaschine kreisten gefährlich die Weinflaschen.

»Den ganzen Tag haben wir am Radio gehangen, um deine Rede zu hören, und was passiert? Was machen die im Radio mit dir? Sie lassen dich eine Sekunde sprechen. Eine Sekunde! Sie behandeln uns wie das fünfte Rad am Wagen, weil wir die hinterletzte Provinz sind. Aber unser Pfundskerl von einem Bürgermeister hat's ihnen trotzdem gezeigt. Zwei Worte, und er hat sie überzeugt: Die Wasserleitung wird gebaut, jawohl!«

Die Frauen drängten sich auf der einen Seite, die Männer auf der andern.

Als du auf der Schwelle erschienst, bildeten die Köpfe zwei Reihen, die genau neben Mamas Stuhl endeten. Du warst noch rot im Gesicht vor Aufregung. Im Radio sprechen, *stell dir das mal vor!* Dann waren alle still und guckten. Du hast sie sofort mit den Augen gesucht. Sie hatte ihr Sonntagskleid an. Aber ihre Füße waren kürzer geworden. Deshalb hatte sie keine Schuhe anziehen wollen. Sie wären ihr von den Fersen gerutscht. So hatte sie Pantoffeln anbehalten und versteckte die Beine unterm Bett.

»Bürgermeister, es ist eine Schande, was stehst du da stocksteif, wo du doch eine so hübsche kleine Frau hast?« »Ist das heiß hier drinnen!« sagten die Frauen, während sie sich mit den Händen Luft zufächelten und erregte Blicke auf den frischen Schnee warfen, der draußen vor den Fenstern reichlich fiel.

»Von jetzt ab machen wir es wie die Damen in der Stadt, kurz den Griff aufgedreht, und – *pschrr* – schon spritzt das Wasser aus dem Hahn.«

»Schluß mit Eimer und Brunnen, Schluß mit der Plackerei!«

»Denkt doch mal, jetzt können wir uns eine Waschmaschine kaufen. Eine *Waschmaschine*!«

»Und einen *Kühlschrank*.«

»Und ein Bad. Was sagt ihr dazu, ein Bad *im Haus*?«

»Schluß mit der Latrine. Im Winter kostet es Überwindung, mit dem blanken Hintern dazuhocken, wenn es durch die undichten Türen pfeift.«

»Nur du hockst mit blankem Hintern da, Berzaga, und auch noch so, daß dich jeder sehen kann! Schämst du dich nicht in deinem Alter?«

»Was ist denn schon dabei! Auch das Hinterteil hat seine Rechte, oder?«

Die Klänge der Ziehharmonika jagten durchs Haus, kletterten die Wände hoch, rankten sich an der Decke entlang und ließen sich in Pirouetten wieder herab. Onkel Pale sang aus voller Kehle, und nach und nach fielen alle ein.

Gira rigira biondina l'amore la vita godere ti fa
quando ti guardo piccina il mio cuor sempre fa
tichettì tichettà.

Mamas Blick hing an deiner Brust. Du hast eine Hand aufs Herz gelegt und den bestickten Hosenträger schnipsen lassen. Ihre Augen leuchteten vor Freude. »Worauf wartest du, Sironi? Siehst du nicht, daß deine kleine Frau liebend gern tanzen möchte?«

Zwanzig Maschinen in der Werkstatt.

Du hast dich über sie gebeugt und sie hochgehoben. Ich hielt den Atem an, weil ich auf das Krachen wartete. Aber nichts krachte. Mama zerbrach nicht. Du hast sie auf den Arm genommen und sofort dein Gesicht in ihre Zöpfe vergraben. Während Applaus aufbrandete, bog Oma ihr die Hand auf und streckte ihr die Finger auf deinem Jackettkragen aus. Opa packte sie an den Schultern, stolperte dabei über seinen orthopädischen Schuh – er hat ja als Kind Kinderlähmung gehabt – und sagte: »Sorg dich nicht, sie wird ja nicht gefressen.« Jedenfalls glaube ich, daß er das gesagt hat, denn Oma ließ sofort ihre Hand los, obwohl ihr ein maßloser Schmerz im Gesicht stand. Onkel Pale spielte nach Herzenslust, er ersetzte ein ganzes Orchester. Was für ein schönes Paar, hieß es, was für ein Glück für Luigina, daß sie einen so stattlichen Mann hat, der sie liebt.

Die Möbel hatten sie, um Platz zu schaffen, ins andere Zimmer geräumt.

Draußen fiel der Schnee so dicht, daß man die Hauswand auf der anderen Straßenseite nicht mehr sah. »Wer hätte gedacht, daß Sironi ein so großartiger Tänzer ist!« sagte jemand. »Von wegen Rathaus! Soweit ich weiß, geht er abends heimlich tanzen, unten bei Franca im Café dei Topi.« »Und wie leicht Luigina ist, er läßt sie gar nicht den Boden berühren!«

Genau wie auf dem Bild im Märchenbuch, dachte ich, der Prinz tanzt mit der Prinzessin. Die Ziehharmonika hörte auf, und auch du bliebst stehen, um Atem zu schöpfen. Du hast Mama ein wenig von dir weggehalten. Das Parteiabzeichen der Christdemokraten hatte ihr das Zeichen des Kreuzschilds auf die Wange gedrückt. Ihre Haare waren durcheinander, und auf ihrem Kopf konnte man große Flecken erkennen. Du wurdest ernst und hast Mama lange angesehen. In deinen Augen standen die schönsten Liebesworte der Welt, und lautlos hast du sie ihr eingegeben. Es muß so gewesen sein, denn ebenso lautlos hat sie angefangen zu weinen. Die Tränen liefen ihr eine nach der andern herunter, und trotz des Lärms ringsum war es, als hörte man das weiche *Tick*, mit dem sie auf den Boden fielen. »Das ist das Glück«, sagte jemand. Und Mama empfand es wohl auch so, denn sie lächelte unter den Tränen. Dies ist wirklich ein besonderer Augenblick, den darf ich nicht vergessen, dachte ich und wanderte mit dem Blick zwischen euch beiden hin und her.

Es war, als wäre der Juli ins Zimmer getreten.

Mamas Finger bewegten sich auf deiner Jacke wie Spinnenbeine.

»Meine Schwester möchte etwas sagen«, brüllte Pale.

Alle waren still und reckten die Hälse, um besser zu hören.

Mama schluckte schwer. Ihre Augen weiteten sich vor Anstrengung.

»Danke«, sagte sie schließlich mit einer Stimme wie ein stumpfer Saphir auf einer 78er Platte.

Dann wurde sie ohnmächtig. Als du sie aufs Bett legen wolltest, hast du das Gleichgewicht verloren. Um sie nicht mitzureißen oder auf sie draufzufallen, bist du auf dem Fußboden gelandet. Man hat deutlich gehört, wie dein Kopf – *tock* – gegen das Nähmaschinenpedal schlug. Ich konnte einen Schrei nicht unterdrücken. Aber mit einem geschickten Ruck kamst du sofort wieder hoch, ganz ruhig, als wäre nichts passiert.

Wir gingen weg und vergaßen, unsere Mäntel anzuziehen. Es war auch wirklich nicht kalt. Der Juli war jetzt in uns, und er würde auch – da war ich mir sicher – eine ganze Weile dort bleiben.

Auch wenn der Schnee die Straße ganz zugedeckt hatte, die Decke aber an mehreren Stellen von den Krallen streunender Hunde aufgerissen worden war.

Denk ja nicht, daß sie immer so gewesen ist. Du kannst dir nicht vorstellen, wie fleißig deine Mutter war, bevor sie krank wurde, sagte Oma. Ja, so fleißig hat sie gearbeitet, deine Mama, so unermüdlich, und alles nur, damit dein Vater zufrieden war. Als die Schwiegereltern noch lebten, hat sie dreimal die Woche gewaschen. Die Mutter deines Vaters – deren Namen du trägst – war eine sehr anspruchsvolle Frau. Sie zog sich mehrmals täglich um. Sie war reich und konnte es sich leisten, in den Wolken zu schweben. Niemals wußte man, was ihr gerade durch den Kopf schoß. Eines Tages lief sie plötzlich aus der Haustür, als gerade eine Kalesche im Trab vorbeikam. Der Kutscher konnte das Pferd nicht rechtzeitig anhalten. Ich stand in der Tür und hab es genau gesehen. Nie werde ich ihr Gesicht vergessen: versteinert, als sähe sie die Ewigkeit leibhaftig auf sich zukommen. Zehn Tage Todeskampf, die Ärmste. Der Huf des Pferdes hatte ihr den Brustkorb eingedrückt. Pechschwarz war sie, als man sie begraben hat. Am Tag danach hat sich auch dein Großvater ins Bett gelegt und ist nicht mehr aufgestanden. Es hieß, es sei nur eine Laune. Aber diese Laune hat ihn ins Grab gebracht. Deine Mutter wich nicht von seinem Bett.

Überanstreng dich nicht, mein Kind, du ruinierst dir deine Gesundheit, hab ich gesagt. Aber sie, nein, immer nach ihrem Kopf. Weißt du, was sie mir geantwortet hat? Sei nicht böse, Mama, ich muß alles schneller machen, weil ich weniger Zeit habe als die andern. *Sei nicht böse.* Kann man denn Engeln böse sein?

Daß sie so viel hatte arbeiten können, dünn und zart, wie sie war, war für mich ein Rätsel. Auf jeden Fall wollte ich es auch so machen wie sie. Ich wollte mich totarbeiten, um dich zufriedenzustellen, bis ich selber ein Engel wäre.

Doch schneller als gedacht war es mit dem Juli vorbei. Es reichte, daß ich eines Morgens bei Manzoni aus dem Laden kam. Oma schickte mich immer zum Brotholen, bevor ich zu den Nonnen ging.

»Spielt ständig den feinen Herrn, aber verdient keinen Pfifferling«, sagte Doriana gerade zu der Torelli. Dicht aneinandergedrängt unter dem Regenschirm, kamen sie aus der Frühmesse. Den Schleier auf dem Kopf, das Meßbuch in der Hand und den Nachgeschmack des Avemaria noch auf der Zunge, hinterließen sie einen zarten Weihrauchduft, dem ich, an die Mauer gedrückt, genüßlich folgte.

»Weißt du, wer ihr die Medizin aus der Schweiz bezahlt? Findest du es richtig, daß sich ein Zwanzigjähriger für seine Schwester ruiniert, wenn ihr Mann sich nicht um sie kümmert?«

»Was du nicht sagst! Er zahlt nichts?« fragte die Torelli. »Und wie schaffen sie das? Die Alten haben doch keinen Pfennig.«

Um einer Dachrinne auszuweichen, drückte sie sich gegen Doriana, die ins Schwanken geriet und sie kräftig mit dem Ellbogen stieß, um wieder Boden wettzumachen.

»Außerdem ... Medizin. Betäubungsmittel sind es. Sie ist ganz benebelt davon. Hast du nicht gesehen, wie schwachsinnig sie immer lächelt?« fuhr Doriana fort.

»Wenigstens leidet sie nicht«, meinte die Torelli.

»Wie kannst du das sagen. Hörst du denn nicht, wie sie schreit? Inzwischen hat der arme Pale, jung wie er ist, anfangen müssen zu arbeiten. Auch er als Stellmacher«, sagte Doriana.

»Tja«, sagte die Torelli, »das ist ja eine schlimme Situation.«

»Und weißt du, was ihr Mann gemacht hat?« sagte Doriana wieder.

»Nein, erzähl«, sagte die Torelli.

»Hättest du an seiner Stelle nicht den Pale in deine Werkstatt aufgenommen?« fragte Doriana.

»Klar, was für eine Frage!« antwortete die Torelli.

»Aber er nicht«, sagte Doriana, »der Junge mußte bis zum Lago Maggiore rauffahren, um eine Stelle zu finden. Die ganze Woche außer Haus. Gerade mal sonntags kommt er heim. Bei dem, was der Bus kostet. Er sagt, er hat es nicht getan, um das Kapital nicht anzutasten. Meine Liebe, denen liegt der Egoismus im Blut. Es war nicht möglich, sich von der alten Sironi irgend etwas zu pumpen, nicht mal einen Tropfen Öl oder ein bißchen Mehl. Und wenn man bedenkt, daß wir dreißig Jahre Tür an Tür gewohnt haben. Aber du hast ja gesehen, was für ein Ende es mit ihr genommen hat.«

»Eben«, sagte die Torelli, »der Mensch denkt, und Gott lenkt.«

»Genau«, fuhr Doriana fort, »aber der Sohn ist noch schlimmer. Solange die Frau gearbeitet hat … gut. Aber als sie krank wurde, hat er sie ihrem Schicksal überlassen.«

»Aber … die Wasserleitung …?« fragte die Torelli und steckte sich ihre steifgefrorene Hand in den Mantelärmel.

»Die Wasserleitung?!« antwortete Doriana. »Du bist vielleicht naiv! Das hat er doch nicht für uns getan. Alles nur, um groß dazustehen, sag ich dir, und in der Kirche in der ersten Bank zu sitzen.«

Sie waren an der Haustür angekommen. Beim Verabschieden drehten sie sich um und sahen mich. Die Einkaufstasche mit dem dampfenden Brot rutschte mir weg, die Brötchen kullerten über den Boden. Ich sammelte sie schnell wieder auf. Ich wollte natürlich nicht, daß sie sich mit Matsch vollsogen. Aber die Wahrheit war, daß ihre Worte mir eine Furche mitten durch die Brust gezogen hatten, und aus ihr machte sich der Sommer davon. Ich bückte mich, um ihn zurückzuhalten. Aber es war umsonst. Der Winter war wieder mein Herr. Es war leicht zu merken: Ich brauchte nur meine Nasenspitze zu berühren.

Wir waren in der Gasse hinter den Ställen, Omero und ich, und spähten durch ein kleines Fenster ins Haus von Dea, der Kußgöttin. In einem sprechenden

Kasten liefen, in Schwarzweiß, auf einem sehr gepflegten riesengroßen Rasen einige Männer in gestreiften Trikots und kurzen Hosen hin und her, die sich gegenseitig mit den Füßen einen Ball wegrissen. Viele Leute saßen auf Stufen drum herum und schrien und tobten. »Das ist Fernsehen«, sagte Omero, »das ist Fußball. Die Schwarzweißen heißen Juventus und die Gegner Internazionale. Sie müssen den Ball mit den Füßen schießen, ohne ihn mit den Händen zu berühren, und ihn ins Tor bringen. Ich bin ein Anhänger von Inter.«

Zwei Fragen wollte ich Omero stellen, so wichtige Fragen, daß ich nicht wußte, mit welcher ich anfangen sollte, und deshalb schwieg ich. Erstens: Wie hatten es die Leute geschafft, sich so kleinzumachen, daß sie da reinpaßten? Zweitens: Hatte man, bevor man sie reinließ, ein Spezialwaschmittel benutzt, das die Farben wegwusch?

Omero, ganz von Inters Spiel gefangen, achtete nicht auf mich. Mit dem Zeigefinger quetschte er an einer Augenbraue herum. Doch irgendwann muß er gespürt haben, daß ich ihn nicht aus den Augen ließ, denn er sagte: »Guck mal, der da, die Nummer neun von Inter, ein Phänomen! Er holt ein Tor nach dem andern. Er heißt Benito Lorenzi, aber schon seine Mutter nannte ihn Veleno – Gift –, denn wenn du ihm zu nahe kommst, beißt er wie ein Kettenhund.«

Ich fand es absurd, daß Omero bereit wäre, sich

klein zu machen und zu entfärben, um ein Lorenzi Veleno zu werden.

»Wer weiß, vielleicht stelle ich mich eines Tages in Mailand bei Inter vor. Ich sage einfach: Da bin ich. Ich dribble ihnen ein bißchen was vor, so wie ich es im Oratorium mache.« Er schob sich die Augenbraue hoch, als wollte er sie sich aus der Stirn reißen. »Na, auch wenn sie mich bei Inter nicht wollen, einmal nehme ich dich mit, und wir sehen uns ein Spiel an.«

Die Göttin der Küsse kam ins Zimmer mit roten Lippen, Lockenwicklern auf dem Kopf und in knallengen Hosen. Sie drückte unten an dem Kasten einen Knopf, und Inter und alle Leute waren verschwunden.

Ich zuckte zusammen. Verflixt, wo waren sie geblieben? Wenn Omero glaubte, ich wäre bereit, mich klein zu machen und die Farbe zu verlieren, um mit ihm in diesen Kasten hineinzugehen und per Knopfdruck zu verschwinden, dann irrte er sich gewaltig.

»Bleib mal einen Moment bei Mama«, sagte Oma, »ich bin gleich wieder da«, und sie ließ mich mit ihr allein, ohne auch nur zu merken, daß ich mich platt an die Wand drückte.

Im Zimmer war es schummerig, denn Mama konnte kein Sonnenlicht vertragen. Die Fenster waren geschlossen, damit ihr nicht kalt wurde. Es roch zum Erbrechen nach Medizin. Mama schnarchte leise. Vielleicht war sie nur betäubt von den Schmerzmitteln. Spürte sie meine Angst? Ich hätte gern ihre Hand gehalten, um ihr zu verstehen zu geben, daß sie nicht allein war. Aber der bloße Anblick ihres Körpers stürzte mich in Panik. Die Krankheit hatte sie kürzer gemacht, sie war jetzt kleiner als ich.

In irgendeinem Haus lief das Radio. Achille Togliani sang: »*Signorinella pallida, dolce dirimpettaia del quinto piano …*« Mama machte den Mund weit auf. Sie sah mich im Dunkeln an der Wand stehen und stieß einen Seufzer aus. Ich machte einen Schritt auf sie zu. Sie erkannte mich und biß die Zähne zusammen, ich glaube, vor lauter Anstrengung, sich zusammenzunehmen. Ich schämte mich entsetzlich, daß ich Angst hatte. Es war doch Mama, immer noch meine Mama, und ich machte einen Schritt auf ihr Bett zu. Sie deutete mit den Augen auf ihren Morgenrock. Ich suchte in der Tasche. Sie war löchrig, und ich mußte mit den Fingern bis in den Saum hineinfassen. Bonbons waren drin – eine Elah mit Lakritz und eine Rossana. Ich zeigte sie ihr, und ihre Augen lachten. »Nimm sie«, sagte sie leise, »ich habe sie extra für dich aufgehoben. Ich weiß doch, daß du sie magst.«

»Tut sterben weh?« fragte ich Don Bruno.

»Nein, bestimmt nicht«, antwortete er. »Man spürt nichts. Man schließt die Augen, wie um zu schlafen. Es kann nicht weh tun, denn man landet schnurstracks in Gottes Armen.«

»Und was passiert in Gottes Armen?« fragte ich.

»Wenn du bereut hast, vergibt er dir deine Sünden. Dann krempelt er dich um wie eine Socke und schickt dich mit neuem Schwung wieder los.«

»Wie … mit Schwung«, fragte ich, »meinst du, wie Pinocchio, den Hampelmann?«

»Ja, sicher«, sagte er, »aber ohne Körper, nur mit der Seele.«

Abends trafen sich die Freunde bei den Großeltern und tranken Wein, rauchten *Export*, sangen und spielten. Ich klammerte mich an die Klänge von Onkel Pales Ziehharmonika wie an eine Liane. Ich wollte nicht in das schwarze Loch fallen, in das der Schlaf mich stieß.

Dort unten – hinter einer großen Kurve sah ich sie, wenn ich die Augen zumachte – warteten Gottes offene Arme auf mich, um mich wie eine Socke umzukrempeln und mich mit Schwung wieder loszuschicken, mit mir und doch ohne mich. Nur mit der Seele.

IV

GLEICH HINTER DER Kreuzung bei der Betura-Bar kam Mama im Rollstuhl, mit Oma dahinter, die sie an den Schultern stützte. Auch wenn sie inzwischen nicht mehr sprechen und sich nicht mehr bewegen konnte, war sie bei dem schönen Wetter draußen und wartete auf mich, wenn ich von den Nonnen heimkam. Sie trug ein gepunktetes Kleid, weiße Schuhe mit quadratischen, flachen Absätzen und um den Kopf ein Tuch, das sie in Venedig gekauft hatte, mit einem Panorama der Stadt aus Meereswellen und goldenen Palästen. Du warst mit ihr auf Hochzeitsreise dort gewesen. In dieser Stadt, hatte Pale mir erklärt, gibt es keine Pferde, keine Autos oder Wagen, weil die Straßen aus Wasser bestehen.

Es gibt für alles einen Grund, wie Don Bruno sagt. Es gab auch einen Grund für das Kopftuch. Durch das Liegen waren Mama im Nacken die Haare ausgegangen, und die neuen hatten keine Kraft mehr zu wachsen.

Seit ihre Tochter krank geworden war, ging Oma in

Schwarz. Am Hals trug sie ein Goldmedaillon mit einem Foto von Mama als Kind – Mittelscheitel, Zöpfe bis zum Bauchnabel und eine Schürze voller Maiglöckchen. Neben ihnen jagte Graffiato Fliegen. Er witterte sofort, daß ich kam. Er hielt die Schnauze in meine Richtung und bellte laut. Ich machte einen Sprung. Die Schleife auf meinem Kopf löste sich, und der Rest vom Frühstücksbrot hüpfte in der Brottasche. Mama hatte die Arme auf den Armlehnen liegen. Oma setzte sie immer so hin, damit es aussah, als könne sie sich noch allein bewegen.

Sie lächelte, und mir wurde ganz schwindelig. Wie schön sie ist, dachte ich, wie das Mädchen auf dem Foto. Ein Mädchen, zum Küssen schön. Berühren verboten, ich weiß, aber einmal nur, was kann da schon passieren? Oma mußte meine Gedanken gelesen haben, denn sie streckte mir eine geballte Faust entgegen. Es war, als wäre ich gegen die Spitze eines Bügeleisens geprallt.

Ich verlor das Gleichgewicht, und mir blieb die Luft weg, ich fiel auf Mama und schlug mit der Stirn gegen ihr Knie. *Krack* machte es, wie zerschepperndes Tongeschirr.

»Weg, geh weg!« schrie Oma.

Graffiato sprang an mir hoch, um mir die Brottasche herunterzureißen. Wie immer hatte ich ihm die Reste vom Frühstücksbrot mitgebracht. Doch in diesem Augenblick hatte ich anderes im Kopf. Wie blöde stand ich da und starrte Mama an, die vornüber gefallen war. Ihr Kopf baumelte zwischen den Schultern wie eine verwelkte Sonnenblume. Noch magerer und blasser war sie als damals mit Don Bruno. Fast als wäre sie unter den Kleidern gar nicht mehr da. Sie sah mich kopfüber von unten an, mit Augen groß wie Laternen. Um ihr zuzulächeln und ihr Mut zu machen zog ich den Mund breit, von einem Ohr zum andern.

Einen Moment lang glaubte ich, es käme von den Lämmern der Berninis und nicht von ihr – das Schreien. Oma versuchte, sie aufzurichten. Bei der Anstrengung löste sich ihr Knoten im Nacken. Hochrot im Gesicht, wußte sie nicht, was sie machen sollte. Wenn sie sich die Haare aufsteckte, mußte sie Mama loslassen.

»Da siehst du, was du angerichtet hast«, schimpfte sie, »mach, daß du wegkommst, du dummes Gör, verschwinde!«

In der Haustür erscheint Opa. Er hat ein geheftetes Stück Stoff über die Schulter geworfen. Seinen Stock hat er nicht mehr holen können. Er nimmt Mama auf den Arm.

»Wo ist dieser Mann, wo ist er?« zischt Oma, während sie sich die Haarsträhnen hinter den Ohren feststeckt, und schon kullert eine Träne. Sie redet natürlich von dir und will damit sagen, wenn man dich braucht, bist du nie da. Aber sie meint es nicht wirklich so. Sie kann es nicht wirklich so meinen, denn einmal, als sie es dir gesagt hat, hat sie sich später entschuldigt. Sie ist so wütend, daß sie nicht merkt, wie heftig sie den Rollstuhl vorwärtsschiebt. Kaum ist sie im Haus, kommt sie wieder vor die Tür. Sie starrt auf etwas hinter mir, dann zieht sie ruckartig den Vorhang zu.

Auch ich drehe mich um.

Doriana und die Torelli lehnen mit beleidigter Miene an der Mauer, als wollten sie sagen: So was Unhöfliches! Was zum Kuckuck habt ihr hier zu glotzen, ihr häßlichen Krähen, brülle ich, geht lieber an euern Herd. Doch in Wirklichkeit sage ich es gar nicht, sondern lächle sie an, und sie lächeln zurück.

»Magst du ein Salamibrötchen?« fragt Doriana und wartet nicht einmal meine Antwort ab. Sie verschwindet im Haus und kommt sofort mit einem belegten Brötchen wieder. »Da, nimm«, sagt sie und hält es mir hin. Da ich mich nicht rühre, drückt sie es mir in die Hand. Graffiato setzt mir die Pfoten auf die Brust und leckt mich, wo er hinkommt. Der Salamigeruch macht auch mich ganz schwindelig. Ich lehne mich mit dem Rücken an die Mauer. »Na, worauf wartest du?« sagt Doriana, ohne mich aus den Augen zu lassen. Ich spüre, wie der Schweiß mir die Achseln herunterrinnt.

Von der Kreuzung vor der Betura-Bar kommt Doktor Gandolfi auf dem Fahrrad angefahren. Er steigt eilig ab und läuft mit seinem Arzneikoffer hinein. Ohne vorher anzuklopfen, wie er es sonst immer tut. Doriana und die Torelli schütteln den Kopf.

»Das arme Mädchen, was für ein Pech! Ein Unglück kommt selten allein.«

Reden sie von *mir*? Der Bissen bleibt mir im Hals stecken. Was schwatzt ihr da, möchte ich sagen, was wißt denn ihr von unseren Angelegenheiten? Kümmert euch doch um euern eigenen Kram! Keine Hand habt ihr gerührt, um zu helfen.

Ich weiß nicht, was ich machen soll, und fange an, Steine zu werfen. Ich schaffe es, sie sogar drei-, viermal über das Kopfsteinpflaster hüpfen zu lassen, bevor sie gegen die Mauer prallen.

Es scheint, als wären bei den Großeltern alle schlafen gegangen, auch Doktor Gandolfi, denn man hört nichts mehr.

Die Torelli ist mit einer Einkaufstasche aus bunten Flicken vor die Tür getreten.

»Brauchst du irgend etwas, Doriana?«

»Nein, ich hab alles, danke, es gibt ein bißchen Suppe, ein Stück Käse, abends ißt man besser was Leichtes.«

»Ich mach ein Ragout, mein Antonio ist ziemlich wählerisch.«

»Ja, ja, die Männer«, sagt die Doriana, »wenn man sie halten will, muß man sie zufriedenstellen.« Und sie wirft einen Blick auf mich, um zu sehen, ob ich zuhöre.

»Lauf!« sage ich zu Graffiato und werfe einen Stein. Er holt ihn und bringt ihn mir wieder. Er legt ihn vor mich auf die Erde, bleibt mit lechzender

Zunge stehen und sieht mich an. Dann bellt er, damit ich noch einmal werfe. Ich habe Graffiato gern, er hat ein fröhliches, großherziges Wesen. Wenn ich in seine Sägemehlkuhle unter der Hobelmaschine komme, macht er mir immer Platz.

Bei den Großeltern öffnet sich die Haustür, und Doktor Gandolfi kommt heraus. Oma hängen die Haare schon wieder aufgelöst herunter, aber sie versucht gar nicht mehr, sie mit den Haarnadeln festzustecken. Die Hände ineinandergelegt, steht sie da, als redete Doktor Gandolfi gar nicht auf sie, sondern auf jemand anders ein, den man nicht sieht. Der Doktor verstaut den Arzneikoffer und steigt auf sein Rad. Erst als er schon lostritt, streckt Oma eine Hand aus, um ihn festzuhalten. Der Ärmel ihres Kleides bleibt an der Fahrradklingel hängen und wird vom Lenker mitgerissen. Doktor Gandolfi merkt es nicht gleich. Doch dann bremst er und kommt zurück. Oma nimmt den Ärmel, den er ihr reicht, und versucht mechanisch, ihn wieder zu befestigen. Als ihr klar wird, daß es nicht geht, hört sie auf, und Tränen stehen ihr in den Augen.

Doriana sieht mich an. Sie hat gesehen, was ich gesehen habe. Sie sieht mich in einer Weise an, daß ich rot werde. Als ob sie aufdeckt, was ich verborgen halten will. Sie sieht alles. Meine hageren Beine, meine knochigen Hüften, meine Muskeln, meine Schulterblätter und meine Gedanken. Meine Gefühle, meine Eingeweide und mein klopfendes Herz. Es klopft so wild, daß ich denke: »Jetzt springt es mir aus der Brust und läuft im Galopp die Via Garibaldi hinunter, auf und davon.«

Um es festzuhalten, laufe ich weg, immerzu springend, *hoppla*, als hätte ich ein Springseil.

Bei den Nonnen gab es einen Neuen. Alle standen um ihn herum. Bürstenhaarschnitt und eine bananenförmige Locke über der Stirn. Blond, rabenschwarze Augen. Die Taschen voll mit Lutschkram. Einen Schulkittel mit gestärktem Kragen, gestickten Knopflöchern und Knöpfen aus Perlmutt. Und am Hosensaum einen aufgestickten Elefanten.

Omero hatte sich neben ihn gesetzt.

»Edelsteine?« fragte er. »Woher hast du die?«

»Selbst gesammelt«, antwortete der Neue.

»Wo denn?«

»In den Bergen. Die Berge sind ganz und gar aus Edelsteinen. Man braucht nur in der Erde zu graben und sie aufzusammeln.«

»Edelsteine?« sagte ich, ohne zu überlegen. »Mein Onkel Pale ist in den Bergen gewesen, in den Alpen, aber er hat überhaupt keine Edelsteine gefunden.«

Omero war aufgestanden und hatte sich neben mich gestellt.

»Wenn ihr es nicht glaubt, kommt doch und seht selber«, sagte der Neue. »Ich habe eine ganze Schublade voll.«

»Klar kommen wir, und ob!« sagte Omero. Er war

wütend, und ich verstand nicht, warum. Aber ich kam nicht mehr dazu, es mir erklären zu lassen.

»Wie heißt du?« fragte er plötzlich.

»Graziella«, antwortete der andere.

Das verschlug uns die Sprache.

»Wo gibt's denn so was!« sagte Omero, als wir uns von der Überraschung erholt hatten. »Ein Junge mit einem Mädchennamen.«

»Ich bin doch ein Mädchen«, kam die Antwort.

»Und warum hast du dann Hosen an?«

»In der Stadt tragen auch Mädchen Hosen.«

»Und warum hast du einen Bürstenschnitt?«

Statt einer Antwort zog Graziella eine Handvoll Rossanas aus der Tasche. Auch mir bot sie welche an.

»Nein danke«, sagte ich. »Rossanas mag ich nicht.«

»Sei doch nicht blöd«, sagte Omero, »jetzt weiß ich, wer sie ist. Sie ist die Tochter der Kußgöttin.«

Ich hatte Hunger, weil ich im Speisesaal wegen meiner Mitschülerinnen nicht essen konnte. Sie wollten immer wissen, wie es Mama ging. Sag mal, wie geht's deiner Mama? Gut, antwortete ich. Warum holt sie dich dann nie ab?

Mutter Rachele kam mit dem Suppenlöffel vorbei und füllte mir mehr auf als den anderen. Je mehr sie mir auffüllte, desto mehr verging mir der Hunger.

Hingerissen vom Anblick der glühenden Spitze zuckte ich zusammen, wenn Berzaga das Eisen in den Wasserbehälter neben dem Schmiedeofen tauchte und Wolken von Dampf und Qualm sich durch den ganzen Raum ausbreiteten. Du gabst mir dann sofort ein Sieb für das Sägemehl. Du konntest es nicht leiden, wenn man untätig herumstand. Du mußtest so viel arbeiten, damit es mit der Werkstatt voranging. Seit Mama krank war, landete alles Geld in Doktor Gandolfis Tasche. Von wegen Egoist, wie die bösen Zungen behaupteten.

Wenn du morgens kamst, um mich zu wecken, war es so dunkel, daß man nichts sah, nicht einmal das Bett, in dem ich schlief. Du hast nie die Lampe angemacht. An allem mußte gespart werden, auch am Strom. Wozu auch Licht? Ich wußte doch, wo ich abends meine Sachen hingelegt hatte. Mein Knie war immer noch gefühllos? Und wenn schon! Ich brauchte mir nur vor Augen zu halten, wo die Ecken und das Geländer waren, um nicht dagegenzustoßen, das war alles. Auch du hast dich ja die Treppe hochgetastet, das Dunkel war auch für dich dunkel. Du hast meinen Arm kräftig gedrückt, damit ich mich sicherer fühlte. Wenn einer schuld war, dann der, der die Treppe gebaut hatte, man hätte die Stufen ja niedriger machen können, oder?!

Oma kam nicht mehr zu uns ins Haus. Sie sagte, es sei zu groß, es gäbe so unendlich viele Treppen und die Dunkelheit mache ihr angst. Angst wovor, fragte ich, wie kann man im eigenen Haus Angst haben?

V

»HÖRST DU SIE immer noch?« fragte Omero.

»Was denn?« sagte ich.

»Deine Mama, wie sie schreit. Komm mal her!«

Es war in der Pause. Er nahm ein bißchen Erde in die Hand, spuckte drauf und verrührte sie zu einer Pampe. Dann teilte er sie in zwei Hälften und stopfte sie mir in die Ohren. Ich hörte ein Sausen und fühlte mich angenehm betäubt, wie wenn ich mir die Nase zuhielt und den Kopf in den Bach steckte, um die Höhle der Wasserspinnen zu entdecken. Dann beobachteten wir eine Schabe. Sie war auf den Rücken gefallen und lag, mit den Beinen zappelnd, unter einem kleinen Zweig. Als ich sie umdrehte, lief sie schnell weg und versteckte sich im Gras. »Siehst du?« sagte ich zu Omero. »Es ist nicht so wie mit meinem Schaf Belinda oder mit Graffiato. Wenn du die streichelst, antworten sie dir. Die Insekten sind dumm.«

»Guck mal, wie schön«, sagte er und sah zu der großen Linde hinauf, »genau wie in dem Blätteralbum von der Lehrerin.«

Ich sammelte die schönsten Blätter zu einem kleinen Strauß, um sie ihr zu schenken, denn sie hieß Luisa, wie Mama, und war sehr nett zu mir. Sie hatte mir *Cuore* und *Das Mädchen mit den Schwefelhölzern* zum Lesen gegeben. Da rief Mutter Rachele meinen Namen.

Im Sprechzimmer standst du. Im schwarzen Sonntagsanzug und mit rotgeränderten Augen wie Oma.

»Komm, Giovanna, ich muß dir etwas sagen.«

Mutter Rachele streichelte mir den Kopf, ich fing an, mit den Zähnen zu klappern, und konnte nicht mehr aufhören. Ihre Finger rochen nach Zwiebeln, und seitdem bekam ich es jahrelang sofort mit der Angst, wenn ich Zwiebeln nur roch. Du hast mich an der Hand genommen und bist mit mir weggegangen, ohne ein Wort zu sagen. Zuweilen erkannte ich in der Maisonne nicht einmal die Straße mit den weit offenstehenden Toren der verlassenen Höfe. Um diese Zeit war ich dort noch nie langgegangen. Es schien, als wären alle Leute fort und du und ich nur noch allein auf der Welt. Am Bernini-Hof blieben wir im Schattenstreifen eines Vordachs stehen. Die Lilien platzten auf ihren Stengeln. Ihr Duft war so intensiv, daß einem die Sinne schwanden. Du spähtest in den Hof, und mir kam es vor, als hieltest du nach jemandem Ausschau. Schweißtropfen standen dir auf der Stirn. Du suchtest in deiner Tasche, fandest aber kein Taschentuch. Da gab ich dir meins. Wer weiß, ob die Lämmer da sind, fragte ich mich immer wieder, als ob die Antwort an dem, was geschah, etwas hätte ändern können.

Du hast dich vor mich hingehockt und mir die Hände auf die Schultern gelegt. Dann sagtest du leise: »Ich habe dich früher abgeholt, weil Mama gestorben ist. Sieh mich an.« Ich sah dich an, und mein Blick versank in deinem. Seitdem habe ich ihn, glaube ich, nicht mehr wiedergefunden.

Wie sich Doriana und die Torelli wohl freuen werden, jetzt haben sie etwas zu erzählen, dachte ich, während wir nach Hause gingen. Oma erwartete uns mit einem Rosenkranz in der Hand. Vom vielen Weinen waren ihre Augen nur noch zwei Schlitze. Über dem schwarzen Kleid blinkte golden das Medaillon. Ich erinnerte mich, daß ich am Abend vorher gesehen hatte, wie sie es mit Sidol putzte.

»O Giovanna, da bist du ja, Liebes ...«

Ich versuchte, sie nicht anzusehen, weil ihr Kinn so heftig zitterte, daß ich Angst hatte, meins würde auch anfangen. Sie nahm ein knöchellanges weißes Organdykleid aus dem Schrank, und mir blieb fast das Herz stehen. Es war also wirklich wahr, denn das Kleid war mein Kommunionskleid.

Wie jeden Abend gingen wir über die Straße. Nur war jetzt nicht Abend, und die Straße, der Torweg und sogar der Hof standen voll von Leuten in Trauerkleidung. Große schwarze Schleier hingen über dem Torbogen und über allen Türen zur Werkstatt und zum Schuppen. Auch unser Haus war voller Leute. Die Frauen beteten den Rosenkranz, die Männer sahen uns mit Rote-Rüben-Augen an und ließen ihren Hut zwischen den Händen schaukeln. Die Wohnzimmertür stand weit offen. Du hast mich an der Hand genommen und mich ganz fest gehalten.

Wir stiegen die Stufen zum Wohnzimmer hinauf. Ich hielt deine Hand fest umklammert, und mir war, als hörte ich irgendwo Onkel Pales Ziehharmonika. Das Wohnzimmer war größer geworden. Die Feuerböcke vor dem Kamin glänzten ebenso wie der gewachste Fußboden und der Kronleuchter, auf dem alle Kerzen brannten. In der Anrichte funkelten die Gläser. Auf dem Nußbaumtisch – meinem Ausguck – stand ein riesiger dunkler Holzsarg. Ohne Deckel, so lang wie der Tisch, mit goldenen Griffen und einer Verzierung an der Kante. Eine Spitze ragte steif über den Rand. Sie mußte mit Stärke gebügelt worden sein. Wir gingen dicht bis an den Tisch heran. Du hast dich heruntergebeugt, hast mich auf den Arm genommen und über den Sarg gehalten. Dort drinnen lag Mama, ruhig und allein. Ihr hochgekämmtes Haar wirkte lang und dicht, ein kleines Lächeln hing in ihren Mundwinkeln, leicht wie die Haut, die die Eidechsen im Sommer auf den Steinen zurücklassen. Ich wußte, warum sie sich freute: Sie war sicher schon unterwegs zum Mond. Wer weiß, wie viele schöne Dinge sie sah. Die Krankheit hatte ihre Knochen losgelassen, und jetzt war sie wieder groß. Du hast mich zu ihr herunter gehalten, und meine Lippen streiften ihre eine Wange. Ein kühler, leicht bitterer Hauch kitzelte mich in der Nase. Es fühlte sich genauso an, wie wenn ich Wasser holte und mich über den Brunnenrand beugte.

Ich versuchte mich loszuwinden, und du hast mich sofort abgesetzt. Ich flüchtete mich in Omas Arme.

Viele Hände streckten sich aus und streichelten mir übers Haar. Aber ich lief schon wieder zu dir zurück. Ich mußte dir doch die Geschichte mit dem Mond erzählen, bevor es zu spät war. Als ich dich am Ärmel zupfte, hast du mich mit leerem Blick angesehen. Du bist der allmächtige König, der über alles Sichtbare und Unsichtbare herrscht: Küß sie, laß sie nicht zum Mond hinaufreisen, sagte ich. Aber habe ich es wirklich gesagt oder nur in meiner Vorstellung?

In allen Geschichten, die ich kannte, ging es so. Der Prinz küßte die Prinzessin, und alles war wieder in Ordnung. Ich machte dir Zeichen, daß du mich noch einmal hochheben solltest. Ich küßte sie, ich überwand den Schauder vor ihrem kalten Körper und drückte mit aller Kraft meinen Mund auf ihre kalten Lippen, und dann sah ich dich an, um dir zu verstehen zu geben, daß du das gleiche tun solltest. Aber es war umsonst. Du hast es nicht begriffen, und ich war kein Prinz. Ich hatte keine Macht. Mama kam nicht zurück.

Ich fing an herumzuhüpfen und zu singen: *Gira rigira biondina l'amore.* Alle streichelten mich. Arme

Giovanna, armes Kind, hörte ich flüstern, und als Oma mich in diesem Zustand sah, fing sie so laut an zu schluchzen, daß sie sie hinaustragen mußten.

Es war nichts zu machen. Von meinem Ausguck aus war Mama zum Mond aufgebrochen, wo die Seelen der Toten warten, daß der Herr sie ins Paradies ruft. Du, der einzige, der sie hätte zurückhalten können, hast es nicht einmal versucht. Sie war fort.

Beim ersten Morgenstrahl saß ich hellwach im Bett. Ich hörte den Hammer auf den Amboß schlagen, in Wirklichkeit waren es die Glocken der Pfarrkirche. Ich hatte ein unangenehmes Gefühl von Kälte und Leblosigkeit auf den Lippen, das nicht wegging, auch nicht, wenn ich sie mir kräftig mit dem Handrücken rieb.

Der Wecker zeigte zehn Uhr. Opa zog sich die Jacke über und richtete sich die Krawatte. Schweigend stiegen wir ins Schlafzimmer hinauf, mitten durch die herumflatternden Tauben, denn das Zimmer lag neben dem Taubenschlag. Oma schüttelte das Kopfkissen auf und nickte mir zu, hineinzuklettern. Ich hievte mich auf das große Bett. Das Zimmer war riesig, hatte nur ein einziges Fenster und war ganz und gar vom *Ticktack* der Pendeluhr auf der Kommode und dem Gurren der Tauben erfüllt.

»Weißt du, ich muß die ganze Zeit an sie denken«, sagte Oma. Sie sprach mit belegter Stimme, wahrscheinlich weil sie sich an Opas Rücken schmiegte. »Wer weiß, was unserer Kleinen passiert, da unten im Dunkeln. Ein Knopf an ihrem Ärmel war lose, den hab ich ihr festgenäht. Ich wollte doch nicht, daß sie unordentlich aussieht ... verstehst du?!«

»Ruhig, Mama, laß gut sein«, sagte Opa und drehte sich, um sie zu umarmen. Auch Oma umarmte ihn. Die Decken rutschten mir weg, und mein Rücken lag bloß, aber ich wagte nicht, mich zu rühren und sie wieder zurechtzuziehen.

»Mein Mädchen«, wimmerte Oma weiter, »was wird ihr das schreckliche Ungeheuer zuerst wegnehmen, da unten im Dunkeln ... die Nase ... die Finger ...«

Das Bett schaukelte, weil Opa angefangen hatte, sie sanft zu wiegen. »Wir müssen uns damit abfinden«, sagte er, »wir können es nicht ändern. So ist das Leben ...«

Im schwankenden Lichtschein von draußen tastete sich der Schatten von Omas krummen Händen zur Decke hinauf.

»Ob ich wohl jemals wieder zu Kräften komme und wieder Wäsche waschen, saubermachen und Mais auskörnen kann wie früher?«

»Genug jetzt«, sagte Opa mit erstickter Stimme, dann ein Geräusch von Decken, die zurechtgezogen wurden, und in der darauffolgenden Stille das *Ticktack* der Pendeluhr und das laute Gurren der Tauben.

Seid beruhigt, liebe Großeltern, ihr wißt es nicht,

aber sie ist gar nicht mehr unter der Erde. Sie ist doch nicht blöd. In diesem Augenblick segelt sie zum Mond hinauf, wenn sie nicht überhaupt schon dort ist. Mal sehen, wenn Oma weiter weinte, würde ich es ihr irgendwann in den nächsten Tagen sagen. »Du kannst sicher sein, daß niemand Mama etwas Böses tun wird, nicht einmal der Tod. Außerdem, ihr die Nase oder die Stirn wegnehmen, was für ein Unsinn!«

Regungslos habe ich im Dunkeln gewartet, bis ich sie schnarchen hörte.

Dann bin ich leise aufgestanden und ans Fenster gegangen. Ich habe die Fensterflügel geöffnet, die Ellbogen aufgestützt und lange gewartet. Doch der Mond ließ sich nicht blicken.

VI

»NUR MUT, GIOVANNA«, sagte Don Bruno. »Du bist noch klein und mußt eine schreckliche Prüfung durchstehen, die schlimmste für ein Kind: der Verlust der Mutter. Aber hab nur Mut und Vertrauen. Erinnerst du dich, wie Jesus über das Wasser geht und zu Petrus sagt, er soll ihm entgegenkommen? Petrus zweifelt an Jesu Worten, und so geht er unter und droht zu ertrinken. Da sagt Jesus zu ihm: Nur Mut, ich bin da. Soll heißen: Hab Vertrauen, glaub an mich. So mußt du es auch machen. Du mußt die Kraft finden zu glauben, trotz allem.«

Ich mochte Don Bruno und konnte ihn nicht anlügen, auch auf die Gefahr hin, ihn zu enttäuschen.

»Es gibt einen Unterschied«, sagte ich, »damals war Jesus leibhaftig da und sprach zu Petrus.«

»Ist das nicht das gleiche? Ich spreche doch zu dir in Jesu Namen.«

»Niemand kann im Namen eines anderen sprechen«, sagte ich, »auch wenn er glaubt, die Wahrheit zu sagen.«

»Ich sehe, du bist durcheinander. Warum liest du nicht das Meßbuch oder das Evangelium? Oder die *Blümchen des Heiligen Franziskus*?«

Dann sah er mich an, als sei ich eine Watussa oder ein Kannibale, der bekehrt werden müsse.

Bist du noch mein Freund, auch wenn ich jetzt eine Waise bin? wollte ich Omero fragen.

Wir saßen hinter den Büschen beim Hühnerhof und sahen den Hühnern zu. Doch ich sagte nichts. Er nahm einen Stein in die Hand.

»Siehst du das Huhn da?«

»Welches?«

»Das da am Zaun?«

»Das ist doch kein Huhn, das ist eine Glucke. Siehst du nicht, daß sie Küken hat?«

»Ja, ich meine ja die Glucke. Willst du mal sehen, wie ich ihr Beine mache?«

O nein, bitte, tu's nicht!

Er traf sie mitten auf den Hintern, und einige Federn flogen. Flügelschlagend lief sie davon, die Küken hinterher.

»Hast du gesehen, was für ein Treffer?« sagte Omero und strich mir eine widerspenstige Strähne zurück.

»Weißt du, was die Indianer in der Prärie machen, wenn sie weinen wollen und nicht können? Sie machen sich einen Schnitt, dann kommen die Tränen zusammen mit dem Blut raus.«

Er hatte sich den Hemdsärmel aufgeknöpft. Das Handgelenk war nicht mehr zu sehen, denn es war unter einer Uhr versteckt, eine Uhr so groß wie eine Zwiebel.

»Die hat mir mein Vater zum Geburtstag geschenkt. Er hat sie vor Jahren beim Scheibenschießen auf der Kirmes gewonnen. Sag, sieht sie nicht aus wie neu? Er hält seine Sachen in Ordnung. Siehst du das Rädchen hier? Damit verstellt man die Zeiger. Du kannst einstellen, welche Uhrzeit du willst.«

»Auch die von gestern?« fragte ich.

»Na klar.«

Ich wurde rot vor Freude.

»Kann man wirklich die Zeit anhalten?«

»Wann du willst.«

»Und wenn sie hier stehenbleibt, bleibt sie dann auch auf dem Mond stehen?«

»Was interessiert dich der Mond?«

»Nichts, ich meine nur so.«

Er nahm sich die Uhr ab und legte sie mir ums Handgelenk.

»Da, ich leih sie dir für ein paar Tage«, sagte er.

Ich riß die Augen auf vor Verwunderung.

»Du bist doch eine Waise, nicht?!« sagte er und fing wieder an, Steine zu werfen.

Schließlich, wenn man es recht bedachte, was interessierten mich Graziellas Edelsteine, ihre Hosen und ihre Rossanas? Ich hatte eine Menge zu tun. Dir im

Garten beim Gießen zu helfen, zum Beispiel, oder Gras für die Kaninchen zu rupfen und für Belinda, unser Schaf, das uns bald Lämmchen schenken würde.

Nachts träumte ich, daß ich am Magdalenengraben hinter Omero herlief. Ich wollte ihm die Uhr zurückgeben, um zu sehen, ob ich dann keine Waise mehr wäre. Er hatte ein weißes Band um den Hals. Es war so lang, daß es die ganze Schotterstraße bis zur Mühle hinunter reichte. Ich fürchtete, es könnte sich um den Stamm einer Pappel wickeln. Und tatsächlich, kaum gedacht, war es auch schon passiert. Wenn Omero weiterrannte, lief er hundert zu eins Gefahr, sich zu erdrosseln. Ich wollte ihn warnen und rief ihn, aber wie immer, wenn es um etwas Wichtiges geht, versagte mir die Stimme. Ich versuchte, das Band festzuhalten, aber der Stoff rutschte mir durch die Finger. Es war, als wollte man eine Wolke festhalten. Ich bemühte mich nach Kräften, und schließlich stieß ich statt eines Schreies ein anhaltendes Bellen aus. Mit einem Ruck wachte ich auf.

Nicht ich bellte, sondern Graffiato. Vielleicht hatte er eine Maus aufgestöbert und jagte sie. Im Zimmer war es taghell. Ich lief ans Fenster. Der Vollmond schaute mich an und stand ganz still mitten am Himmel. Man brauchte nicht genauer hinzusehen, um zu erkennen, daß all die kleinen Stäubchen, aus denen er bestand, wirbelnd herumtanzten. Es waren die Seelen der Toten, die darauf warteten, vom Herrn gerufen zu werden. Auch wenn ich Mama wegen der Entfernung nicht erkennen konnte, war sie doch gewiß unter ihnen. Aus der Mitte des Mondes fiel ein langer Streifen, ungreifbar wie der, der um Omeros Hals geschlungen war, bis auf das Dach des Hühnerstalls herab.

VII

HEIMLICH GUCKTE ICH vom Hof aus ins Wohnzimmer. Du sprachst mit einer Frau, die ich nur von hinten sah. Sie war noch größer als du und hatte keinerlei Ähnlichkeit mit Doriana oder der Torelli. Sie war elegant und schlank und trug ein leichtes Kleid mit einem breiten schneeweißen Kragen, hart und steif wie ein Segel.

Sie war sicher gekommen, um dich um Rat zu fragen. Neuerdings kamen dauernd Leute ins Haus oder in die Werkstatt, um dich nach deiner Meinung über dies und das zu fragen. Bei genauerem Hinsehen schienst du, so wie du sie anschautest, gar nicht mehr du selbst zu sein. Ich war nicht einmal sicher, ob du sie überhaupt anschautest. Du hattest ein anderes Gesicht. Es sah aus, als würdest du operiert. Deine Züge verwandelten sich, und Schmerz- und Sorgenfalten zerfurchten dir Stirn und Wangen. Und während ich sah, wie du dich verändertest, passierte auch mit mir etwas. Natürlich war ich immer noch Giovanna, aber *ich*, in mir drinnen, verschwand. Ich spürte es deutlich, wie ich Regen spürte. Wenn es nun ganz und gar verschwand, wo und wie sollte ich es dann wiederfinden? Wie sollte ich ohne es leben?

Du hast mir gewinkt. Die Frau drehte sich um, und fast hätte ich mich hingesetzt. Was hatte sie sich denn am Mund getan? Er war blutrot. Vielleicht war sie gefallen und hatte sich verletzt. Aber anscheinend tat es ihr nicht weh, denn sie lächelte. Sie lächelte nicht mich an und auch nicht dich, sondern irgend etwas, das zwischen euch war, das ich aber nicht sehen konnte, so sehr ich mich auch bemühte. Etwas, das lebendiger und wirklicher war als der Hof, die Lilien, die Werkstatt und sogar ich selbst.

Ein Gefühl des Entsetzens hielt mich zurück. Da ich mich nicht rührte, kamt ihr heraus. An der Tür hast du den Schritt verzögert, und als sie vorangehen wollte, ist sie gestolpert. Instinktiv hat sie sich an deinen Arm geklammert. So bekam ich den Beweis, den ich suchte. Denn einen Beweis suchte ich, ohne zu wissen, was für einen. Tatsächlich sagte sie: »Erzähl mir nicht, daß dieses hübsche Mädchen Giovanna ist.«

»Doch, wirklich, das ist Giovanna, meine Tochter«, sagtest du.

Und zu mir: »Das ist Maria. Du kennst sie nicht, weil sie sehr lange fort war. In Aprica, im Kloster der Canossianerinnen.«

Maria streckte eine Hand nach mir aus, um mich zu streicheln, tat es dann aber doch nicht. Ein intensiver Alpenveilchenduft überwältigte mich. Auf einmal begriff ich, daß sie dir nicht mehr erlauben würde, wieder so zu sein, wie du vorher warst. Und ich? Und Mama, wie hatte sie das tun können, ins Paradies fortgehen und mich auf der Erde zurücklassen, wo die Marias die Männer operierten und den kleinen Mädchen das Ich raubten, so daß sie leer wurden wie Bohnenhülsen?

»Woher hast du die Uhr?« fragtest du mich. »Gib sie sofort zurück. Wehe, wenn du noch einmal von irgend jemand etwas annimmst!«

Natürlich würde ich sie Omero zurückgeben. Der Kampf gegen die Zeit war ein verlorener Kampf. Die Zeiger zurückzudrehen, war zwecklos, wenn man das Rädchen losließ, gingen sie wieder weiter.

»Sei so lieb, geh mal zu Pale rüber und hol meine Geldbörse«, sagte Opa mit einem Blick auf Oma, die jetzt in Mamas Rollstuhl saß. Auch wenn ihr nicht mehr die Tränen herunterliefen, das Rot um die Augen ging nicht weg. Als ich die Hand auf die Türklinke legte, sah ich Pale kommen, der sich die Mütze herunterriß und sie auf den Tisch knallte.

»Dreckige Nutte!«

»So was sagt man nicht, Pasquale«, schrie ihn Opa an. Er nannte ihn Pasquale statt mit seinem Kosenamen, wenn er in irgend etwas nicht mit ihm einer Meinung war oder ihn tadeln mußte.

»Dreckig, weiß Gott«, fuhr Pale fort. »Was habt ihr denn vor? Wollt ihr leiden bis zum bitteren Ende? Ihr seid jetzt alt, Mama ist nicht mehr ganz richtig im Kopf. Und du, wie lange willst du noch nähen?«

»Was sollten wir denn tun, deiner Meinung nach? Sie ihrem Schicksal überlassen, ausgerechnet jetzt, wo sie allein auf der Welt ist?«

»Sie hat ja wohl einen Vater, oder?! Soll der sich doch kümmern.«

»Einen Vater ... Tu nicht so, als wüßtest du nicht, was los ist!«

»Was los ist? Ihr wußtet von Anfang an, was los war. Es war ein Fehler, die Heirat und alles andere auch. Selbst ein Esel hätte das kapiert. Alle haben es euch gesagt, aber ihr, nein, guten Rat anzunehmen ist immer schwer.«

»Die Entscheidung hat deine Schwester getroffen. Sie liebte ihn. Und sie wollte das Kind. Luigina war gut. Und sie glaubte, daß Gutes zu tun glücklich macht.«

»Man sieht ja, was sie davon gehabt hat, Gutes zu tun. Aber es ist sinnlos, mit euch zu reden. Ihr seid alt, ihr werdet jetzt tun, was ich euch sage. Man muß das Blatt wenden. Je früher, desto besser für alle, auch für Giovanna.«

Opa schwieg. Ich war stehengeblieben, mit der Geldbörse in der Hand. Ich hoffte inständig, er würde etwas sagen. Irgendwas, nur damit er nicht still war.

»Die Luft ist gut, da oben am See«, sagte Pale. »Nicht wie hier in der Ebene, wo man im Winter friert und im Sommer vor Hitze platzt. Von den Mükken ganz zu schweigen. Und Teresa ist ein liebes Mädchen. Sie wird euch gern haben wie ihre eigene Familie.«

Wenn das, was ich in der Hand hatte, Opas Geldbörse war und das Haus sein Haus, dasselbe wie immer, warum kamen sie mir dann so anders vor, daß ich sie nicht wiedererkannte?

Die Stoffe, die sich auf den Stühlen und auf der Kommode stapelten, die Hemden mit den gewendeten Bündchen und die Hosen mit den aufgesetzten Flicken im Schritt, lang und tief wie Wunden, waren dieselben wie immer. Ich kannte sie gut. Plötzlich wurde mir bewußt, daß schon seit langem niemand sie mehr aufgeräumt hatte. Man lebte einfach neben ihnen, und durch das Zerknittern hatten sie an Frische verloren und einen Staubgeruch angenommen, der einem den Magen umdrehte. Ich fing an, sie zu ordnen, faltete sie zusammen und legte sie einzeln übereinander. In letzter Zeit klagte Opa, er habe zu wenig Arbeit. Die Kunden blieben aus. Ein paar Frauen aus der Nachbarschaft brachten noch Hosen zum Engermachen oder Flicken. Aber neue Kleider und Anzüge wurden nicht mehr in Auftrag gegeben. Auch Pales alte Freunde, die sonst immer kamen und Wein tranken und im Hof zur Ziehharmonika sangen, ließen sich nicht mehr blicken.

»All die Arzneimittel«, sagte Onkel Pale, »wer hat sie gekauft? Wir. Und von welchem Geld? Von unserm. Hat er jemals etwas gegeben?«

»Du weißt, daß er das Geld für die Werkstatt braucht. Er darf das Kapital nicht antasten.«

»Das soll er jemand anders erzählen! Das Kapital antasten! Ich weiß, was er mit dem Kapital machen wird. Alle wissen es. Wie man sieht, wollt ihr gern als Trottel dastehen.«

»Halt den Mund, Pale! Schäm dich, so was auch nur zu denken ...«

»Ja, ich halt besser den Mund. Aber ich laß euch nicht hier sterben. O nein! Auch nicht, wenn ihr es wollt.«

Und er ging und schlug die Tür hinter sich zu.

Ich wußte, wohin er ging: in die Betura-Bar. Dort wartete Teresa, seine Verlobte, auf ihn. Sie stammte vom Lago Maggiore und hatte dem Geschrei der Mädchen, wer als erste mit Pale eine Runde auf der Lambretta über die Addabrücke fahren durfte, ein Ende gesetzt. Sie war sehr elegant, saß hinter Pale, beide Beine auf einer Seite, und hielt sich das Kopftuch mit der Hand unter dem Kinn fest. Pale sang ihr vor *Tu sei per me la più bella del mondo*, und seine Stimme verklang nach und nach längs der Hecken. Ihr Vater hatte eine kleine Möbelfabrik. Es machte ihr nichts aus, daß Pale arm war. Wenn sie uns noch nicht besucht hatte, dann nur, weil sie die Großeltern nicht beschämen wollte. Das sagten jedenfalls Doriana und die Torelli. Und man konnte es ihnen glauben. Sie wußten immer, was los war, sogar besser als die direkt Betroffenen.

»Warum sitzt Oma stundenlang am Fenster und starrt immer auf denselben Punkt auf der Straße?« fragte ich Opa.

»Sie sieht die Straße nicht«, antwortete er, »sie ist verzaubert. Wenn sie so dasitzt, heißt das, sie dreht gerade eine kleine Runde durch das Fürimmerland.«

»Wo ist das Fürimmerland?«

»Überall. Ringsum. Überall, wo die unsichtbaren Dinge sind.«

»Was für unsichtbare Dinge?«

»Ich sag doch, alles, was wir nicht sehen können. Die wahre Wirklichkeit.«

»Sieht man da auch die Toten?«

»Ja, gewiß.«

»Auch Mama?«

»Warum nicht?«

»Kann Oma sie sehen?«

»Ich glaube schon.«

»Und Mama, kann sie Oma sehen?«

»Ja, gewiß, die Toten sind die Spione des Herrgotts.«

»Und wie kommt man ins Fürimmerland?«

»Es gibt keinen vorgezeichneten Weg. Jeder muß seinen eigenen finden«, antwortete Opa.

Ich war still. Ich war beeindruckt. Die Vorstellung, daß Mama in der wahren Wirklichkeit hier neben mir war, Ellbogen an Ellbogen, vielleicht sogar im Sessel oder auf dem Bett, ohne daß ich es wußte, blieb nicht ohne Wirkung. Ob sie noch krank war? Oder wieder gesund? Die Toten als Spione des Herrgotts – der Gedanke beunruhigte mich. Ich stellte sie mir lieber auf dem Mond vor, in Erwartung seines Gerichts.

»Gütiger Himmel, was für eine Unordnung!« jammerte Opa. Mit der Stockspitze versuchte er, einen Stapel Hemden gerade zu richten. Laß es doch so, siehst du nicht, wie schön es ist? hätte ich gern gesagt. Zusammen mit meinem schmutzigen Rock kann ich auch alle Widerborstigkeit auf der Kommode liegenlassen.

VIII

»NA, BIST DU fertig?« kam deine Stimme aus dem Eßzimmer. Ich knöpfte mir schnell die Lackschuhe für die besonderen Anlässe zu und sprang, immer vier Stufen auf einmal, die Treppe hinunter. Die Via Garibaldi war menschenleer wie immer nach dem Essen, doch als wir vorübergingen, bewegten sich hier und da Vorhänge hinter den Fenstern.

Du hieltest mich fest an der Hand und sagtest: »Du kannst froh sein, Giovanna, denn jemand wird uns helfen, unsere Familie wieder aufzubauen.«

Ich glaubte, wer weiß wohin gehen zu müssen. Statt dessen blieben wir, kaum waren wir um die Ecke, vor dem Tor des Bernini-Hofes stehen. Ich stemmte die Füße gegen den Boden. Aber so viel ich mich auch umschaute, nirgends waren Lämmer zu sehen. Und auch aus den Ställen hörte man kein Blöken oder Hufestampfen. Alles war ruhig und still. Du sagtest: »Komm, Maria wird dir ein Glas Wasser geben.« Die Maria *wohnte* auf diesem Hof? Auf diesem Lämmertotschlaghof? Niemals hätte ich gedacht, daß dort jemand wohnen könnte. Daß dieser Hof etwas anderes sein könnte, als er für mich war: der Ort des Martyriums für die Unschuldigen. Und seltsamerweise überraschte es mich mehr, daß auf dem Bernini-Hof überhaupt jemand wohnte, als daß es ausgerechnet die Maria war. Denk doch mal! Auf dem Bernini-Hof wohnen! Ich hatte nie jemanden aus dem Hof herauskommen oder hineingehen sehen. Und dann noch die Maria!

Ich konnte mich nicht rühren. »Los, komm«, sagtest du noch einmal, »bis Ostern ist noch lange hin, im Juni werden keine Lämmer geboren. Denen, die gerettet worden sind, droht keine Gefahr.« Doch ich rührte mich nicht. So hast du mich bei der Taille gepackt, wie man einen Koffer oder ein Bündel, das im Weg steht, unter den Arm nimmt, und bist, unter der Sonne stöhnend, kräftigen Schritts über den Hof gegangen. Am Fuß einer Holztreppe mit ungepflegten, ausgetretenen Stufen hast du mich abgesetzt. Du hast mir den Rücken zugekehrt und bist sofort hinaufgestiegen. An mich dachtest du schon gar nicht mehr.

In Ausschnitten zwischen deinen Beinen kam mir Stück für Stück Marias Welt entgegen: eine Geranie, eine Fliese mit Rautenmuster, ein Stück Geländer, eine Gießkanne mit angeschlagener Tülle, eine vorbeihuschende Maus, die sich hinter einem Blumentopf versteckte. Bis ich plötzlich vor einem feingestreiften blauen Stoff landete.

»Lieber, lieber Pepino. Wir haben die gute Nachricht schon von Maria gehört. Wir freuen uns wirklich sehr. Bleiben Sie doch nicht hier draußen stehen! Kommen Sie herein!«

Jemand – ein Mann – sprach mit dir. Wieso nahm er sich so viel Vertraulichkeit heraus? Ich hätte gewettet, daß du ihn sofort zurechtweisen und mit einem Blick niederschmettern würdest, wie du es mit mir machtest, wenn mir im Sitzen der Rock übers Knie hochrutschte. Statt dessen hast du eilfertig geantwortet: »Danke, Lampo, gern.«

Wir standen jetzt auf einem Treppenabsatz, und ich konnte ihn sehen: ein plumper Kerl mit einer erloschenen Zigarre zwischen den Zähnen und einer Baskenmütze, die ihm in die Augen gerutscht war, Augen, hell wie aus Glas. Die gleichen, wie Maria sie hatte, undurchlässige Augen, die dich auf der Schwelle stehenlassen. Fremde Augen. Er nahm den ganzen engen Treppenabsatz ein, der vor Blumentöpfen überquoll: Begonien, Ringelblumen, Stiefmütterchen. Es sah aus, als wollten sich die Blumen hinunterstürzen, vielleicht vor Schreck über sein Näherkommen. Über der Tür ein Käfig mit zwei Kanarienvögeln, der so klein war, daß die Tierchen nicht hüpfen konnten, ohne dagegenzustoßen. Ich zog dich am Ärmel, um dir zu verstehen zu geben, daß ich wegwollte.

»Bitte! Bitte, nehmen Sie doch Platz.«

Ich drehte mich immer wieder nach den Ställen

um. Bis Ostern war es noch lange hin. Du hattest recht. Es war nichts zu befürchten.

Ein Geranientopf kippte um. Die Erde lag verschüttet auf dem Boden. Sie wimmelte von Würmern. Ich blickte zu dir hoch.

»Ja«, sagtest du, »wenn du willst, nur zu!«

Ich setzte die Pflanze wieder in den Topf und häufelte die Erde ringsum an. Als ich die Blätter von Erdreich säuberte, merkte ich, daß meine Hände zitterten.

»Was für ein liebes Mädchen«, sagte Lampo. »Wer weiß, vielleicht findet sie ja in ihrem Unglück auch eines Tages jemanden, der sie gern hat.«

Was mir weh tat, war, daß du ihn nicht in seine Schranken gewiesen hast. Was schwatzte der da? Von welchem Unglück faselte er? Auch wenn meine Mama gestorben war, blieb mir doch immer noch mein Papa. Und was für ein Papa!

In dem Zimmer, in dem Lampo uns Platz nehmen ließ, gab es Nippes und Deckchen in Hülle und Fülle, Stoffhäschen, Fläschchen von Firmung und Kommunion, Konfekt, noch im Netz, und auf allen Möbeln Pferdchen aus geblasenem Glas. Beim Gehen brachte er sie zum Klingen. Man hätte Tage gebraucht, um sie sich alle genau anzusehen. An der Wand hing eine Fotografie von einem jungen Mann in Radrennfahrerkleidung mit glücklichem Gesicht und einem Pokal in der Hand.

»Das bin ich«, sagte Lampo. »Als ich jung war, hab

ich drei hintereinander gewonnen. Regionale Rennen. Wenn mir einer auf den Fersen war, eijeijei! Ich hatte einen heißen Spurt, wie Coppi. Hast du jetzt verstanden, warum man mich Lampo – der Blitz – nannte?«, und er zwinkerte mir zu.

Ich richtete den Blick auf den Boden, dicht neben dein Bein.

»Alchermes?«

»Nein danke, ich trinke nicht.«

»Na aber …«

»Lassen Sie's gut sein.«

»Und die Kleine? Limonade? Nein, nein, alles zurück!«, er schob den Brustkorb vor, »ich habe das Richtige: eine neue Erfindung. Die köstliche Coca-Cola. Sie ist wirklich köstlich, eijeijei!«

Von der Anrichte nahm er eine kleine Flasche, wie ich sie noch nie gesehen hatte, geschwungen wie der Geist aus Aladins Wunderlampe.

»Die hat man mir aus der Stadt mitgebracht. Es ist etwas Wunderbares. Noch nie so was getrunken, eijeijei, ein Getränk, das sprudelt«, sagte Lampo. »Bürgermeister, ich wette, das kennen Sie noch nicht.«

Du hast den Kopf geschüttelt. »Nein, das kenn ich wirklich nicht. Aber machen Sie doch keine Umstände.« Mir hast du mit dem Knie einen leichten Stoß verpaßt, um mir zu verstehen zu geben, daß ich nicht so an dir kleben sollte. Dann hast du mich vergessen und hieltest ständig die einzige Tür im Hintergrund im Auge.

Lampo stellte trotzdem Gläser auf den Tisch, setzte sich und zündete sich die Zigarre an.

»Kommt denn nun der Herr Abgeordnete aus Mailand zur Einweihung der Wasserleitung?« fragte er dich.

»Ja, bestimmt. Er hat es versprochen.«

Schweigen. Der Herr Abgeordnete aus Mailand war für dich im Moment nicht das wichtigste. Ich spürte, daß du zittertest wie Graffiato vor einer Scheibe Salami, aber bestimmt nicht wegen der köstlichen Coca-Cola. Du hast sie gar nicht gesehen, du hast auch nicht gemerkt, daß ich wer weiß was drum gegeben hätte, sie zu probieren. Die Tür im Hintergrund öffnete sich, und du bist aufgesprungen.

Nie hätte ich gedacht, daß eine Frau so groß sein könnte. Mama war ein Knirps dagegen, selbst wenn man berücksichtigen muß, daß die Krankheit sie kürzer gemacht hatte. Auf dem Hochzeitsfoto überragtest du sie um zwei Spannen.

Heute trug sie ein meergrünes Kostüm in der Farbe ihrer Augen. Auch ich sprang auf. Sie kam auf uns zu und drückte dich an sich. Dabei legte sie dir eine Hand in den Nacken, was dich plötzlich kleiner und dünner machte.

»Was für eine schöne Überraschung!« Ihre tiefe, rauhe Stimme grub sich in meinen Hals wie ein großer Löffel. »Giovanna ist auch da! Und wie elegant wir sind! Das Mädchen trinkt ja gar nichts. Oh, das geht aber nicht! Hab keine Angst, du bist hier zu Hause.«

Sie beugte sich herunter und kam mir mit ihrem Gesicht ganz nah. Darauf war ich nicht gefaßt, und schon gar nicht auf das, was dann passierte: daß sie mit ihren Lippen meine Backe berührte und einen dicken Kuß draufknallte. Die Blumentöpfe und die Nippsachen, der enge Treppenabsatz und die Kunststoffmöbel, Lampo und die köstliche Coca-Cola, du und Maria, wie ihr euch an der Hand hieltet, das alles erschien mir plötzlich weit, unendlich weit weg. Oh, warum war ich nicht in unserem Haus geblieben mit all seinen Zimmern und Schlupfwinkeln, seinen alten Möbeln und rotgestrichenen Treppen, auf denen man Fangen spielen konnte?

»Ich habe gehört, du bist auch blitzschnell auf dem Fahrrad«, sagte Lampo. Wir waren allein im Zimmer mit den Nippsachen. Durch das offene Fenster sah ich, wie du Maria auf der Tenne beim Wäscheabnehmen halfst. Ich dachte gerade, daß du Mama nie dabei geholfen hattest, als ihr in einem Schuppen verschwunden seid.

»Was meinst du, sollen wir ein Rennen fahren? Ich wette, daß ich dich schlage«, sagte Lampo. »Eijeijei, wo nimmst du bloß die Kraft her, so mager, wie du bist? Sag mal, ißt du wenig, bist du mäkelig beim Essen? Bist du bockig? Das passiert manchmal, wenn ein kleines Mädchen sich selbst überlassen ist und niemand aufpaßt. Eijeijei, auf kleine Mädchen muß man achtgeben, vor allem, wenn sie so hübsch sind wie du. Na, jetzt werden wir uns um dich kümmern. Trinkst du nicht? Willst du nicht mal probieren? Komm, spiel nicht die Schüchterne. Wenn du die trinkst, dann geht's rund. Dann siehst du Sterne. Hinterher willst du bestimmt noch eine haben. Wenn ich's dir sage, kannst du's mir glauben. Versuch doch wenigstens mal! Koste mal! Komm, trink!«

Er keuchte. Er hatte ein Hirschkalb aus Glas umklammert. Ich sah die großen Augen und die Ohren unter seinem Daumen vorgucken. Seine Fingerknöchel waren vor lauter Drücken schon ganz weiß. Mal sehen, ob er es in Stücke zerspringen läßt, dachte ich. Doch plötzlich öffnete er die Hand, und sein Mund verzerrte sich zu einem Lächeln. Aus Höflichkeit lächelte ich zurück. Dann wurde die Tür weit aufgesperrt, und eine Alte erschien auf der Schwelle. Sie trug einen Korb voll Brennesseln am Arm. Ohne zu irgend jemandem etwas zu sagen, ging sie geradewegs zum Sparherd, warf die Brennesseln in einen Kochtopf, goß Wasser drauf und stellte ihn auf die Platte.

»Pepa«, sagte Lampo zu ihr, »das ist Giovanna, Sironis Tochter, unsere zukünftige Enkelin.«

Doch sie antwortete nicht und gab auch nicht zu erkennen, ob sie gehört hatte oder ob es sie interessierte, was ihr Mann ihr erzählte.

Lampo zwinkerte mir zu, als wollte er sagen: Verziehen wir uns lieber, sie hat heute schlechte Laune, und so gingen wir auf den Treppenabsatz. Er bot mir einen Schemel an, und ich machte mich neben einem Begonientopf winzig klein.

Ich guckte nicht zu den Gebäuden hin. Dort war der Schuppen mit dir und Maria drin. Ich guckte nicht in den sonnenüberfluteten Innenhof. Dort waren die Ställe. Ich guckte nicht auf den Treppenabsatz. Dort saß Lampo. Statt dessen blieb ich an der quälenden Frage hängen, ob in dieser Familie alle so groß waren, weil das Haus voller Nippes war? Die Antwort fiel gar nicht leicht.

IX

WIR HATTEN HOCHSOMMER. Kaum wurde es etwas kühler, steckte ich den Kopf in die Werkstatt. »Also dann, Papa, ich gehe«, schrie ich über das Getöse der Hobelmaschine hinweg.

Wenn ich jeden Tag allein zu Maria ging, so schien mir, würde ich nicht mehr jedesmal, wenn ich euch zusammen sah, das Gefühl haben, daß *ich* aus mir verschwand.

Ich rannte über den Hof – keine Lämmer – bis zur Treppe. Oben auf dem Treppenabsatz versperrte Lampos Stock mir den Weg. Die Blumen in den Töpfen standen in voller Blüte. Die Kanarienvögel, nur noch aufs Schnäbeln aus, versuchten gar nicht mehr zu fliegen.

»Sie haben geheiratet, und jetzt werden sie Kinder kriegen«, sagte Maria, als sie sah, daß ich ihnen zuschaute. »Deshalb heiratet man nämlich, das weißt du doch, oder?!«

»Ja klar«, antwortete ich eifrig.

»Ja klar«, sagt sie und sieht mich an, als wollte sie

sagen: Was weißt denn du von diesen Dingen? Dann lacht sie los, lacht, weil sie weiß, daß ich gelogen habe. Ich bleibe am Klang ihres Lachens hängen und warte darauf, sie fragen zu hören: Warum flunkerst du? Doch sie ist still, beißt sich auf die Lippe, so daß sie noch röter wird, und sieht mich unverwandt an. Das Rot ihrer Lippen streift mein Gesicht. Ich schlage die Augen nieder und nestele heimlich an meinem Rocksaum. Tatsache ist, was immer Maria mich fragen würde, ich würde ja sagen. Ich würde es nie schaffen, nein zu sagen. Ich würde ja sagen und Schluß. Ja zu allem, was ihr gefällt.

Vor lauter Angst, daß sie es merken würde – die Lüge, meine ich –, redete ich in Windeseile drauflos. Ich erzählte ihr alles mögliche, von Graffiato und Belinda, vom Eisen und vom Qualm, von den Kaninchen und den Hühnern, den Lilien und den Veilchen, von den Großeltern und Pale, von Mutter Rachele, von Don Bruno und sogar von Omero. Lauter Sachen, nach denen sie mich gar nicht gefragt hatte. Tatsächlich erwartete ich, daß sie mich unterbrechen und sagen würde: »Hör mal, das hab ich dich doch gar nicht gefragt.« Doch sie unterbrach mich nicht, sondern hörte mir schweigend zu, während sie die trockenen Blätter von den Blumen abzupfte. Ich kam mir vor wie ein Radio und stellte mir vor, wie Marias Hand sich von den Blättern zu meinem Schaltknopf hinbewegte und mich abschaltete, o ja, bitte, bitte, schalte mich ab! Ich war schweißgebadet wie nach einem Rennen, und der Hals tat mir weh. Und doch war ich wirklich froh.

Die Freude hielt bis zum Abend an. Sie war etwas Klebriges, Dichtes, das mit mir unter die Decken schlüpfte, als ich schlafen ging.

In Wirklichkeit hatte ich Maria das alles gar nicht sagen wollen, dachte ich am Morgen, sobald ich die Augen aufschlug. Ich hätte ihr gern etwas ganz anderes erzählt, was ich noch niemandem erzählt hatte, nicht einmal Omero. Zum Beispiel: Weißt du, wie man einen wohlriechenden Atem bekommt? Man ißt eine Handvoll Veilchen. Oder man kaut das Herz einer Hyazinthe. Oder auch: Weißt du, daß man mit dem Garten eins werden kann? Man braucht sich nur neben die Zisterne zu setzen, wo die Lorbeerhecke anfängt. Von dort aus kann man alles überblicken. Man atmet kräftig durch den Mund, ohne Pause, bis einem schwindlig wird und es im ganzen Körper kribbelt. Es ist, wie wenn die Spitze eines glühenden Eisens ins Wasser gesteckt wird und es zischt. Dir schaudert und du zitterst so, daß du nicht mehr ruhigbleiben kannst. Das ist der Moment. Du läßt dich mit geschlossenen Augen fallen: Die Wiese, die Margeriten, die Grashalme, die Ranunkeln, die Knospen des Pfirsichbaums und die Mimose, die Lorbeerhecke und die Nattern, die sich darin verstecken, dringen in dich ein und du wirst ganz eins mit ihnen. Wie sie hereinkommen? Hier, durch diese Pforte (ich hätte auf mein Herz gezeigt). Du bist die Milch, die aus den unreifen Feigen sickert, und der Weg, der zur Petersilie führt. Und wenn du in den Himmel schaust, werden sogar die Vögel ganz eins mit dir. Du fühlst dich wirklich groß und begreifst, daß du nicht umsonst geboren bist.

Doch ich hätte nie gewagt, Maria so etwas zu erzählen. Ich fürchtete, daß sie sagen würde: »Ach, geh, was für Sachen denkst du dir aus!« Aber bald würde sie zu uns ziehen. Dann würde ich mit ihr zur Zisterne gehen und ihr zeigen, was ich sah. Reden wäre nicht nötig. Diese Dinge verstehen sich von selbst. Maria würde mit offenem Mund dastehen. Sie würde mich umarmen, und würde so wenigstens eine Verwandte werden, wenn schon keine richtige Mama.

Die Ellbogen auf den Tisch gestützt, kaute ich am Bleistift und betrachtete, kräftig mit den Beinen schaukelnd, aufmerksam den Himmel.

»Sitz still, Giovanna, du bist nicht auf der Schaukel«, sagte die Lehrerin Luisa. Wieso denn Schaukel, hätte ich fast gesagt, siehst du nicht, daß ich die Zeit vorwärtsschiebe?

»Wie heißt das Partizip Perfekt von brennen?«

»Gebrannt.«

»Richtig. Und das zweite Futur?«

»Wird gebrannt haben?«

»Gut.«

Ich bekam es hin, auch wenn das Zeitvoranschieben mich sehr in Anspruch nahm. Es fehlte noch eine Woche, bis Maria zu uns kam. Die Stunden schienen überhaupt nicht zu vergehen. Obwohl keine Wolken am Horizont zu sehen waren, fürchtete ich, daß ein Gewitter kommen und die Blumen umknicken könnte, bevor sie sie gesehen hatte.

Durch die angelehnte Tür drang Lampos Schnarchen. Maria saß an der Nähmaschine. Eine funkelnagelneue Singer. Die ganze Maschine und sie waren in eine weiße Stoffwolke gehüllt. Sie wandte mir langsam den Kopf zu und lächelte mich an. Ihre Haare waren mit einer Schleife zusammengebunden. So eine Frisur hatte ich noch nie gesehen. Sie erinnerte an einen Pferdeschweif. Und genau wie ein Pferd sah Maria auch aus, mit ihrem langen Hals und dem dichten Flaum im Nacken.

»Komm, sieh mal«, sagt sie. *Wrrr,* sie tritt das Pedal, und ihre Hüften kreisen wie das Rad, das unten in der Mühle den Brotteig knetet. Hielte ihr Hinterteil sie nicht als Ballast auf dem Stuhl fest, könnte sie wegfliegen. Der Gedanke jagt mir einen solchen Schrecken ein, daß ich mich neben sie stelle und eine Hand auf den Tüll lege. Mit funkelnden Augen sieht sie mich an. Ich muß an die Abbildung einer Python aus dem Naturkundebuch denken, unter der geschrieben steht: *Wie die Schlangen fressen.* Meine Schlange ist gelb und spiralförmig gewunden und hat eine gespaltene rote Zunge, regungslos wartet sie ab. Vor ihr steht ein Küken. Auch das Küken bewegt sich nicht, obwohl es am ganzen Leib zittert. Als wüßte es, was ihm bevorsteht. Es kann nur die Federn anlegen und zittern. Die Python beschränkt sich darauf, es anzusehen. Ich habe es überhaupt nicht eilig, weißt du, ich habe Zeit, soviel ich will, scheint sie ihm mit den gelben Augen zu sagen, die einen nicht hereinlassen.

»Das Pedal geht noch schwer«, sagte Maria, »aber bald wird es begreifen, wer hier das Sagen hat.«

Sie zog die Nadel aus dem Stoff, biß den Faden ab und nahm die Näharbeit von der Singer herunter. Dabei hob sie den Tüll in die Höhe, so daß er sich ringsum ausbreitete, zum Weinen schön. »Dreh dich«, sagte Maria, »zeig mal, wie er dir steht.« Sie setzte ihn mir auf den Kopf und führte mich vor den Spiegel. Sie hielt ihr Gesicht neben meins. »Du riechst nach Rost und Kohle. Warum schlägst du die Augen nieder? Sieh dich an! Du siehst selber wie eine Braut aus. Du willst mir wohl meinen Platz streitig machen!«

Sie steckte mir eine Klemme ins Haar, um eine widerspenstige Strähne zu befestigen, und das gefiel mir nicht, weil dadurch mein ganzes Gesicht zu sehen war. Ich wurde rot, und sie glaubte, es wäre, weil sie mich im Unterrock dastehen ließ. »Was schämst du dich?« sagte sie. »Denkst du, mich interessieren deine Stöckerbeine?« Dabei musterte sie mich andauernd. Ich ließ mich betrachten. Mit einer Fülle von Schleifen und Spitzen nahm das Brautjungfernkleid immer mehr Gestalt an. Das Oberteil war schlicht, mit einem bestickten hochgeschlossenen Ausschnitt, aber der Rock war prächtig; in der Taille angekraust, fiel er in Volants und lief in einer Schleppe aus. Kein Vergleich mit dem Kleid, das Opa mir für die Erstkommunion genäht hatte. Wenn ich es anhatte, verschwand der knochige, ungelenke Knirps, der ich war, unter dem Äußeren einer Prinzessin. Nur war ich nicht mehr ganz sicher, ob ich noch ich war. Aber war das wichtig?

Bei den Großeltern stand aufgeklappt Mamas Rollstuhl, als sollte sie sich jeden Moment hineinsetzen, und ihr Medizinglas lag zum Sterilisieren in der Schüssel. Die weißen Binden, die Spritzen mit dem Wattepäckchen ordentlich nebeneinander im Eckregal, zusammen mit der Dekubitus-Salbe und dem Stapel Servietten, die sie ihr zum Draufbeißen zwischen die Zähne geschoben hatten, wenn die Knochenschmerzen unerträglich wurden.

Ich konnte mich bei den Großeltern nicht von dem Gefühl freimachen zu ersticken. Deshalb ging ich so selten wie möglich hin.

»Du kannst froh sein. Niemand hat so viel Glück gehabt wie du. Aus dem Kloster zu kommen, um deine Mutter zu werden, *überleg dir das mal!*« sagte Doriana zu mir. »Allein dafür solltest du ihr schon dankbar sein.«

X

»VERFLIXT, SO EIN Regen!« sagte ich.

Es sah aus, als käme die Adda nicht aus dem Comer See, sondern direkt vom Himmel herunter.

»Das Jesuskind weint«, sagte Omero.

»Was redest du«, sagte ich, »gleich wirst du mir noch erzählen, daß die Madonna ihm den Hintern versohlt.«

»Ich wette, du kannst es kaum erwarten, daß ich dir was auf die Beine schreibe«, sagte Omero.

Ich lag mit angehaltenem Atem da, die Augen auf seine Hand über mir mit dem Sägemehl gerichtet.

»Weißt du, warum sie Graziellas Mama die Göttin der Küsse nennen?« fragte Omero wieder.

»Nein.«

»Weil sie sich sogar, wenn sie ins Bett geht, die Lippen anmalt.«

»Woher weißt du das?«

»Graziella hat es mir erzählt.«

»Wo ist eigentlich ihr Vater?« fragte ich.

»Es gibt keinen Vater«, sagte Omero kurz.

Ich weiß nicht mehr, wie wir zur Kirche gekommen sind. Ob wir zu Fuß hingegangen oder mit Signor Marzaticos Giulietta gefahren sind. Vor allem weiß ich nicht mehr, ob und wann du mir gesagt hast, daß du heiratest, und mit welchen Worten du es mir gesagt hast.

Während der Trauung konnte ich nicht stillsitzen. Das Brautjungfernkleid störte mich beim Niederknien, der Schleier hing mir vor den Augen, sobald ich den Kopf drehte, und ständig rutschte mir, wegen der Handschuhe, das Meßbuch aus den Händen. Dreimal fiel es herunter. Du dagegen folgtest stolzgeschwellt der Zeremonie. Das ständige Aufstehen, Hinsetzen, Niederknien war für dich keine Anstrengung. Du schienst wie geschaffen für die Kirche und warst verärgert über mich, denn mehr als einmal mußtest du dich umdrehen und mir einen strengen Blick zuwerfen. Irgendwann hatte ich Don Bruno ein Zeichen gemacht, daß ich auf die Toilette müßte, und er hatte es mir mit einem Nicken erlaubt.

Die Toilette war im Hof. Halb Sakristei, halb Waschküche und Hühnerstall. Eine Fundgrube an Schätzen. Es gab Paramente, nach Omo duftende Talare mit violetten Stolen, die an den Leinen baumelten, sogar ein Weihrauchfäßchen, das an einem Drahtgitter hing, der Einzäunung für das *Gackgackgack* der Hühner. Doch was sofort meine Aufmerksamkeit auf sich zog, war eine weiße Milchkaffeetasse ohne Griffe, die auf halber Höhe auf einem Mauervorsprung stand. Was hatte eine Milchkaffeetasse da oben zu suchen? Seit ich sie gesehen hatte, konnte ich an nichts anderes mehr denken. Ich mußte wissen, mußte unbedingt wissen, was drin war. Es war nicht leicht, bis dort hinaufzusteigen, aber ich war gewöhnt, auf Bäume zu klettern. Ich mußte nur aufpassen, daß ich das feine Kleid und die Schuhe nicht schmutzig machte. Ich fühlte mich so sicher, daß ich sogar die Handschuhe anbehielt. Backstein um Backstein war ich zum Greifen nah an die Tasse herangekommen. Nur hatte ich sie dann, statt sie hochzuheben, am Rand ergriffen. Eine scharlachrote ölige Flüssigkeit ergoß sich über mich, die mir auf Haaren, Nase und Kleid und sogar auf den Riemchen und Spitzen der Schuhe klebenblieb. Eine feuerrote Zunge, die mich, wie ein Axthieb, genau in zwei Hälften teilte.

Am Geruch hatte ich erkannt, daß es Lackfarbe war.

Eine ganze Weile stand ich da und wußte nicht, was ich machen sollte. Ich wartete still und regungslos, als könnte das So-tun-als-ob-nichts-wäre das Unglück wenn schon nicht ungeschehen machen, so doch wenigstens eindämmen.

Was mir Mut gab, den ersten Schritt zu tun, war der Klang der Orgel. Ich ging in die Kirche zurück. Alle standen, die Feier war zu Ende. Der Weihrauch breitete sich ins Gewölbe aus. Mit den Augen suchte ich dich. Jetzt warst du Marias Ehemann, aber mir schien, wenn ich deinen Blick auf mich ziehen könnte, bevor mich alle anderen sahen, dann würde das häßliche Rot verschwinden, als wäre es nie dagewesen. Doch irgend jemand hatte mich bemerkt, und die Köpfe fingen an, sich umzudrehen.

Nicht du hast mich gesehen, sondern Maria. Als sie gerade an deinem Arm vorwärtszuschreiten begann, hob sie den Kopf und schaute in meine Richtung. Auch du hast in meine Richtung geschaut, hast mich gesehen und bist blaß geworden. Du hast deine Frau stehenlassen und bist mir entgegengelaufen. In deinem Gesicht stand Sorge, und für einen Augenblick – in *diesem* Augenblick – war ich glücklich. Doch der Lackgeruch zog mir ein ganzes Stück voraus. Und so hast du fast im selben Moment gemerkt, daß ich nicht verletzt war. Die Sorge in dir wich der Wut. Der Groll machte deine Lippen dünn. Du hast nichts gesagt, hast dich darauf beschränkt, mich bei der Hand zu nehmen und mich zu Maria zu bringen. Der Blickwechsel zwischen euch war für mich die Besiegelung eurer Ehe. Entscheidender und endgültiger als das Tauschen der Ringe. Wenn du mein Handgelenk so fest umfaßt hast, dann bestimmt nicht, um mir Mut zu machen. Maria nahm mich bei der anderen Hand, und ihr habt eure Hände verschränkt. So berührten sich meine Unterarme, als wären sie in Handschellen gelegt. Langsam seid ihr mitten durch die Gäste auf den Ausgang zugegangen. Ich wußte, daß ihr mich dicht zwischen euch hieltet, um mich zu verstecken. Vielleicht wolltet ihr mich regelrecht verschwinden lassen. Ich konnte es euch nicht verübeln und wäre am liebsten selber verschwunden. In gewisser Weise war ich es auch schon. Ich beklagte mich nicht über die unbequeme Haltung, denn obwohl mir die Beine weh taten, war es, als ginge mich das Ganze nichts an.

Wir gingen zu Fuß nach Haus, ein Kilometer Nässe, Hunderte von Händen, die zu drücken waren, Tausende kleiner Schritte, die mir die Waden eingipsten. Die letzten zweihundert Meter legte ich zurück, ohne die Füße zu bewegen. Das Brautjungfernkleid war inzwischen ein dreckiger Besen und ich der Stiel dazu.

Zu Hause erwarteten uns die Großeltern zum Empfang. Bei meinem Anblick wurde Oma blaß, dann brachte sie mich sofort ins Schlafzimmer neben dem Taubenschlag. Wir hatten nicht den Mut, einander anzusehen. Unsere Hände stießen immer wieder unter den Achseln zusammen und behinderten sich gegenseitig. Schließlich hielten wir erschöpft inne. Oma ließ ihren Kopf auf meinen Schoß fallen. »Jetzt ist es aus«, murmelte sie, »jetzt ist es aus.« Ich blieb still. Ich fand keine Worte, um sie zu trösten.

Als ich aufwachte, sah die Welt kein bißchen anders aus. Der Himmel war noch dunkler geworden und drückte auf die Dächer der Häuser. Maria und du, ihr wart nicht mehr da. Ihr wart auf Hochzeitsreise nach Venedig gefahren. Alles, was ich über diese Stadt wußte, hatte ich durch Mamas Halstuch erfahren. Ich holte es aus der Schublade und breitete es auf der Bettdecke aus. Eine breite Wasserstraße war da zu sehen mit Palästen aus feinstem Gold und ein junger Mann mit kräftigem Bizeps unter einem weißrotgestreiften Hemd und einem seltsamen Hut auf dem Kopf. Er ruderte im Stehen ein Boot, das vorn und hinten in eine Spitze auslief. Um auf einem solchen Boot im Stehen zu rudern und das Gleichgewicht zu halten, mußte er Haken an den Zehen haben, dachte ich. Auf was für Ideen du kommst? sagte ich mir. Haken an den Zehen. Was phantasierst du da? Doch in den folgenden Tagen konnte ich den unangenehmen Gedanken nicht loswerden, daß die Einwohner Venedigs, wenn sie eine Absonderlichkeit an den Füßen hatten, genausogut eine im Kopf haben konnten. Kurz, du warst womöglich in Gefahr.

Und tatsächlich mußte in Venedig irgend etwas Seltsames passiert sein, denn kaum hast du mich an dem Abend, als ihr zurückkamt, erblickt, hast du die Stirn gerunzelt und mir bedeutet mitzukommen.

»Wo gehen wir hin?« fragte ich naiv.

Du hast nicht geantwortet, sondern mich am Arm gepackt und durchs Haus gezerrt. Maria hatte den Koffer aufgeklappt und hängte ihre Einkäufe auf die Kleiderbügel, ein Tuch mit einer großen gestickten Rose und die neuesten Modellkleider. Ich war sicher, daß sie mich rufen würde, um sich von mir helfen zu lassen. Doch als wir an ihr vorbeigingen, tat sie, als wenn nichts wäre. Sie hatte das Radio angeschaltet, und während wir die Kellertreppe hinuntergingen, sang Nilla Pizzi *Avvinta come l'edera*. Ich dachte, wir würden einen guten Wein holen, um anzustoßen. Doch du hast nicht einmal Licht gemacht, du hast mich reingehen lassen, bist sofort wieder rausgegangen und hast das Eisengitter hinter dir abgeschlossen.

Ich begriff nichts.

Warum hattest du mich dagelassen?

Es war unser Keller, zugegeben, ich kannte ihn gut, tausendmal war ich reingegangen, um eine Salami, Taleggio oder eine Flasche zu holen. Doch war es eine Sache, rein und wieder raus zu gehen, aber eine andere, dort eingesperrt zu sein, ohne Licht. Ich habe kein Theater gemacht. Lieber allein im Keller sein, als den Schrecken zu ertragen, dich mit Maria zusammen zu sehen. Doch bald fing im Dunkeln alles an zu rascheln. Etwas streifte meine Füße. Ich schrie, bis ich ein Jaulen hörte. Ich ließ mich neben dem Türgitter in den Sand fallen und streckte die Hände aus, um Graffiatos Fell zu fassen. Um zu fühlen, daß er da war.

Es dauerte lange, aber schließlich ging das Licht an. »Papa«, flüsterte ich im Aufstehen, doch nicht du warst es. Es war Maria. Sie hatte das Gitter geöffnet und winkte mich heraus. Sie war im Nachthemd, die Haare offen, die Lippen knallrot. Sie sah aus wie der

Engel des Herrn auf dem Altarbild der Verkündigung in der Hauptkirche. »Beeil dich«, sagte sie und, als sie sah, daß ich zögerte: »Keine Angst, er wird nicht wütend werden, ich sag es ihm.«

Schweigend folgte ich ihr die Treppen hinauf in mein Zimmer.

»Weißt du was«, sagte sie, »du mußt lernen, gehorsam zu sein und zu tun, was man dir sagt, statt immer deinen eigenen Kopf zu haben. Findest du es schön, daß du das Kleid ruiniert hast?«

Ach so, deshalb.

»Nein, nein«, antwortete ich erleichtert. Jetzt wußte ich wenigstens Bescheid.

»Siehst du, was für ein loses Mundwerk du hast«, sagte sie, »du hast also nichts verstanden. Hab ich etwa gesagt, daß du mir antworten sollst?«

Ich beschränkte mich darauf, den Kopf zu schütteln.

»Gut, ganz dumm bist du also doch nicht, wie ich sehe. Und jetzt rein!« sagte sie und schlug die Betttücher auf.

Ich tat es unwillkürlich, ohne zu überlegen.

Daß ich sie anlächelte, meine ich. Gleich darauf wäre ich am liebsten im Treibsand versunken. Die Hand halb erhoben, fixierte Maria mich eiskalt. Auch ich erstarrte, wie das Küken auf der Abbildung im Naturkundebuch.

»Schlaf jetzt«, sagte sie, »schlaf, und damit Schluß!«

Wenn sie mit mir redete, hieß das doch, daß sie nicht beleidigt war. Und das beruhigte mich, auch wenn ich mich immer noch wie das Küken fühlte. Gehorsam klappte ich schlagartig die Augen zu, um ihr meine ganze Dankbarkeit und Anerkennung zu beweisen.

Der Pfirsichbaum, der Mandelbaum, der Aprikosenbaum und der Kirschbaum hatten die Blätter abgeworfen. Zwar hielt ich gern im Frühjahr mein Ohr an ihre Äste, um die Anstrengung der Knospen beim Wachsen zu hören, doch ich kletterte nie hinauf. Ich legte mich auf die Eichenäste, obwohl sie steinhart waren, so hart, daß ich ständig die Lage wechseln mußte. Am Rand des Steilhangs, der unseren Garten von dem des Gärtners, Omeros Vater, trennte, stand eine große Eiche. Von dort aus sah man weit ins Land bis hin zur Mühle und zum Friedhof. Wie ein Trompetenstoß hob sich Mamas Grab mit dem halbrunden Stein deutlich von allen anderen ab. Seit Maria zu uns gezogen war, war ich nicht mehr allein auf dem Friedhof am Grab gewesen, und den Mond hatte ich erst recht nicht angeschaut. Nach meiner Rechnung mußte Mama längst im Paradies sein.

Warum hatte ich dann Angst, sie könnte nachts kommen und mich an den Füßen ziehen und Rechenschaft für meine Schöntuerei gegenüber Maria verlangen?

XI

»WILLST DU EINE junge Dame sein?« fragt Maria.

»Ja, klar«, sage ich.

»Gut, dann hör auf, Schmied zu spielen und dich an dem Hund zu reiben. Lauf nicht durch die Pfützen, klettere nicht auf Bäume, nimm keine Kaninchen und Hühner auf den Arm. Vor allem schlüpf nicht in die Schafställe, sie können auch ohne dich ihre Jungen zur Welt bringen. Und bitte, hör auf, dich mit diesem Tier im Sägemehl zu wälzen.«

»Mit welchem Tier?« frage ich mit leiser Stimme.

»Du hast genau verstanden. Spiel mir ja nicht die Dumme! Das Tier mit zwei Beinen. Der Gärtnerssohn, Omero.«

Ich saß immer am Fenster und sprang auf jeden Wink von Maria sofort auf. Die Pariser Modellkleider kamen mit dem Bus, und die Frauen aus dem Dorf standen Schlange, um sich bei ihr einzukleiden. Sie sagte, ich sei ihre lebende Schneiderpuppe und benutzte mich zum Anprobieren. Sie war dick geworden, die Knöpfe ihres Kleides spannten über der Brust, und sie ließ mich die Garnrollen und Nadeln vom Boden aufsammeln, weil sie sich nicht bücken mochte.

Es war gar nicht so einfach, Schneiderpuppe zu sein. In der Taille war meine Haut blutrot, wie Marias Lippen. Die Nadelstiche konnten kaum verheilen, weil sie mich jeden Tag aufs neue stach. Denn wenn sie nicht gerade mit der jeweiligen Kundin plauderte, hörte sie beim Nadelnstecken Radio. Sie hatte es immer angeschaltet neben der Singer auf dem Fensterbrett stehen. Wegen *Nel blu dipinto di blu* hatte sie regelrecht den Kopf verloren. Ständig trällerte sie es vor sich hin. »Du hättest gut Sängerin werden können, so schön, wie du singen kannst«, sagten die Kundinnen, während sie Kekse und Schokopralinen knabberten. Ich biß mir auf die Zunge, um ruhig zu bleiben und stillzustehen. Ich wollte sie nicht blamieren oder mir von ihr sagen lassen: »Was hast du zu zucken und zu jammern? Bist du nicht mal imstande, Schneiderpuppe zu spielen? Steh gerade, ich muß das Oberteil enger machen.« Wie dumm war ich doch, mir Sorgen zu machen. Es hing ja von mir ab. Wenn ich aufpaßte, sehr gut aufpaßte, würde Maria mich gar nicht stechen.

Nachts steckte ich den Kopf unters Kopfkissen, um nicht die Geräusche zu hören, die aus eurem Schlafzimmer kamen. Geraschel: sicher die Decken. Dann ein leichtes Knarren, das lauter wurde, erstickte Schreie, unartikulierte Laute, Gemurmel, unterdrückte Seufzer und Klatscher, die gleich wieder aufhörten. Du jammertest, es war deine Stimme. Kleine *Ahs* und *Ohs*, die kamen und gingen, wie die Adda, wenn sie mit ihren Wellen das Ufer streichelte. Dann in der Stille eine Reihe kurzer, schriller Schreie von Maria, die mir das Blut in den Adern gefrieren ließen. Ich zog mir die Decke bis über die Nase, Schweißperlen traten mir auf die Stirn, und mein Herz klopfte langsam und heftig, als würde es in eine Ecke hinter dem Brustbein gepreßt.

Von den Geschichten, die die Lehrerin Luisa mir zum Lesen gab, hatte mich eine besonders beschäftigt, die vom Grafen Dracula, einem alterslosen Herrn, der in einem einsamen Schloß inmitten verschneiter Bergschluchten hauste. Tagsüber schlief er in einem Sarg, und nachts flog er, in eine Fledermaus verwandelt, umher, um den Schlafenden Blut auszusaugen. Er konnte nichts dafür, es war ein grausames Schicksal.

Wenn ich mich nicht länger durch Kneifen wachhalten konnte, steckte ich den Kopf unters Kopfkissen und hielt den Atem an, bis der Luftmangel mich wie eine Murmel mitten zwischen die Augen traf. Erst im Morgengrauen fiel ich in einen leichten, unruhigen Schlaf, ohne jedes Zeitgefühl. Es kam mir vor, als hätte ich gerade erst die Augen geschlossen, und plötzlich war, zum Glück, schon morgen. Als erstes hörte ich deine Stimme: »Steh auf, es ist spät, du mußt zur Schule!« Ich warf die Decken zur Seite und sprang, die Augen reibend, aus dem Bett. Aufmerksam sah ich mir deinen Hals an: Da waren keine Spuren. Dann sah ich auf deine Hände, deine Nase, deine Lippen und Ohren. Alles schien in Ordnung. Ich sage: schien, denn in meinem Innersten war ich überzeugt, daß deine körperliche Unversehrtheit nur Schein war. Ich war sicher, daß auch Maria sich nachts – wie Graf Dracula – in einen Vampir verwandelte. Um nicht entdeckt zu werden, saugte sie dich vermutlich unter der Kleidung aus.

Nach dem wenigen, was ich bisher von der Sache verstanden hatte, war Gott nicht gut. In der Tat hatte er nicht einen Finger gerührt, um seinen Sohn vor dem Kreuz zu retten, und er hatte ja auch Mama nicht gerettet, obwohl sie doch nichts Böses getan hatte. Gott weiß mit unserer Beichte nichts anzufangen. Er will, daß wir ihn herausfordern.

Ehrlich gesagt, ich hätte es am liebsten aufgegeben. Aber die anderen zogen ihn ständig heran. Grund genug, mich auch mit ihm zu beschäftigen. Ich hatte zugelassen, daß er mir Mama nahm, aber bei dir sollte es anders sein. Der Waffenstillstand war gebrochen: Der Krieg ging wieder los. Eigentlich, wenn ich's recht bedachte, hatte es gar keinen Waffenstillstand gegeben. Warum ließ er es zu, daß Maria nachts zum Vampir wurde? Wenn sie, wie Graf Dracula, nicht anders konnte und er sie nicht von ihrem grausamen Schicksal zu erlösen vermochte, wie er ja niemanden zu erlösen vermochte, warum hatte er dann zugelassen, daß sie zu uns kam? Wer hätte sie besser kennen können als er? Kam Maria denn nicht aus dem Kloster der Canossianerinnen?

Die Hauptmesse war zu Ende. Wir warteten, bis der größte Teil der Leute hinausgegangen war, um dem Gedränge zu entgehen. Menschenmengen konntest du nie leiden. Ich sah, wie die letzten Betschwestern unter den Statuen des heiligen Antonius und der heiligen Rita von den Rosen Kerzen anzündeten. Der Küster fing an, das Licht zu löschen und die Stuhlreihen wieder geradezurücken.

Maria und du, ihr saßt Seite an Seite ins Gebet vertieft. Von unserer Bank aus hatte man einen schönen Blick auf den Hauptaltar und die linke Seitenkapelle. Diese Kapelle lag als einzige immer im Halbdunkeln, schmucklos, die Wandgemälde abgeblättert, und noch nie hatte ich jemanden dort in Andacht verweilen sehen. Nicht einmal einen Kandelaber gab es. Jesus lag in der Nische unter dem Altar. Ellenlang. Klapperdürr. Auf einem wackligen alten Tisch. Bis auf ein Tuch um die Lenden völlig nackt, auch im Winter. Die Augen verdreht, mit hängendem Mund und im Gesicht die Glückseligkeit tiefen Leidens, Ekstase. Ich konnte ihn nicht lange anschauen, ohne daß mich eine heftige Erregung packte.

Sie redeten so viel von Liebe, von christlichem Mitleid und führten ständig das Vaterunser und das Avemaria im Munde. Sie hatten ihn vor Augen, schienen ihn aber nicht zu sehen. Die Kirche war sehr gepflegt, voll von Schmuck und Lichtern. Eine Geldsammlung hatte begonnen, für die Renovierung der Fassade. Die Glocken läuteten ständig, die Novenen waren überfüllt. Unsere Prozessionen und unser Chor waren in der ganzen Diözese bekannt. Doch wie vertrug sich so viel Eifer mit der Tatsache, daß der Ursprung all dieser Frömmigkeit allein und vergessen in einer feuchten Seitenkapelle des Hauptaltars lag? Don Bruno hatte mir das *Leben der heiligen Theresia von Ávila* zu lesen gegeben. Es war weniger die Geschichte ihres Lebens als die Erzählung von all der Gnade, die der Herr ihr erwiesen hatte. Ihr Denken war klar und konsequent. Erfüllt von überströmender Liebe zu Jesus. Ich fand es vollkommen richtig, aber nach dem zu urteilen, wie die Dinge in unserer Gemeinde liefen, schien die Zeit der Heiligen aus Ávila Lichtjahre entfernt. Wer liebte heutzutage noch Jesus? »Kann es denn sein, daß alles Gute uns immer nur auf seine Kosten zuteil wird?« schrieb die Heilige. »Vielleicht, weil er alles schweigend erduldet und nie für sich selber spricht, sondern immer nur für uns? Vielleicht gibt es deshalb niemanden mehr, der dieses sanfte Lamm in Schutz nimmt?«

Wenn niemand ihn liebte, wenn alle ihn verlassen hatten, dann würde ich versuchen, ihn zu lieben, dann würde ich ihn beschützen.

Kaum hatte sich die große Kirche geleert, tat ich, als ginge ich hinaus, doch statt dessen ging ich zu ihm. Das Licht war aus, nur ein paar Kerzen brannten noch hier und da in den Kapellen, und aus den Weihrauchfäßchen am Hauptaltar stiegen noch schwache Rauchspiralen auf. Um Jesus zu trösten, berührte ich mit meinen Lippen seine Wunden, die Dornenkrone, seine Seite, seine Handflächen und Fußsohlen. Ich legte mich auf ihn und hielt mein Ohr an seine Lippen, weil es mir vorkam, als hätte er sie bewegt, um mir etwas zu sagen. Aber ich hörte nichts. Da flüsterte ich: »Lieber Jesus, du kannst beruhigt sein, ich liebe dich.«

Es war schön warm in der Kapelle. Aber es war nicht nur eine Frage der Wärme. Die Leere in mir füllte sich mit meiner Liebe zu ihm, auf einmal war ich ganz und gar getröstet.

Ich kauerte mich zwischen seine Arme, machte die Augen zu und bin, glaube ich, eingeschlafen.

»Was macht das Mädchen den ganzen Tag? Halte sie im Haus«, donnerte deine Stimme. »Hat sie keine Hausaufgaben zu machen?«

»Die hat sie längst fertig«, antwortete Oma und biß in ihr Taschentuch.

»Dann gib ihr etwas zum Sticken. Wehe, wenn ich sie noch einmal mit dem Trottel herumlaufen sehe.«

»Stick, Mädchen, stick«, sagte Oma und legte mir ein Deckchen auf den Schoß.

Opa sagte nichts. Schon eine ganze Weile hob er den Kopf nicht mehr von seinen Heftnähten. »Siehst du denn nicht, daß ich lese?«, antwortete ich und deutete auf die Anthologie, die aufgeschlagen auf meinen Knien lag.

Ich brauchte nie lange zu lernen, um mir etwas zu merken. Die Lehrerin Luisa sagte, ich hätte einen Fotoapparat im Kopf. Ich brauchte mir eine Seite nur anzusehen, und schon konnte ich sie auswendig. Deshalb hatte sie mir Bücher gegeben, die wir nicht in der Schule lasen, unter der Bedingung, daß ich ihr darüber Inhaltsangaben machte. Vor allem von denen, die mir am besten gefielen. Ein großer Dichter, der genauso hieß wie mein Omero*, hatte sie erzählt: die *Ilias* und die *Odyssee*.

In unserm Haus wurde alles auf den Kopf gestellt. Der Steinfußboden in den Zimmern war herausgerissen und längs der Wände ein Graben ausgehoben worden. Darin hatten sie ein Rohr verlegt, das das Trinkwasser heranführen sollte. Doch damit nicht zufrieden, erneuerte Maria auch noch Möbel und Hausrat. Im Eßzimmer hatte sie das alte Stoffsofa und die Anrichte mit den Mattglasscheiben wegräu-

* Omero ist die italienische Form von Homer. (A. d. Ü.)

men lassen, um Platz für die neue Singer zu schaffen, und wo vorher der Kamin gewesen war, stand jetzt ein großer Bügeltisch. Ins Wohnzimmer war ein Kunstledersofa mit kitzelndem Fell auf den Armlehnen gekommen, und anstelle von Brottruhe und Kommode breiteten sich Plastikflächen aus. Die schmiedeeisernen Haken für die Eimer mit dem Schöpfwasser aus dem Brunnen waren verschwunden. Und statt der Eimer gab es jetzt ein Waschbekken mit einem Wasserhahn aus silbernem Metall und einen Seifenhalter in Form eines Frosches.

Seit dies alles angefangen hatte, blieb ich jeden Morgen, bevor ich mich auf den Schulweg machte, in den verschiedenen Zimmern und Korridoren stehen und fotografierte, indem ich erst hinsah und dann die Augen zumachte, um zu kontrollieren, ob die Fotografie gut geworden war. Ich machte zwei oder drei, auch wenn es nicht nötig gewesen wäre. Ich wollte sichergehen. Was machte es schon, wenn Maria die Möbel auswechselte oder die Zimmer neu streichen ließ? Die Maler konnten schließlich nicht in meinen Kopf hinein, entschuldigen Sie, kleines Fräulein, würden Sie uns mal eben dieses Zimmer streichen lassen? Wie wollen Sie da reinkommen? frage ich, hier sind alle Türen verschlossen.

Omero machte mir vom Hof aus die üblichen Zeichen. Aber ich trat vom Fenster zurück. Ich trug weiße Schuhe mit Knopf, bestickte Söckchen und einen Samtrock, den mir Maria genäht hatte. Sollte ich mich etwa schmutzig machen?

Aus! Still! sagte ich zu Graffiato, und da er so tat, als hörte er mich nicht, und mir mit den Pfoten auf meinen neuen Mantel sprang, nahm ich eine Holzlatte und hielt sie ihm vor die Schnauze. Jaulend verzog er sich unter die Hobelmaschine.

Auch wenn ich nicht mehr auf die Idee kam, draußen herumzulaufen oder mit Graffiato in seine Kuhle zu kriechen, zu Belinda mußte ich gehen. In der letzten Zeit war ihr Bauch so dick geworden, daß er den Boden streifte. Sie stand nicht einmal mehr auf, um an die Futterkrippe zu gehen. Ich legte ihr Gras neben das Maul, damit sie im Liegen fressen konnte, und jeden Abend nahm ich mit einer Schaufel den Kot unter ihr weg. Am Tage schüttete ich Heu auf und schob sie auf die Seite, damit sie sich auf das frische legte. Sie war so schwer, daß ich die Füße gegen die Mauer stemmen und mit dem Kopf nachhelfen mußte. Abends im Bett dachte ich auch an die Veilchen. Ich hatte die Erde nicht aufgehackt, und jetzt ging es nicht mehr, weil mit Schnee zu rechnen war. Ich träumte davon, mich neben dem Beet in die Sonne zu legen, während die Veilchen aufblühten, und mit dem Zeigefinger am Rand der Blütenblätter entlangzufahren. Morgens war das ganze Zimmer von ihrem Duft durchtränkt.

»Was ist das für ein Geruch?« sagte Maria, wenn

sie hereinpolterte. »Das riecht wie auf dem Friedhof.«

Heftig riß sie die Fensterläden auf. »Du solltest lieber beten. Die Toten wollen keine Blumen, sondern gute Werke.«

Schaudernd vor Kälte schlüpfte ich rasch in die Hausschuhe. Ich war überzeugt, daß es nicht der Winter war, sondern Maria, die den Duft der Veilchen aus meinem Zimmer vertrieb.

XII

SEIT ZWEI TAGEN schneite es. Ein paar Spatzen hockten auf der Straßenlaterne. Ich fürchtete, sie könnten einen Schlag bekommen, deshalb ging ich raus und warf mit Schneebällen nach ihnen, um sie aufzuscheuchen. Ich wußte, daß es vergeblich war, daß sie nur kurz von der Laterne auffliegen, sich den Schnee von den Flügeln schütteln und sich sofort wieder niederlassen würden. Tiere sind ja nicht vernünftig wie wir. Doch in Wirklichkeit machte es mir einfach nur großen Spaß, in dem frischen Schnee einzusinken. Dazu suchte ich mir eine Stelle, wo die Schneedecke unberührt war, um das Knirschen zu hören, und jeder Vorwand war mir recht. Doriana kam unter das Vordach heraus, um Kisten aufzustapeln. Sie warf einen raschen Blick auf mich. Vor unserem Fenster blieb sie stehen und redete, die Hände in die Hüften gestemmt. Sie stieß Dampfwolken aus dem Mund wie die Lokomotive in der Kinderbeilage des »Corriere« und sah hin und wieder zu mir herüber. Bestimmt redete sie mit Maria. Mir war, als hörte ich sie: »Klar, das Mädchen kann einem Sorgen machen. Nicht, daß sie zurückgeblieben wäre, im Gegenteil, sie ist eher zu aufgeweckt, aber sie macht seltsame Sachen, wie soll ich sagen, *seltsame Sachen*. Jetzt hopst sie im Schnee herum. Mit Schuhen natürlich, nicht etwa mit Stiefeln. Selbst nachts hat man sie schon gesehen, in Nachthemd und Hausschuhen, sogar mit bloßen Füßen! Und wie sie an den Tieren hängt! Vom Hund läßt sie sich das Gesicht lecken – ekelhaft! Sie ißt Schnee, Glyzinien, Rosenblätter und trinkt Wasser aus den Kanälen. Sie ist wild und gottlos.«

Warum scherst du dich nicht um deine eigenen Angelegenheiten, Doriana? hätte ich sie am liebsten angeschrien.

Sie war mir ja egal. Aber ich wollte nicht, daß sie Unfrieden zwischen mir und Maria stiftete. Zum Beispiel damit, daß sie ihr das mit dem Salamibrötchen erzählte.

Vom Torweg aus sah ich dich aus den Ställen kommen. Du gingst mit vorgebeugtem Kopf, um dich vor dem wirbelnden Schnee zu schützen. Doriana lief schleunigst wieder ins Haus, *brrr*, plötzlich hatte sie gemerkt, daß es sehr kalt war. Vorher warf sie mir noch einen letzten Blick zu. Hüte dich, sollte dieser Blick sagen, mit meinem Omero herumzupoussieren.

Aber Doriana interessierte mich gar nicht mehr.

Ich hatte nur noch Augen für dich. Du hast mir gewinkt, und ich flog über den Schnee zu dir hin. Langsam, es ist glatt, schimpftest du, aber es war dir anzusehen, daß du Mühe hattest, grimmig zu sein. Also war alles gutgegangen, die Lämmer waren geboren. Du hast einen Arm gehoben, und ich schlüpfte unter deinen Umhang. Der Wind blies heftig, aber unter diesem Schutz hätte ich bis ans Ende der Welt laufen können. Ich versuchte, mich nicht an deine Beine zu klammern, denn einmal, als ich es getan hatte, hattest du mich weggeschoben. Offenbar war es dir unangenehm, und ich wollte dich nicht in Verlegenheit bringen. Zumindest nicht, bis wir weit genug vom Haus fort und im Schneesturm nicht mehr zu sehen waren. Auch wenn Maria nicht da war, spürte ich immer ihren Blick auf uns gerichtet. An manchen Stellen war der Hof vereist, und wir hatten Mühe, das Gleichgewicht zu halten. Ich war hin- und hergerissen. Einerseits konnte ich es kaum erwarten, in den Ställen zu sein, andererseits wäre ich am liebsten nie angekommen.

Los, Wind und Schnee! spornte ich sie an und ballte die Fäuste, weht so stark ihr könnt, gegen meinen Papa kommt ihr doch nicht an. Er ist stärker, ihr müht euch umsonst.

Die Freude läßt den Füßen Flügel wachsen. Das Knirschen deiner Stiefel, die sich den Weg bahnten, klang mir wie ein Lied: *tschock tschock*, grüß euch, ihr Spatzen, geht's euch gut da oben? Ich bin die kleine Schneekönigin, und mein Prinz führt mich auf sein Schloß.

Platsch! Ein Stück Eis war in meinem Mantelkragen gelandet. Wer war das? Los, zeig dich, ich werd auch nicht wütend, ich bin viel zu froh, was für eine schöne Nacht haben sich die Lämmer für ihre Geburt ausgesucht!

Als du die Stalltür öffnetest, krähte der Hahn, als wäre es Morgen, und die anderen Schafe und die Kaninchen rührten sich in ihren Gattern. Auch dort war es kalt. Schnee wehte durch die Öffnungen über der Tür. Berzaga und die älteren Gesellen saßen auf einem umgekippten Baumstamm. In ihre dicken Wintermäntel und Umhänge gepackt, brummelten sie vor sich hin und rauchten. Eine Menge Stummel von filterlosen Zigaretten lagen rings um ihre Stiefel. Berzaga ließ uns vorbei. Im letzten Pferch lag unsere Belinda auf der Seite. Dem niedergetretenen und aufgewühlten Heu nach mußte es ein großes Gewühle gegeben haben. Berzaga beugte sich über Belinda und nahm ihr ein Stück Fell vom Bauch weg. Er hob es hoch, und das Fell streckte sich, auf einer Seite kamen die Beine zum Vorschein, auf der anderen das Maul.

»Na, komm schon und streichel es! Wie soll es heißen?« hast du mich gefragt und mich sachte zu dem Lamm hingeschoben.

Unten am Bauch hatte es einen rötlichen Fleck, und ein schwärzlicher Faden hing baumelnd herab. Seine Augen waren geschlossen, aber als ich es vorsichtig streichelte, öffnete es das Mäulchen und gab einen

Ton von sich, den man allerdings noch nicht als Blöken bezeichnen konnte.

Berzaga hielt es am Nackenfell, damit ich es gut sehen konnte. Ich zitterte vor Aufregung und konnte es nicht noch einmal anfassen.

»Also, wie heißt es?«

»Ich weiß nicht«, antwortete ich unsicher.

»Na gut, du hast ja Zeit, es dir zu überlegen. Gib es der Mutter zurück«, sagtest du zu Berzaga.

Das Lamm wurde wieder zu einem Wollstrang, der eins war mit Belinda. Doch dann hast du den Gesellen zugenickt, und einer hat das Gitter zum kleinen Stall aufgestoßen. Und dort lag ganz allein und halb mit Heu bedeckt ein weiterer heller Bausch. Reglos, wie schlafend, aber ich wußte, daß das nicht sein konnte, die Neugeborenen sind immer hungrig. Fragend sah ich dich an. Du hast den Kopf geschüttelt.

»Es nimmt die Zitze nicht an«, hast du gesagt, »vielleicht ist es krank. Wir müssen bis morgen warten und sehen, was passiert. Jetzt gehen wir schlafen, es ist spät.«

Ich glaube an dich, Papa, du bist für mich wie Gott, der Allmächtige, der Herrscher des Himmels und der Erden, all dessen, was sichtbar und unsichtbar ist. Ich bitte dich, mach, daß sich Belinda das Lamm an die Brust legt.

Wir gingen über den Hof ins Haus zurück, aber jetzt waren Wind und Schnee nicht mehr meine

Freunde. Wie hätte ich mir gewünscht, daß Sommer wäre! Unter einem Reisigbündel, das im Hof herumlag, war ein Spinnennetz mit einer dickbäuchigen Spinne in der Mitte. Wie schafft sie es, bei dieser Kälte zu spinnen? fragte ich mich. Aber bei näherem Hinsehen bewegte sich die Spinne gar nicht. Sie war starr und steif. Bis zum Frühjahr würde sie in dieser Haltung bleiben. Bei der ersten Wärme würde das Eis schmelzen. Die Sonne würde die Fäden des Netzes trocknen, und die Spinne selber würde, eingetrocknet, immer weiter zusammenschrumpfen und schließlich zu Staub werden und ins Nichts zurückkehren.

Ich hatte nicht gemerkt, daß wir Hof und Werkstatt schon hinter uns hatten, und stand auf einmal mit dir im Kabuff. Wir zogen uns die Stiefel aus. Wie immer hast du kein Licht angemacht. Wir stiegen im Dunkeln nach oben. Ich hoffte, irgendwo anzustoßen, ich brauchte das Gefühl, daß ich nicht aus Sägemehl bestand, daß in meinem Körper jemand war, ich.

»Wenn Belinda bis morgen nicht ihre Pflicht getan hat, bringen wir das Lamm in die Werkstatt und geben ihm Milch mit dem Schnuller. Du wirst sehen, es kommt schon durch. Jetzt mußt du schlafen«, sagtest du.

Bleib noch einen Augenblick, bitte, hätte ich dich gebeten, wenn wir allein gewesen wären wie früher. Aber ich wußte, daß Maria uns hörte, und so sagte ich keinen Mucks.

Du bist gegangen und hast leise die Tür hinter dir zugemacht, und die Zimmerdecke schien sich um das Doppelte zu heben. Die Fensterläden waren nicht ganz geschlossen, und durch die Scheiben sickerte das matte Schneelicht. Von oben über meinem Kopf kam das übliche Seufzen, Glucksen und dumpfe Schlagen, ein Zeichen, daß das Bett immer wieder gegen die Wand geruckt wurde. Meine Bettücher waren so kalt, daß mir das Gewicht der Decken unangenehm war. Ich behauchte das Bettuch und legte die Hände darauf, um sie zu wärmen. Dann kamen die Füße dran. Ich rieb sie kräftig an den Bettüchern, als ob ich liefe. Ich legte die Fußsohlen innen gegen die Schenkel, erst die eine, dann die andere. Meine Zähne klapperten, ich konnte sie nicht stillhalten. Obwohl ich nicht daran zu denken wagte, wußte ich, daß die Nachtkälte das Lamm umbringen würde.

Ich kletterte aus dem Bett, und so wie ich war, in Hausschuhen und Nachthemd, ging ich nach unten. Noch nie war ich nachts allein draußen gewesen. Vor dem Türriegel zögerte ich. Er war schwer, aber gut geölt. Man brauchte ihn nur zu umfassen und den Hebel auf und ab zu bewegen, und schon rutschte er durch die Ösen. Es war nicht stockfinster, weil der Schnee den Hof erhellte. Trotzdem durchzuckte es mich, als ich in die Dunkelheit hineinging. Einmal draußen, lief ich mit gesenktem Kopf, ohne mich umzusehen, auf die dunkle Wand der Ställe zu.

Es gab Hufgetrappel. Habt keine Angst, ich bin

hier, ich kümmere mich jetzt, sagte ich, pfeifend, um mich zu erkennen zu geben und mir selber Mut zu machen. Alles war in Ordnung, die Kaninchen schliefen aneinandergekuschelt in den Käfigen, die Hühner hockten auf den Stangen. Belinda hatte, auf einer Seite liegend, ihren Säugling an der Brust. Sie drehte mir ihr Maul zu und kehrte dann mit einem freundlichen Blöken in die Ausgangslage zurück. Vor dem Ställchen zögerte ich einen Moment, aber schließlich faßte ich mir ein Herz und ging hinein.

Das Lamm bewegte sich nicht. Ich nahm es auf den Arm und lief ins Haus zurück. Es war schwer, und ein paarmal fiel ich hin. Ich sagte mir: Los, beeil dich, sperr die Kälte aus. Ich schlüpfte unter die Bettücher und drückte das Lamm an die Brust. Ich legte es an meinen Bauch und beugte mich darüber. Auch wenn ich den Gedanken verscheuchte, immer wieder mußte ich an Jesus denken. Das Lamm Gottes. Dies war mein Lamm, ich mußte es schaffen. Ich nahm seine Beine in meine Hände und rieb sie, um sie zu wärmen. Aber da ich wenig ausrichtete, fing ich an, es anzuhauchen und mit ihm zu sprechen. Ich erzählte ihm von Belinda, seiner Mutter. Ich sagte ihm alles, was es nicht wissen konnte, wie sanft und lieb sie war, daß ihr Fell sich um das Maul zu einem kurzen, borstigen Flaum verdünnte und wie sie mich mit ihrer Zunge auf der flachen Hand kitzelte, wenn ich ihr eine Gurke zu fressen gab. Wie warm ihr Atem an meinem Hals war, wenn ich sie umarmte, um ihren Bauch zu befühlen, und wie mich ihr Fell an den Beinen juckte, wenn ich auf ihr ritt.

Weißt du, sagte ich zu dem Lamm, während ich seine Nüstern berührte, um mich zu vergewissern, daß es noch atmete: Belinda ist lieb, neben ihr ist es immer warm, auch wenn der Nordwind weht.

»Warum kümmert sie sich dann nicht um mich?« Ich weiß, daß Lämmer nicht sprechen, aber ich habe diese Worte wirklich gehört. »Was ist an mir anders als bei dem andern?«

»Nichts«, antwortete ich schnell, »wirklich nichts, keine Sorge, du bist genauso wie dein Bruder, ein wunderschönes Lamm.«

Berninis Kühe kalbten sogar zweimal im Jahr, und die nachts geborenen Kälber tranken morgens gleich, auf den nassen Blättern torkelnd, zusammen mit den andern. Richtig, da sind sie ja, gerade kommen sie aus dem Stall, eine kleine Gruppe, gefleckt und von den Müttern mit dem Maul gestupst. Nanu, sieh mal! Da sind ja auch die beiden Kleinen von Belinda. Sie halten sich gegenseitig an den Schwänzen fest. Doch irgend etwas stimmte nicht. Der Hof vereiste immer mehr und immer schneller. Schon war er ein riesiges vereistes Spinnennetz. Und in dem Spinnennetz saß eine dicke, fette Spinne. Aber das war ja gar keine Spinne, jetzt, wo ich sie genauer sah.

Es war Maria. Erstarrt steckte sie in einem Kokon aus dem Schal mit der Rose darauf, den sie von der Hochzeitsreise mitgebracht hatte. Ihre Lippen waren geschwollen, nicht mehr rot, sondern blaß und riesig. Voller Angst suchten meine Augen dich – ich befürchtete, auch du hättest ein solches Ende genommen –, und jetzt erst merkte ich, daß meine Hände schön warm waren. Es war ein wundervolles Gefühl, als hätte ich sie in die Ofenröhre gesteckt. Wie war denn ein Ofen mitten in den Hof gekommen? Ich senkte den Blick und begriff: Es war keine Ofenröhre, es waren die Eingeweide des Lamms, des Kindes von Belinda. Ich hatte meine Hände hineingesteckt und näherte mich mit den Fingern vorsichtig seinem Herzen. Es war eine weiche, dunkle Masse, die sich in gleichmäßigem Takt bewegte, wie die Feder in Omeros Uhr.

Klick! In diesem Moment ging das Licht an. Ich blinzelte, und als ich es schaffte, die Lider zu öffnen, sah ich Marias Gesicht über mir. Ihr Mund war weit aufgerissen und der Blick von Ekel erfüllt. Sie kreischte so laut, daß ich wer weiß was getan hätte, damit sie nur aufhörte. Die Dinge waren nicht mehr nach ihrer Wichtigkeit geordnet, es gab keinen Platz, von wo aus man die Welt hätte betrachten können. Ich konnte auch nicht so tun, als wenn nichts wäre.

Plötzlich war die Kälte wieder da. Diesmal spürte ich es deutlich, sie kam aus meinem Bauch und breitete sich wie ein Fächer aus. Wenn sie nur nicht bis zu dem Lamm käme, denn dann würde sie es töten. Meine Hände und Beine zitterten so, daß ich sie nicht stillhalten konnte. Ich betete im stillen, jemand möge mir das Lamm aus den Armen nehmen und es retten. Marias Gesicht machte deinem Platz. Du hast nichts gesagt. Du hast mich am Genick gepackt und mich weit weg geschleudert. Jedesmal wenn ich auf dem Boden landete, hast du mich wieder am Genick gepackt und mich mit einem Fußtritt nochmals weggestoßen. So kamen wir bis in den Keller. Deine Hände waren hart. Die härtesten und größten Hände, die ich je gesehen habe. Sie konnten frische Tannenzweige durchbrechen. Es kommt dir vielleicht absurd vor, aber es machte mir nichts aus, daß du mir so weh tatest: Durch dich würde das Lamm gerettet werden. Es gibt Fälle, da kann man sogar vertrauensvoll das Bewußtsein verlieren.

Umgeben von Mostgeruch, kam ich wieder zu mir. Ich lag hinter den Fässern im kühlen Sand, wo du die Flaschen mit dem guten Wein lagerst. Die Eismauer war eingestürzt, du hattest sie mit einem Handschlag entzweigehauen. Es mußte so sein, denn die Kälte war vorbei. Statt dessen spürte ich eine angenehme Wärme, die mich ganz und gar einhüllte, wie eine Decke. Ich war so froh, daß ich aufzustehen versuchte, als ich den Schlüssel im Schloß hörte, um dir entgegenzukommen. Ich wußte, daß du es warst, ich hatte deinen Schritt auf der Treppe erkannt. Ich floß über vor Dankbarkeit. Ich hätte wer weiß was für dich getan. Und das wollte ich dir zeigen. Doch ich fiel wieder hin. Irgend etwas funktionierte nicht in meinen Beinen, in meinem Kopf.

»Was machst du da in der Ecke, sitzt auf der Erde und machst dich schmutzig! Steh auf, und hilf Mama beim Essenmachen!« sagtest du.

Ich wollte dir gehorchen, von ganzem Herzen wollte ich es. Mit unendlicher Anstrengung gelang es mir, mich an den Hahn eines Fasses zu klammern. Du machtest eine Bewegung, um mich zu stützen, warfst dabei aber einen raschen Blick die Treppe hinauf.

»Das Lamm ist tot«, hast du gesagt, »hättest du es bei seiner Mutter im Stall gelassen, wäre es nach überstandener Nacht durchgekommen. Aber so ...«

Deine Stimme drang nur gedämpft zu mir. Denn gleich nach deinen ersten Worten war die Eismauer wieder da, in ihrer ganzen Höhe. Ich schleppte mich vorwärts, mehrmals fallend und wieder aufstehend, während du mir ungeduldig winktest, ich solle mich beeilen. Wir kamen ins Kabuff. Du gingst in den Schuppen, den Maria zum Badezimmer zu machen beschlossen hatte, sobald das fließende Wasser käme. Eine große Wanne, glatt wie eine erstickte Forelle, stand an der Wand. Ich wartete, daß du das rettende Wort sagen würdest. Du warst seltsam zufrieden, und deine Zufriedenheit ließ mich hoffen. Das Lamm war gezeichnet, erwartete ich, dich sagen zu hören, es passiert oft, wenn ein Schaf zwei Lämmer bekommt, daß eines von beiden stirbt. Du hättest es nur zu sagen brauchen, und alles hätte wieder seine Ordnung gehabt.

Doch du hast dich darauf beschränkt, vor dem Spiegel deine Krawatte zurechtzuziehen. Du hast einen flüchtigen Blick auf mich geworfen, eine Augenbraue hochgezogen, und ich wurde rot, als hätte ich dich bei einer bösen Tat beobachtet.

XIII

OMERO ZIEHT EINE Furche rund um das Kraut einer schönen dicken rotgelben Möhre und reißt sie heraus. Ohne die Erde vorher abzukratzen, reibt er sie an der Hose sauber. Er zieht ein Klappmesser aus der Tasche und schneidet sie in drei Stücke. Eins für sich, eins für mich und eins für Graffiato. Genüßlich kaut er. »Was ist los, ißt du nicht?« Schnell stecke ich mein Stück in den Mund und gebe Graffiato seins. Wir setzen uns auf ein paar Bretter neben der Lorbeerhecke. Mit einem Seufzer kauert Graffiato sich hin und schiebt seine Schnauze unter eine Pfote.

Es ist die Stunde, wenn die Männer von den Feldern kommen und die Frauen auf den Bänken vor der Haustür sitzen und sich einen Moment ausruhen, bevor sie das Abendessen zubereiten. Die Wolken hängen so tief, daß sie die Kronen der Platanen an der Mühle streifen.

»*Diddí-di-diidi*«, legt Omero plötzlich los, »*diddí-di-dii deds oll rait mama äääniwei duu*«, wimmert er und krümmt und windet sich.

Ommamma, was ist mit ihm? Er wird doch wohl kein Bauchweh haben, denke ich. Graffiato springt um ihn herum und bellt, daß einem das Trommelfell platzt. Die Worte sind völlig unklar, aber das Lied steckt uns an. Ich muß Graffiato am Halsband festhalten, so durchgedreht wirkt er. Ich hatte nicht bemerkt, daß Omero hohle Wangen bekommen hatte. Größer war er auch geworden.

»Du kannst es dir nicht vorstellen, eine Bombe ist das!« sagt er. »Er heißt Elvi Prisli. Du müßtest ihn sehen! Er war im Fernsehen. Er bewegt sich wie eine Schlange. Guck mal, so!«, und Omero fängt an, mit den Hüften zu schlenkern, als hätte er den Veitstanz. »*Diddí-di-diidi äääniwei duu.*«

Er packt eine Haarsträhne und stellt sie steil auf wie einen Hahnenkamm.

»*Diddí-di-diidi diddí-di-dí.* Versuch mal, los!«, und er dreht sich um sich selbst, die Haarsträhne hüpft ihm auf der Stirn, er wackelt mit dem Hintern, als wäre er gar nicht mehr der Omero, den ich kenne.

Ich versuche, ihn nachzumachen, und Graffiato ebenso. Ich bin ungelenk, weil ich nur an eins denken kann: Wenn Omero es im Fernsehen gesehen hat, muß er bei Graziella geguckt haben. Es ärgert mich, daß er ohne mich hingegangen ist. Ich begreife nicht, was Omero an ihr findet, ständig macht sie ein Getue und zieht sich sogar einen Scheitel. Omero hat mich an der Hand genommen, schleudert mich hin und her und zeigt mir, wie man die Füße bewegt.

Auch Graffiato nimmt er bei den Pfoten und versucht, ihn im Takt hüpfen zu lassen, doch der zeigt die Zähne. Elvi Prisli, Version Omero, gefällt ihm nicht.

»Los, versuch doch wenigstens mal, es ist nicht schwer«, sagt er zu mir. Er drängt so lange, bis ich schließlich zu stammeln anfange: »*Äänniwei duu.*«

Verflixt, wie diese Wörter über den Gaumen rutschen. Man hat den ganzen Mund voll Genuß, wie bei den Rossanas.

»*Deds oll rait mama*«, singt er und vibriert ganz und gar.

»*Äänniweei duuu*«, singe ich.

»*Deds oll rait mamaaa*«, singt er wieder.

»*Änniweei duuu*«, antworte ich.

»Gut! Das geht einem in die Glieder, was?! Man möchte gar nicht mehr aufhören«, brüllt Omero. »Weißt du, was der Pfarrer sagt? Diese Sprache ist ein Werk des Teufels.«

Statt durch die Felder ging ich durch die Via Lavalle. Am oberen Ende traf ich Graziella. Sie war sicher einen Lippenstift für ihre Mutter kaufen gegangen, denn ich erkannte das Einwickelpapier der Drogerie. Sie war völlig eingemummt, blieb aber trotzdem stehen und behauchte sich die Finger, um sie zu wärmen.

»Weißt du, daß wir nächstes Jahr zusammen auf die Mittelschule kommen?« fragte sie. »Dann kannst du mir in Italienisch deine Hausaufgaben geben und in Latein vielleicht auch. Hast du schon gehört, daß man in der Mittelschule Latein hat? Dafür zeige ich dir, wie man einen Lidstrich macht.«

»Woher weißt du, daß ich auch auf die Mittelschule komme?« fragte ich sie.

»Meine Mama hat es mir erzählt«, antwortete sie, »sie weiß es von der Lehrerin Luisa. Also, abgemacht?«

Vor Freude hätte ich am liebsten angefangen zu tanzen. Stell dir vor! Bei uns im Dorf gab es keine Mittelschule, man mußte mit dem Bus ins Nachbardorf fahren.

»Abgemacht, na klar«, sagte ich, »aber den Lidstrich brauchst du mir nicht beizubringen.«

Graziella zuckte die Achseln. »Na, irgendwas muß ich dir doch dafür geben, sonst gilt die Abmachung nicht. Was möchtest du?«

»Einen Edelstein, einen einzigen, am Ende des Jahres.«

Ich wollte ihn Omero schenken. Graziella überlegte kurz. »Gut, einverstanden«, sagte sie, und wir drückten uns die Hand.

Meinen Füßen wuchsen Flügel. Ja, das war eine Neuigkeit, die tausend Rossanas wert war: die Mittelschule, ich würde auf die Mittelschule gehen! Die Lehrerin Luisa hatte es also geschafft, sie hatte dich überredet. Siehst du, das Glücksrad drehte sich zu meinen Gunsten. Siehst du, irgendein Schutzheiliger hatte ein Auge auf mich geworfen. Zu Hause war immer das Radio an. Man hörte es sogar im Hof, auch wenn die Fenster geschlossen waren. Du bist zufrieden, was, junge Braut? sagten die Kundinnen, während sie beim Anprobieren der Frühjahrsmodelle einen Alchermes nippten. Und dann lächelten sie boshaft und hielten sich die Hand vor den Mund. Das war nicht das einzige, was ich nicht verstand.

Wenn du aus der Werkstatt kamst und das Sägemehl von den Schuhen abklopftest, hast du den Kopf geschüttelt.

»Wird es dir nicht über, dauernd Radio zu hören?« fragtest du Maria.

Auch das verstand ich nicht. Wenn dir die Schlager so auf die Nerven gingen, warum zuckte dann ein Lächeln in deinen Mundwinkeln?

Ich stand bis zu den Knien in den Wassern des Skamandros, und um mich herum füllten sich seine tiefen Strudel mit Männern und Pferden, da traf mich etwas Hartes in den Nacken. Offensichtlich der Schuh, den ich, als ich mich umdrehte, ein paar Schritte entfernt auf dem Fußboden liegen sah. Mit einem Ruck klappte ich das Buch zu und wischte eifrig weiter an den Tischbeinen Staub.

Maria sah mir zu, die Hände in die Hüften gestemmt. »Du brauchst gar nicht so zu tun, als ob du arbeitest«, sagte sie. »Jeder weiß, daß dir alles egal ist. Du machst dir aus niemandem etwas. Nur die Bücher interessieren dich. Eines Tages werde ich sie in den Ofen werfen und verbrennen. Du kannst sicher sein, mich treibst du nicht zum Wahnsinn wie deine arme Mama, die deinetwegen dran glauben mußte.«

Ich antwortete nicht. Ich freute mich so auf die Mittelschule, daß ich jeden Abend vor dem Einschlafen zu meiner Mama Luigina betete. »Liebe Mama, hilf mir, artig zu sein. Sag mir, wie ich Maria zufriedenstellen kann.«

Ich widersprach Maria nicht und tat alles, was sie von mir verlangte, doch es war immer das gleiche. Nichts schien zu nützen. Sie brauchte mich nur zu sehen, schon verdüsterte sich ihr Gesicht. Ich wußte genau, daß es nicht die Bücher waren, die sie gern ins Feuer geworfen hätte, sondern jemand anders, den ich nur zu gut kannte.

Graffiatos Schnauze lugte aus der Kuhle unter der Hobelmaschine hervor und wirbelte Sägemehl auf. Es drang ihm in die Nasenlöcher und brachte ihn zum Niesen. Jedesmal knurrte er. Er kapierte nicht, daß er selber und nicht irgendein unsichtbarer Feind sich diesen Ärger verschaffte. Ich hatte ihm der Schönheit wegen eine Perle ans Halsband genäht. Es heißt, Perlen bringen Tränen.

Seit du angefangen hattest, mich jeden Tag zu verprügeln und mich im Keller einzusperren, bellte Graffiato nicht mehr. Er wußte, daß er mit seinem Bellen Maria wütend machte und du mich dann verdreschen würdest. So hatte er gelernt, mir seine

Freude dadurch zu zeigen, daß er sich still an meinem Rock rieb.

Eine Artischocke rutschte mir aus der Hand und landete auf dem Fußboden. Ich hob sie sofort auf und pustete sie von allen Seiten ab, bevor ich sie wieder in den Korb zu den andern legte. Wir Sironis legen Wert auf Sauberkeit.

»Bist du denn immer noch nicht fertig? Beim Lesen bist du schnell, aber nicht beim Gemüseputzen«, sagte Maria zu mir.

Voller Wut wollte ich ihr beweisen, daß das nicht stimmte, und fing an, die Artischockenblätter so schnell abzuzupfen, wie es Speedy Gonzales getan hätte. Doch es war gar nicht leicht, so schnell zu sein wie Speedy Gonzales. Und bestimmt hätte er auch nicht den Korb umgeworfen wie ich und die Artischocken über den Fußboden kullern lassen. Auf Knien versuchte ich so viele wie möglich so schnell ich konnte einzusammeln, verflixt, sie lagen überall verstreut, sogar unter der Anrichte.

Als ich mich umdrehte, sah ich neben Marias nackten Beinen deine Stiefel. Und in deinen Stiefeln deine Hosen und darüber das Hemd. Dein Gesicht war nicht zu sehen. Es war in Marias Haare versenkt. Sie flüsterte dir wohl etwas Wichtiges ins Ohr, denn du hast erfreut den Arm ausgestreckt und ihre Taille umfaßt und sie fest an dich gedrückt. Ich kroch auf allen vieren zum Korb, um nicht zu stören. Damit es schneller ging, beschloß ich, die Artischocken mit dem Mund zu transportieren, und steckte mir drei mit dem Stengel zwischen die Zähne. Ihr habt euch voneinander gelöst und mich betrachtet. Dann habt ihr losgelacht, und ich lachte mit, auch wenn ich nicht verstand, weshalb. Ihr lachtet richtig von Herzen und ich auch, Donnerwetter! So etwas hatte es noch nie gegeben.

»Na, sag mal«, sagte Maria schließlich, »du mußt Tiere ja wirklich gern haben, daß du sie so gut nachmachen kannst. Kannst du denn nicht auch grunzen?« Vor lauter Lachen kamen ihr die Tränen. Auch du lachtest noch, wenn auch nicht mehr so vergnügt wie vorher. Ihr habt mich erwartungsvoll angesehen. Doch ich schwieg entsetzt. Ich dachte, außer Dracula könnte Maria vielleicht auch eine Circe sein und mich in ein Schwein verwandeln, wie es den Gefährten des Odysseus ergangen war.

»Ich weiß nicht«, stammelte ich schließlich, weil nichts passierte, und ich wußte, daß immer, wenn nichts passiert, schließlich doch etwas passiert, und ich hatte Angst, daß *es* passierte und ich im Keller landen würde.

»Ich weiß nicht!« sagte sie. »Hast du gehört, Pepino? Ich weiß nicht. *Hahaha*!«

Schweißperlen standen mir auf der Stirn. Ich war sicher, sie würde gleich loskreischen. Aber es kam nicht dazu. Du hast sie weggetragen, und sie hielt sich den Bauch mit den Händen, wie um ihn zu schützen. Auf der Schwelle reckte sie ihren Kopf über deinen Arm, um noch einen letzten Blick auf mich zu werfen. Jetzt lachte sie nicht mehr. Ihr Mund hatte sich zu einer Grimasse verzogen.

»Das muß hier anders werden«, hörte ich sie sagen. »Sie darf nicht mehr tun und lassen, was sie will. Mit unserem Kind können wir nachsichtig sein, aber bei ihr müssen wir hart bleiben. Von wegen Bücher, sie muß erst mal lernen zu leben. Zu ihrem Besten, natürlich. Wir dürfen nichts falsch machen.«

»Ja, sicher«, sagtest du, »aber jetzt ruh dich aus, du darfst dich nicht anstrengen.«

So habe ich es begriffen. Ich brauchte nur zu warten. Bald würde ich ein Geschwisterchen bekommen.

»Worauf wartest du? Daß es dunkel wird?« fragte mich Maria. Und da ich neugierig die Lampos ansah, die dasaßen und ihren Kaffee schlürften, sagte sie: »Beeil dich, dein Vater bringt gleich eine Kiste Gemüse aus dem Garten hoch, und das muß bis zum Essen geputzt sein.«

Ich ging in mein Zimmer hinauf und blieb sprachlos stehen. Mein Bett war nicht mehr da. An seinem Platz stand ein Ehebett mit einer Decke aus apfelgrüner Atlasseide, so groß, daß die Umgebung ganz klein wurde. Von meinem Zimmer war nur noch ein schmaler Durchgang übrig zwischen Bett und Fenster auf der einen und Bett und Kommode, in der ich meine Unterwäsche aufbewahrte, auf der anderen

Seite. Auch meine Bücher waren verschwunden. Und das versetzte mich mehr in Aufruhr als alles andere. Ich rannte wieder hinunter. Es machte mir nichts aus, mich vor den Lampos zu erniedrigen, wenn ich nur meine Bücher zurückbekam.

»Was ist?« fragte Maria, ärgerlich wie über eine Fliege.

Das weißt du ganz genau, hätte ich am liebsten gesagt. Aber das Herz klopfte mir bis zum Hals, und meine Kehle war wie zugeschnürt.

»Mein Bett …«, murmelte ich, denn ich hatte nicht den Mut zu sagen, worum es mir ging.

»Ach ja«, sagte sie schließlich, »wir haben dich unter der Treppe untergebracht.«

Unter der Treppe! Du lieber Himmel, den Platz kannte ich nur zu gut, unter der Treppe. Das war der Vorposten des neuen Stockwerks, das Maria im nächsten Sommer bauen lassen wollte. Vorläufig gab es nur eine Treppe mit Stufen, die zehn Schritt höher vor einem vergitterten Loch in der Wand endeten, das sich auf einen Vorsprung über dem Werkstattdach öffnete. Unter der Treppe war ein dunkler, schmaler Gang, und auf den Boden in diesem Gang hatten sie meine Matratze gelegt, mit meinen Büchern am Fußende, auf einem Haufen, kunterbunt durcheinander. Das Loch oben am Ende der Treppe hatte weder Scheiben noch Fensterläden, aber es ging auf den Sonnenuntergang hinaus. Man hatte einen weiten Blick ins Land auf die Pappeln und die Weiden und die Feldwege, die ich kannte wie meine Rocktaschen, und die Linie des Horizonts mit der Friedhofsmauer und dem Dach der Mühle. Ich war selig vor Glück! Dieser Gang – der von nun an mein Zimmer werden sollte – war das schönste Geschenk, das ich bekommen hatte, seit ich auf der Welt war.

XIV

DIE LAMPOS WAREN zu uns gezogen. Sie hatten sich mein Zimmer genommen und es winzig gemacht. Maria wurde unterdessen zusehends dicker, nicht nur am Bauch, sondern überall. Jeden Tag maß sie sich mit dem Zentimetermaß und legte es dann verärgert wieder in die Nähmaschinenschublade zurück: Das sehnlichst erwartete Kind kam nicht. Ich hatte damit zu tun, Lampos Stock zu entwischen. Wenn er mir im Haus über den Weg lief, fuhr er mir damit unter den Rock, um sich meine Beine anzusehen.

»Jetzt darfst du nicht mehr über die Straße laufen. Eijeijei, jetzt hast du dein Großväterchen im Haus«, kicherte er. »Worauf wartest du, warum entwickelst du dich nicht? Du bist immer noch dieselbe kleine Spinne, die du schon mit neun warst. Möchtest du nicht ein paar neue Unterhöschen haben, mit Spitze vielleicht?«

Obwohl ich alles daran gesetzt hatte, war inzwischen klar, daß ich es nicht schaffen würde, eine junge

Dame zu werden. Meine Nägel waren immer schmutzig und abgeknabbert, ich hielt mich von den Pferchen und den Käfigen fern – in Wahrheit hatte ich nicht den Mut, Belinda in die Augen zu sehen – und ging mit Graffiato unter den Bäumen spazieren, statt hinaufzuklettern. Und trotzdem hatte ich ständig einen hängenden Rocksaum oder ein ausgefranstes Ärmelbündchen. Es war, als könnten die Sachen, die ich anhatte, nicht miteinander auskommen und zankten und stritten sich ständig. Maria sagte zu Pepa: »Giovanna hat den Teufel im Leib. Dagegen kommt man nicht an.« Und sie forderte mich nicht mehr auf, ihr als Schneiderpuppe zu dienen.

Was machte es mir schon, wenn Maria mich nicht mehr als Schneiderpuppe nahm? Heimlich konnte ich es ja trotzdem noch sein: Kaum bildete sich auf einer Hautabschürfung eine Borke, kratzte ich sie ab, damit die Haut empfindlich blieb. Und wenn es ein wenig blutete, um so besser, dann empfand ich eine heimliche Lust.

Es war keine Einbildung von mir. Von zwanzig Arbeitern waren nur noch fünf da. Vielleicht waren die anderen krank oder zu einer Hochzeit gefahren. Aber was rede ich, im Winter heiratet doch niemand. Morgens und abends hörte ich dich mit Maria streiten.

»Was heißt, sie *muß* weiter zur Schule gehen?«

»Auch die Lehrerin Luisa sagt das«, erwidertest

du schwach. »Sie ist die beste in der Klasse, es wäre schade, sie nicht weitergehen zu lassen.«

»Besser, sie hat einen Beruf in der Hinterhand. Wir bekommen ein Kind, hast du das vergessen? Die Werkstatt läuft schlecht. Wenn sie weiter zur Schule geht, wird sie noch eingebildeter. Schon jetzt hockt sie ewig da mit einem Buch in der Hand. Sie ist gottlos. Sie weiß alles, und wehe, wenn ihr einer was sagt. Sie ißt nichts, es ist ihr zu Kopf gestiegen. Wofür hält sie sich?«

Kaum hörte Maria meine Stimme, kreischte sie los, fiel in Ohnmacht oder hielt sich einen Arm vor die Augen. Dann kamst du aus der Werkstatt angelaufen und hast mich verprügelt, noch und noch, und wurdest rasend vor Wut, weil du mich so verprügeln mußtest, und alle, besonders Maria, waren dermaßen entsetzt, wie ich hinterher zugerichtet war, daß niemand mich um sich haben wollte. Deshalb fingst du an, mich in den Keller zu schleppen. Aber weil ich ein dünner Hering war und du entdeckt hattest, daß ich zwischen den Stangen des Türgitters durchschlüpfen und weglaufen konnte, hattest du ein Seil über den Balken geworfen. An den Balken hattest du einen Haken gehängt, und an den Haken hängtest du meine Hände, zusammengebunden – die Füße nicht, damit sollte ich mich auf den darunterstehenden Fässern abstützen –, dann machtest du sofort das Licht aus, denn wir wurden langsam ärmer und mußten sparen.

»So wirst du lernen, dich zu benehmen«, sagtest du.

Jeden Sonntag bist du im Festtagsanzug in die Hauptmesse gegangen. Du hast in der ersten Bank im Mittelschiff Platz genommen, in der Familienbank mit dem goldenen Schild, auf dem dein Name stand: Sironi. Bei der Kollekte hast du deine Brieftasche gezückt und einen Geldschein ins Körbchen fallen lassen, diskret, aber auch wieder nicht so schnell, daß die Umsitzenden nicht doch aus der Farbe des Scheins die Höhe der Gabe hätten erkennen können. Das *Sanctus* hast du so laut gesungen, daß deine Stimme auch viele Bänke weiter hinten noch deutlich herauszuhören war. Und jedesmal gingst du zur Kommunion. Das kann Jesus nicht wollen, dachte ich. Ich sah seinen gemarterten Leib vor mir und seine Lippen mit dem Abdruck meiner Küsse, die ich ihm zu meinem Trost gegeben hatte. Anders als Gott, der durch das dunkle Ritual der Kirche sprach, redete Jesus in einer Sprache, die ich gut verstand. Es war die Sprache der Wunden, der Tränen, des Bluts. Er sagte, er sei die Wahrheit und das Leben. Deshalb hatte er sich voller Zorn gegen die Scheinheiligen, die weißgetünchten Gräber, gewandt.

Du warst das größte weißgetünchte Grab. Gehorsam gegenüber den Regeln, ein fleißiger Besucher von Novenen und Andachten, gläubig und fromm. Doch das war nur Schein. Beim Beten des Glaubensbekenntnisses verscheuchtest du aus deinem Kopf das Bild des geprügelten kleinen Mädchens, dem es nicht gelang, sich gegen dein Recht, ihm wehzutun, mit einem Schutzschild zu wappnen.

»Wir haben Nektar in uns, aber wir haben auch Gift in uns«, sagte Don Bruno. »Was ist der Nektar? Was ist das Gift?« Eifrig las ich den heiligen Franziskus und die heilige Theresia. Und obwohl ich wußte, daß diese Bücher aus der Wahrheit geschrieben waren, spürte ich doch instinktiv, daß kein Buch die unmittelbare Erfahrung der Wahrheit hervorbringen kann. Jeder muß für sich allein suchen.

Du glaubtest dich auf seiten der Vernunft. Mit harter Hand versuchtest du, mir das Gute einzubleuen, mich zum Gehorsam gegenüber den Zehn Geboten zu erziehen. Du hast mich nie gefragt, wie ich darüber dachte. Für mich war der Gott der Armeen und der Heiligen Inquisition ein Perverser. Er hatte uns ein Gebot gegeben, das man unmöglich einhalten konnte: *Liebe deinen Nächsten wie dich selbst.* Wie kann man jemand anders lieben wie sich selbst, wenn – das sagte sogar Don Bruno, einer seiner Diener – ein ganzes Leben nicht ausreicht, um herauszufinden, wer wir sind.

XV

»WOHER KENNST DU diese Geschichten?« hatte mich Professor Riboni, der Lehrer an der Mittelschule, am ersten Schultag gefragt.

Natürlich meinte er die *Ilias* und die *Odyssee*. Er war lang und spindeldürr und blitzte einen aus feurigen Augen an, wenn man während des Unterrichts störte.

»Meine Lehrerin aus der Grundschule hat sie mir zum Lesen gegeben«, antwortete ich.

»Schön«, sagte er mit einem Lächeln in den Augen. »In diesem Jahr werden wir sie ausführlich durchnehmen. Dann werden wir ja sehen.«

Ich traute meinen Ohren nicht: Wir werden sie ausführlich durchnehmen. Ich kann es nicht abwarten, Professore, ich kann's nicht abwarten!

Daß ich es wirklich nicht abwarten konnte, hatte Professor Riboni bald gemerkt. Bis Weihnachten konnte ich schon alle Gesänge, die auf dem Lehrplan standen, auswendig. Deshalb lieh Professor Riboni mir das ganze Buch. Als ich den dicken Band der *Ilias* in Händen hielt, drehte und wendete ich ihn in alle Richtungen. Er war alt, wimmelte von Anmerkungen und Kommentaren, und der Rücken des Einbands war überall ausgefranst. Für mich aber war er wunderbar.

Obwohl ich die Mittelschule wie Manna erwartet hatte, traf mich dort sofort ein Stachel ins Herz. Beim Verlesen der Namen wurde ich nicht als Giovanna aufgerufen, sondern als Vera. Auch wenn dich niemand so nennt, das ist dein richtiger Name, der Name, mit dem du auf dem Standesamt gemeldet bist, hatte Professor Riboni gesagt, als ich ein Gesicht machte, wie aus allen Wolken gefallen.

Warum hatte mir das noch nie jemand gesagt?

Wenn ich jetzt Giovanna gerufen wurde, mußte ich mich zwingen, darauf zu reagieren. Dieser Name war mir schlagartig unangenehm geworden. Ich fand ihn einfach völlig unpassend für mich.

Mit dem Zwei-Uhr-Bus kam ich nach Hause. Graffiato erwartete mich an der Kreuzung vor der Betura-Bar, und sobald er das große blaue Fahrzeug auftauchen sah, rannte er ihm entgegen. Nervös kläffend, suchte er unter den Leuten nach mir. Kaum hatte ich einen Fuß auf den Boden gesetzt, da sprang er schon an mir hoch und ließ nicht eher von mir ab, als bis er seine tägliche Ration an Umarmungen und Streicheleien bekommen hatte. Wahrscheinlich fürchtete er jeden Morgen, wenn ich den Bus nahm, ich könnte für immer verschwinden.

Zu Hause war nie für mich gedeckt. Statt dessen gab es Berge von Geschirr zu spülen, und in den Schüsseln blieb immer etwas, womit ich mir den Magen füllen konnte. Nach dem Abwasch mußte ich die Zimmer auskehren, die Betten machen und kistenweise Gemüse putzen. Jetzt, wo Maria ihren dicken Bauch hatte, bückte sie sich nicht einmal mehr, um aufzusammeln, was ihr heruntergefallen war. Und ihr fiel, unter tausend Seufzern, verflixt noch mal, alles runter. Manchmal wurde es Abend, bis ich ein Buch anrühren konnte.

Aus der Betura-Bar tönten die Hymnen und Chöre der Inter-Anhänger herüber, wenn die anderen Mannschaften von Inter eine draufkriegten. Dann machtest du die Fensterläden zu. Begeisterungsausbrüche konntest du nie leiden, nie wärst du hingegangen, um dir zum Vergnügen ein Spiel anzusehen, noch nie hattest du einen Fuß in die Betura-Bar oder sonst eine Bar gesetzt. Ich glaube, Lachen war für dich etwas Unschickliches. Tatsächlich habe ich dich auch nur sehr wenige Male lachen sehen.

Die Sakristei der Pfarrkirche war umgebaut worden. Die Wand mit dem Lack, den ich mir am Tag deiner Hochzeit übers Kleid geschüttet hatte, war frisch gekalkt. Ich ging mit Graffiato in die Kirche hinein. Don Bruno saß mit der violetten Bußstola um den Hals im Beichtstuhl. Ich kniete mich schweigend hin und stützte die Ellbogen auf die Konsole vor dem Gitter.

»*In nomine Patris et filii et Spiritus Sancti*», sagte Don Bruno und wartete, daß ich anfinge zu sprechen.

Ich blieb stumm und hielt sogar das Auge an ein Loch im Gitter, um ihn besser sehen zu können. Don Bruno warf mir einen zornerfüllten Blick zu und biß sich auf die Lippen, um nicht zu explodieren. Oft sagte er, die Geduld, die er mir gegenüber aufbringen müsse, werde ihn zum Heiligen machen. Doch auch die Geduld eines Heiligen hat ihre Grenzen.

»Giovanna, wer sind wir, daß wir die Welt verändern wollten?« sagte er schließlich. »Was willst du damit zeigen, daß du zur Beichte kommst und dich dann ausschweigst? Die Dinge laufen, wie sie sollen, der Herrgott droben bestimmt es.«

»Warum werde ich Giovanna genannt, wenn mein Name Vera ist?« fragte ich ihn unvermittelt.

Der Stuhl knarrte. Durch die Löcher sah ich, daß Don Bruno sich an der Stirn kratzte.

»Das Glück ist nicht von dieser Welt, Giovanna. Nimm es hin! Wenn du es schwer hast, so deshalb, weil Gott dich mit einer besonderen Liebe liebt. Stell seine Geduld nicht so hart auf die Probe. Sieh mal, er könnte deinen Hochmut leid werden. Glaubst du, daß du Gott näher bist als seine Diener? Daß du ihn besser kennst als sie?«

»Ich will weder Gott noch seinen Dienern nahe sein«, sagte ich, »wenn überhaupt, dann will ich Jesus nahe sein, weil er gelitten hat und verraten und verlassen wurde.«

»Natürlich, Jesus auch«, sagte Don Bruno, »aber bedenke, Gott selbst wohnt in dir. Er braucht dich, um sich in der Welt zu zeigen. Du wirst sagen: Schöne Worte, du bist eben ein Priester. Aber dies alles habe ich von meiner Mutter gelernt. Bruno, sagte sie immer, denk daran, das Gift, das du in die Dinge mischt, macht dich krank, nicht die Dinge selbst. Die Dinge sind unschuldig.«

»Deine Mutter hatte recht«, sagte ich. »Man sieht, daß sie wenig zur Messe ging, aber viel in der Bibel las. Aber du hast meine Frage nicht beantwortet. Warum hat mir niemand gesagt, daß ich Vera heiße?«

Wieder knarrte der Sitz im Beichtstuhl.

»*Ego te absolvo in nomine Patris et filii et Spiritus Sancti*«, sagte Don Bruno hastig.

»*Amen*«, antwortete ich leise und bekreuzigte mich.

Als ich aufstand, kam die Göttin der Küsse und kniete sich an meiner Stelle nieder. Sie hatte einen Rosenkranz und ein besticktes Taschentuch in der Hand. Ich konnte sehen, daß ihre Lippen das Ave-Maria aufsagten. Bevor sie ihren Mund dem Gitter näherte, wischte sie es, mit einem Blick auf mich, gründlich ab. Da zerraufte ich mir die Haare, schlenkerte mit den Hüften und zischelte: »*Änniweii duu.*« Graffiato bellte los, woraufhin Don Bruno aus dem Beichtstuhl hervorschoß. Dea regte sich nicht weiter auf. Sie musterte mich lediglich mit einem Blick, der besagen sollte: »Mit dem Hund in der Kirche, das muß man sich mal vorstellen!« *Stell's dir doch selber vor!*

Auf dem Heimweg bekam ich Lust, bei den Großeltern vorbeizuschauen. Doch schon von weitem sah ich, daß irgend etwas nicht stimmte. Ihre Haustür war zu. Sie machten sie nie zu, auch nachts nicht. Ich ging schneller, um nachzusehen, was los war. Ich klopfte und rief mehrmals laut. Schließlich zeigte sich jemand an einem Fenster im ersten Stock. »Was soll denn der Krach?« sagte er. »Hör auf zu schreien. Machst du mit Absicht Ärger? Du weißt doch, daß sie dir nicht antworten können. Sie sind doch zu Pale an den Lago Maggiore gezogen.«

Meine Hand blieb in der Luft hängen. Nur, daß ich nicht Omero war und dies nicht unser Versteck.

»Weißt du, daß ich nicht Giovanna heiße?«

Wir sitzen am Veilchenbeet.

»Nein?! Wie denn dann?«

»Vera.«

»Vera, ach was! Du heißt Giovanna.«

»Ich heiße Vera, ganz bestimmt.«

»Vera oder Giovanna, was soll's? Du bist du.«

Ich bin so glücklich, daß meine Beine wie elektrisch geladen sind. Wenn ich losliefe, wäre ich sicher schneller als Speedy Gonzales am Wasserfall an der Mühle. Omero hat es offenbar gemerkt – er merkt immer alles – und lächelt mich an, mit einem Lächeln von einem Ohr zum andern.

»Verdammt, kaum freust du dich, kommt der nächste Reinfall. *Überleg doch mal!*« sagt Omero und läßt sich fallen.

Wenn er alles verderben will, braucht er nur anzufangen, wie seine Mutter zu reden.

Aus einem Radio schrillte jetzt Mina: *Tintarella di luna*. Omero nimmt seine Uhr ab und legt sie mir ums Handgelenk. »Sie gehört dir«, sagt er, »ich schenk sie dir.«

»Du weißt doch, das kann ich nicht annehmen«, sage ich.

»Immer wieder dein Vater, ja?! Warum jagst du ihn nicht sonstwohin?«

»Laß *meinen Vater* in Ruhe!« sage ich.

»Ständig beklagst du dich, und dann darf man noch nicht mal was gegen ihn sagen.«

»Willst du sie mir wirklich schenken?« frage ich.

»Ja«, sagt er.

Warum hast du sie mir geschenkt? möchte ich ihn fragen, aber ich frage nichts, weil ich die Antwort schon weiß. Weil ich dein Freund bin, würde er sagen. Bald nehmen wir den Zug und fahren nach Mailand. Ich werde bei Inter spielen, du kommst mich besuchen, und ich gewinne die Meisterschaft und den Pokal.

Schweigend sitzen wir nebeneinander und betrachten die Wolken, die aufgerissen sind und Stücke vom Sonnenuntergang sichtbar werden lassen. Das Dorf liegt still da, als erwartete es, daß die Sonne vom

Horizont herunterfiele. Wie weit und groß ist die Welt, denke ich voller Bewunderung, und diesmal wird auch mir das Herz weit, weil ich fühle, daß ich ein Teil davon bin. Eine Ameise schaukelt an einer unreifen Ähre über Omeros Kopf. Ich strecke die Hand aus, um sie wegzunehmen, denn wenn sie herunterfiele, würde sie in seinem Hemdkragen landen. Pech gehabt! Omero kratzt sich mit seinen kurzen kräftigen Nägeln und sagt: »Weißt du, ich soll aufs Seminar gehen. Wer weiß, wann ich wiederkommen kann. Ich schenke dir die Uhr, dann vergißt du mich nicht.«

Ich bin mir nicht sicher, ob ich richtig gehört habe. Ich betrachte die Eiche hinten im Garten.

»Ich fahre mit dem Bus bis Mailand. Die Göttin der Küsse und Graziella fahren im Zug mit bis nach La Spezia. Stell dir vor, dann seh ich das Meer mit den Kriegsschiffen.«

Ich schaue mich um auf der Suche nach ich weiß nicht was. Irgend etwas, das mir den Lärm aus den Ohren zieht und für immer auslöscht, den Omeros Worte da drinnen veranstalten.

Mailand, die Göttin der Küsse, Graziella, La Spezia.

Ich will doch nicht taub werden.

Ich sehe Graffiato. Er steht wenige Schritte von uns weg auf dem Grashang. Er begreift, daß Omero mir weh tut, denn er scharrt in der Erde und zeigt ihm die Zähne.

»Komm!« schreie ich blind drauflos. »Faß, Graffiato, faß!«

Es geschieht alles so schnell, als wäre es gar nicht wahr. Omero sieht mich mit aufgerissenen Augen an. *Warum?* fragt sein Blick.

Graffiato schießt auf ihn los, packt ihn an einer Wade, zerrt mit der Schnauze und gräbt die Zähne hinein. Omero schreit auf vor Schmerz, Graffiato schnaubt, und ich verstehe gar nichts mehr. Zum Glück kommst du plötzlich mit einem Eimer Wasser dazu. Du überschüttest Graffiato damit, er beruhigt sich auf der Stelle und läßt los.

»Hau ab, du blödes Biest, hau ab!« schreist du ihn an, stampfst mit den Füßen auf und fuchtelst mit einem Laubzweig vor ihm herum, als wäre es nicht mehr unser Graffiato, sondern irgendein wildgewordener Hund. Und zu mir sagst du mit zusammengebissenen Zähnen: »Wir beide rechnen später ab.«

Graffiato verzieht sich mit einem Knurren, das ihm im Rachen steckenbleibt. Omero klammert sich an deinen Arm. Du schleppst ihn fort, er humpelt und jammert, bereit für die Priesterkutte.

»Ogottogottmama, jetzt packt mich die Wut!«

Ich blieb neben der Hecke sitzen mit dem Lärm in meinen Ohren, der immer mehr anschwoll, während sich der Garten hochkant stellte. Was ist dir bloß in den Kopf geschossen, fragte mich immer wieder die Stimme in meinem Kopf, du bist wirklich dumm und böse. Mir das zu sagen tat mir mehr weh als alles, was passiert war. Sei doch mal still, sagte ich deshalb zu der Stimme, aber unterdessen quetschte mich die Kraft, die den Garten hochkant gestellt hatte, gegen die Hecke. Ich trat um mich, bis ich das Gras an meinen Waden kitzeln spürte. Dann fiel mein Blick auf die Stelle mit den aufgewühlten Blättern, wo der Kampf zwischen Omero und Graffiato stattgefunden hatte. Omeros Messer lag da, es mußte ihm aus der Tasche gerutscht sein und hatte dunkelrote Flecken – sein Blut. Das Gewicht hatte die Blätter geknickt und die gerade aufgeblühten Ranunkeln und die Margeritenknospen zerdrückt. Auf einmal fühlte ich mich unendlich allein. Es war schlimmer, als quer gegen die Hecke gedrückt zu werden. Schlimmer als Lampos Stock. Schlimmer als dein Gürtel. Schlimmer als der Keller. Mir war sehr zum Weinen zumute, aber der Schmerz preßte mir die Brust zusammen und hielt die Tränen gefangen. Ich erinnerte mich, was mir Omero einmal von den Indianern in der Prärie erzählt hatte. Wenn die Tränen nicht herauskommen, machen sich die Indianer einen Schnitt und lassen sie mit dem Blut zusammen herausquellen. Ich nahm das Messer und ließ die Klinge springen. Meine Hand zitterte so, daß ich nicht hinsehen konnte. Ich setzte die Klinge auf den Arm und drückte zu. Es ist für dich, lieber Omero, sagte ich, während einige Tropfen hervorsickerten. Ich schenke dir mein Leiden zum Ausgleich für deins. Ganz langsam faßte ich wieder Mut, als hätte ich einen Schluck Likör getrunken. Ich kam wieder zu mir, auch der Garten lag wieder gerade da. Ich fühlte mich stark und bereit, der Strafe entgegenzutreten. Die Wunde blutete schon nicht mehr. Ich nahm das Messer an mich, um es Omero zurückzugeben. Es war ein guter Vorwand, um sofort zu ihm zu gehen und ihn um Verzeihung zu bitten.

Im Hof war niemand, auch in der Werkstatt nicht. Die Arbeiter waren wohl alle bei Doriana. Ich erschrak, denn an der Wand im Hauseingang lehnte das Fahrrad von Doktor Gandolfi. Es mußte schlimm um Omero stehen, wenn sie den Doktor geholt hatten. Ich hatte nicht den Mut, mich zu melden, und ging ins Versteck. Dort legte ich mich im Sägemehl auf eine Seite, so daß ich den Hof im Auge behalten konnte. Die Arbeiter kamen aus Dorianas Haus und warfen ihre Kippen weg. Gleich würde der Hammer wieder auf den Amboß schlagen, und die Hobelmaschine würde wieder ächzen. Graffiato, dachte ich beklommen. Wenn die Hobelmaschine in Betrieb war, konnte er nicht in seiner Kuhle liegen. Wer weiß, wohin er sich verkrochen hatte. Auch du bist herausgekommen, bist auf der Schwelle stehengeblieben und hast suchend zum Schuppen hinübergeschaut. Obwohl ich wußte, daß du mich nicht sehen konntest, zuckte mir, als unsere Blicke sich kreuzten, das Herz in der Brust.

»Wie soll ich das fertigbringen?« sagtest du. »Dem Hund fehlt nur noch die Sprache. Er ist seit Giovannas frühester Kindheit im Haus.«

»Das fehlte gerade, daß er auch noch redet!« antwortete Maria.

Ein Auto fuhr die Via Garibaldi entlang. Ich konzentrierte mich auf das Motorengeräusch. Es ging das Gerücht, demnächst solle das Kopfsteinpflaster entfernt und die Straße betoniert werden. Dann würden die Pferde nicht mehr lahm werden. Doch alle wußten, daß es nicht um die Pferde ging. Der neue Bürgermeister dachte an die Maschinen und Traktoren, die die Fuhrwerke aus Holz, wie sie in unserer Werkstatt gebaut wurden, ersetzt hatten. Der glatte Beton sollte die Stoßdämpfer schützen. Der neue Bürgermeister war noch jung und blickte in die Zukunft. Er hatte sogar eine neue Statue für das Gefallenendenkmal bestellt. Ich hoffte, ich würde nichts weiter hören. Doch das *wrumm* des Motors machte aufs neue Marias Stimme Platz.

»Denkst du etwa, ich behalte einen tollwütigen Hund im Haus, ausgerechnet jetzt, wo das Kind kommt?« sagte sie. »Du bist zu nachsichtig mit ihr. Wo kommen wir hin, wenn du der immer alles durchgehen läßt!«

Jetzt sagt er ihr, daß sie still sein soll, dachte ich und horchte gespannt. Es gab eine Pause. Dann deine Stimme, niedergeschlagen.

»Gut, ich bringe ihn zu Cesari, er wird ihm eine Spritze geben.«

»Das Gift kostet fünfzehntausend Lire, eine Patrone hundert«, sagte Maria. »Die Axt ist umsonst.

Und sieh zu, daß du dich beeilst, sonst kriege ich bei diesem ganzen Theater noch zu früh die Wehen.«

Ich lief zu seiner Kuhle. Graffiato lag da! Er schlummerte, das Halsband saß ihm verquer, und er kämpfte gegen den unsichtbaren Feind, der ihm das Sägemehl in die Nasenlöcher blies. So etwas Entsetzliches kannst du nicht tun, sagte ich mir, während ich Graffiato den Kopf kraulte, und dachte daran, wie du Berzaga befohlen hattest, die Löcher in der Stallwand zu verstopfen, damit Belindas neugeborene Junge sich nicht erkälteten. Und schließlich hattest du doch Graffiato damals in der Nebelnacht gerettet und mit nach Hause gebracht. Er war auch dein Hund, nicht nur meiner. Sieh mal an, wie viele weiße Haare du auf dem Kopf hast, sagte ich zu ihm, ich hatte sie noch nie bemerkt. Ich streichelte ihn lange, um ihm zu verstehen zu geben, daß alles in Ordnung war, obwohl ich selber Angst hatte. Ich zog ihm das Halsband wieder zurecht, so daß ihn die Perle nicht mehr unterm Hals störte. Im Weggehen legte ich einen großen Klotz vor die Öffnung der Hobelmaschine.

»Bleib hier und versteck dich, bis ich aus der Schule komme«, sagte ich, »dann werde ich alles regeln.« Ich würde zu Doriana gehen und ihr sagen: Es ist meine Schuld, ich habe Graffiato auf Omero gehetzt. Erschießt mich, nicht ihn.

Doch als ich aus der Schule kam, war das Stück Holz nicht mehr da und die Kuhle leer. Zu Hause war nur

Lampo, der mit seinem Stock nach mir warf. Aber ich wich ihm mit einem Sprung aus. Ich suchte Graffiato überall. In der Werkstatt, im Schuppen, im Garten. Und wieder: im Schuppen, in den Pferchen, in der Werkstatt. Nichts. Im Garten, in seiner Kuhle, im Haus. Keine Spur. Nirgends war er.

Wo bist du? Zum Teufel, wo steckst du, Graffiato? fragte ich traurig, als täte er mir unrecht, weil er nicht zum Vorschein kam. Du kannst doch nicht verschwunden sein! Bestimmt läuft er gerade einem Hasen nach. Vielleicht ist er sogar bis zur Mühle gerannt. Du wirst sehen, gleich kommt er wieder. Hunde laufen nicht weg. Man sagt, wenn ein Hund Blut riecht, verändert sich sein Charakter, und er wird bösartig. Aber doch nicht Graffiato. Graffiato kann niemals bösartig werden. Wie kann er bösartig werden, wenn ich ihn gern hab?

Auf einmal dachte ich, wenn ich eine Elah oder eine Rossana kaufen könnte, käme alles wieder in Ordnung. Im Hof war ein großes Durcheinander. Du warst mit Berzaga und den anderen Arbeitern dabei, Maria in Signor Marzaticos Giulietta zu verfrachten. Du bist schnell eingestiegen, die Türen wurden zugeschlagen, und die Giulietta fuhr hupend weg. Ich wartete, bis alles wieder normal war. Dann ging ich und schaute ins Eßzimmer. Niemand. Freie Bahn. Ich steckte die Klinge von Omeros Messer unter die Schublade, in der du das Geld aufbewahrtest. Ich hebelte sie nach oben. Das Schloß sprang auf, die Schublade öffnete sich. Ich habe nicht einmal hineingesehen. Ich steckte eine Hand rein und nahm den ersten Geldschein, der mir unter die Finger kam.

Sei ehrlich, sagte ich mir, du hättest nie den Mut, zu Doriana zu gehen und zu sagen: Erschießt mich, aber nicht Graffiato. In Wahrheit hätte ich am liebsten den Kopf unters Kissen gesteckt und erst wieder hervorgezogen, wenn alles vorbei gewesen wäre.

Schsch schsch machen die Streifen des Plastikvorhangs. Und als ich sie loslasse, fallen sie wie eine Welle zurück und streicheln mir den Hals. Aus dem Hinterraum des Ladens kommt die jüngste der Quattrocchis mit ihrer Kurzsichtigenbrille auf der Nase. Wie wird sie es schaffen, die Bonbons zu zählen? frage ich mich und höre deine Stimme, wie du zu Graffiato gesagt hast: *Du blödes Biest.*

»Also, geben Sie mir fünfhundert Elahs«, sage ich kurz und knapp.

»Fünfhundert?« fragt die Quattrocchi. »Fünfhundert Elahs?«

»Ja«, sage ich, »und fünfhundert Rossanas.«

Falls ich sie verblüffen wollte, ist es mir gelungen. Ich wette, dein Vater weiß nichts von der Sache. Sie sagt es nicht, aber es ist offensichtlich, daß sie es denkt. Und ob sie es denkt!

Sie hat eine riesige Tüte auf die Waage gesetzt, und während sie die Elahs eine nach der andern hineinfallen läßt, betrachtet sie mich über ihre Brillengläser hinweg. Als wollte sie sagen: Ich tue es, weil es meine Arbeit ist, aber ich bediene dich ungern. Auch ich sehe ihr direkt in die Augen. Schließlich wendet sie den Blick ab. Auch deshalb, weil die Tüte voll ist und der Zeiger noch längst nicht da steht, wo er stehen müßte. Sie dreht sich um, nimmt eine weitere Tüte und setzt sie ebenfalls auf die Waage. Unterdessen kommt ihre Schwester. Sie sieht die Tüten auf der Waage und schaut uns an. »Was ist denn hier los?« fragt sie mit schleppender Stimme und macht ein Gesicht wie eine dumme Gans.

Sag es nicht, bitte, sag es nicht.

Ob sie es sich verkneifen kann?

»Weiß dein Vater, daß du so viel Geld für Bonbons ausgibst?«

Nein, *du blödes Biest*, nein, er weiß es nicht. Ich hab es ihm aus der Schublade geklaut. Da sind auch noch größere Scheine als dieser. Mir ist, als hörte ich sie jammern: *Nimm mich! Gib mich aus!* Das sage ich nicht, ich bin doch nicht blöd. Statt dessen sage ich scheinheilig: »Die sind für das Brüderchen, wissen Sie, es wird gerade geboren, ich will sie ihm schenken, wenn es nach Hause kommt, es soll sie alle haben.«

»*Oh oh*«, sagt sie und macht erst recht einen Mund wie eine dumme Gans, »hab ich es dir nicht immer gesagt, Agata? Giovanna scheint schlecht, aber im Grunde ist sie gut wie ein Stück Brot, *oh oh*. Für das Brüderchen. Wie wollt ihr es denn nennen?«

»Francesco«, sage ich aufs Geratewohl, um einen Namen zu nennen.

»So, so, Francesco, was für ein schöner Name. Na dann, hier!« und sie setzt noch eine Tüte auf die Waage, »das spendiert die Firma, *oh oh*. Wir sind deinem Vater zu Dank verpflichtet. Wir können ihm gar nicht genug danken für das, was er getan hat. Die Ladenlizenz und alles andere. *Verstehst du?* Zu ewigem Dank verpflichtet. Als er das Sagen hatte, funktionierte alles hier im Dorf.«

»Na und ob!« sagt Agata.

»Richte ihm unsere Grüße aus.«

»Ja ja, mach ich.«

»Nicht vergessen! Und unsere Glückwünsche zur Geburt von Francesco!«

»Ich vergeß es nicht.«

»So ist's recht.«

»Danke, vielen Dank.«

Und beim Rausgehen bleibe ich einen Moment unter dem Plastikvorhang stehen und lasse mir, vor- und zurück-, auf- und abspringend, die Plastikstreifen auf den Nacken fallen, und ich höre die beiden lachen und sagen: »Im Grunde – *oh oh* – ist sie kein schlechtes Mädchen, sie hat nur so viel Pech gehabt, die Ärmste, *oh oh!*«

Doch kaum war ich aus dem Laden raus, machten mich diese Tüten voller Elahs und Rossanas unendlich traurig. Alle diese *Ohohs* hatten in meinen Ohren den Lärm wieder wachgerufen, der durch Omeros Worte ausgebrochen war. Deshalb ging ich schnurstracks zur Magdalenenschlucht. Ich kontrollierte, ob alles in Ordnung war – die Steine rings um unseren kleinen Hafen –, und nahm die herabgefallenen Blätter weg, die den Eingangskanal neben der Wasserspinnenhöhle verstopften. Dann legte ich mich auf den Rücken, die Füße auf dem Grasstreifen, den Kopf in Höhe des Wasserspiegels und die Bonbontüten neben mir. So blieb ich liegen, die Hände im Nakken verschränkt, und versuchte, an nichts mehr zu denken, während am Himmel ein Heer von Wolken vorüberzog. Sicher waren auch Kriegsschiffe dabei, alle mit aufgestellten Kanonen. Wer weiß, welche davon aus La Spezia waren.

Ich dachte: Wie schön wäre es, wenn ich sie jetzt kommen sähe, Omero, pfeifend, die Hände in den Taschen, mit Steinen Fußball spielend, und Graffiato, der um ihn herumspringt und an seinen Taschen schnüffelt, die nach Salami riechen. Du kommst gerade recht, würde ich zu Omero sagen und ihm die Tüte hinhalten, iß ruhig, sie sind alle für dich. Und dann würden wir Graffiato das Halsband anlegen und mit dem Bus nach Mailand fahren, um Internazionale zu sehen. Es war, als hätten mich die Wolken gehört. Sie öffneten sich und zeichneten ein Viereck an den Himmel. Und in dem Viereck rannten lauter kleine Gestalten hin und her. Natürlich waren es die Spieler von Inter, klein und grau wie im Fernsehen.

Und – unglaublich, aber wahr – die Nummer fünfzehn, der linke Fuß Gottes, Mariolino Corso höchstpersönlich, sprach zu mir.

Sieh mal, hörte ich ihn sagen, er sagte es wirklich, wir warten auf Omero, aber wir können nicht ewig warten. Nur du kannst ihn überreden, auf dich hört er. Wo steckt er? Warum meldet er sich nicht? Weiß er denn nicht, daß man keine Zeit verlieren darf, wenn man Meister werden will? Was stotterst du? Seminar? Kanonen? La Spezia? Daß ich nicht lache! Sag mir lieber: Wann entschließt er sich und kommt zu uns nach Mailand?

Der Abend verschlang die Landschaft und spieh in den Hecken Scharen von Glühwürmchen aus. Ich hatte nicht den Mut, nach Hause zu gehen, weil ich fürchtete, Graffiato nicht vorzufinden. Einmal, als wir uns gestritten hatten, war er verschwunden. Aber so lange war er noch nie fort gewesen. Vielleicht wollte er mich nicht mehr als Herrin. Ich konnte es ihm nicht vorwerfen. Ich brauchte so schnell wie möglich seine Verzeihung. Nicht einmal, in der Werkstatt vorbeizugehen und die Hände ins weiche Weiß der Dampfwolken zu tauchen, half mir, mich zu beruhigen. Im Haus brannten alle Lampen. Das Radio lief mit voller Lautstärke.

Es mußten viele Leute da sein, denn der Hof wimmelte von chinesischen Schatten, die sich übereinanderlegten und sich wieder trennten und immer neuen Formen Raum gaben. Sich umarmend und wieder voneinander lösend, glitten sie im Rhythmus der Musik dahin.

Was um Himmels willen war denn passiert? Ach, natürlich, das Brüderchen! Bestimmt war es schon da.

Gern hätte ich meinen Schatten unter die anderen Schatten gemischt, aber ich konnte es nicht erwarten, Graffiato wieder zu umarmen. Auf seinem Lager war er nicht, und nichts ließ erkennen, daß er dort gewesen war, ohne daß ich es gemerkt hätte. Im Kabuff stapelte sich das schmutzige Geschirr im Spülbekken, voll von Hühnerresten, mit Fleischstückchen, Häuten und Sehnen noch an den Knochen. Ich putzte sie ab, so gut ich konnte, und warf sie dann weg. Denn ich weiß, daß sie für Hunde gefährlich sind, weil sie splittern. Ich füllte Graffiatos Napf bis zum Rand und aß auf, was nicht mehr hineinging.

Ich ging wieder in den Garten, zum Grashang neben der großen Eiche, wo wir gewöhnlich Fangen spielten, weil dort keine Gefahr bestand, die Saat zu zertreten. Ich legte die Hände um den Napf und hob ihn hoch, damit der Wind den Essensgeruch so weit wie möglich trüge, und sagte laut: Bitte, Graffiato, komm zurück, es tut mir so leid, verzeih mir, es ist meine Schuld. Doch ich hörte sofort auf zu reden, denn in der Stille hallten die Worte in meiner Brust wider wie eine Totenglocke. Ich stellte den Napf an den Fuß der großen Eiche und sagte leise zu Graffiato, als stünde er vor mir: Sieh mal, ich stell ihn hierher, falls du Hunger bekommst. Und um ihm nicht meine Gegenwart aufzudrängen für den Fall, daß er noch ein wenig den Zurückhaltenden spielen wollte, sagte ich: Friß in aller Ruhe, aber dann komm schnell. Ich bin im Haus, bei dem Brüderchen.

»Sieh mal einer an, wo das kleine Fräulein wohl herkommt«, sagte Lampo, »du lebst von Flausen und Luftschlössern, nicht von Brot wie wir Christenmenschen. Eijeijei, hundert zu eins, daß du aus den Kaninchenställen kommst.«

»Nach dem Gestank zu urteilen, kommt sie aus einem Schweinestall«, sagte Pepa und klemmte sich mit Daumen und Zeigefinger die Nase zu.

Die Gäste waren gegangen, auf dem Tisch stapelten sich schmutzige Teller und Gläser. Doch in diesem Moment dachte ich nicht daran, daß ich sie spülen müßte. Auch ein Tablett mit übriggebliebenem Gebäck stand da. Ich sah nicht einmal hin. Vor mir ein wunderbares Bild: Das Sofa, ein Meer von Spitzen, und zwischen Spitzen und Rüschen schlief neben Maria, die Fäustchen geschlossen, ein rosa Kindchen. Du hattest die gleiche Stimme wie beim Singen in der Kirche, als du sagtest: »Komm her, sieh mal, wie schön sie ist, sie heißt Luisa.«

Luisa?! ein Mädchen! Und du hattest sie wie Mama genannt, und ich sollte hinkommen? Sie anfassen? Wirklich?! Im Zimmer hing ein süßlicher

Duft. Er mußte von Luisa herrühren, ein durchdringender, geheimnisvoller Geruch, der zusammen mit deinen Worten und deiner Haltung meine Muskeln entspannte und mir den Magen weitete: Ob es der Duft des Paradieses war? Don Bruno sagt, von dort kommen die Neugeborenen, aus dem Geist Gottes. Ach, wenn ich doch ihre Stirn streicheln, mein Gesicht an ihre Brust legen könnte! Ich drehte mich um und sah dich an, um mich zu vergewissern, ob das alles wirklich wahr war.

Aus deiner Tasche hing Graffiatos Halsband.

Nur ein Stückchen hing heraus, aber es genügte mir, um es zu erkennen. Die Perle brauchte ich nicht zu sehen.

Meine Augen rutschten nach oben weg, und ich schlug hin, genau auf das Schwesterchen. Maria kreischte los und brachte damit auch sie zum Schreien.

Dann gab es eine Pause, in der ich nichts mehr gehört habe. Ich weiß nicht einmal, wo ich gewesen bin. Als ich es begriff, waren wir im Keller. Du mußtest gerade mit mir fertig geworden sein. Vergebens bemühtest du dich, den Gürtel durch immer dieselbe Schlaufe deiner Hose zu ziehen.

Doch diesmal war es nicht wie sonst. Diesmal war es, als wäre ich auf einer anderen Seite gelandet und hätte meinen zerschundenen Körper im kühlen Sand zurückgelassen. Mal sehen, dachte ich, ob ich jetzt ins Fürimmerland hinübergehe? Ich hing wie über einem Rand, über einem Abgrund, wie über der Brüstung der Adda-Brücke. Auf der einen Seite warst du, auf der anderen das Nichts. Du hättest mich nur loszulassen brauchen, und ich wäre hineingerutscht. Im Fürimmerland warteten zwei Personen auf mich, um mich weiter liebzuhaben: Mama und Graffiato. Was für ein Fest, wenn ich komme, wie viele Steine kann ich dann für dich werfen, was, Graffiato?! Und wie oft dich am Kopf kraulen! Und wenn wir müde sind, dann legen wir den Kopf auf Mamas Knie, ohne etwas zu sagen, denn das wird nicht nötig sein.

Doch der Wunsch zu sterben genügt nicht, reicht nicht aus, um zu sterben. Es war wohl nicht so einfach, ins Fürimmerland zu kommen. Wie viele Stunden hatte Oma am Fenster gesessen und ins Leere gestarrt, ohne daß es ihr gelang!

Gerade als ich mich fallen lassen wollte, packte mich eine Hand und ließ mich diesseits des Nichts herunterfallen. Und diesseits des Nichts habe ich, wenn auch verschwommen, etwas verstanden, was ich vorher nie verstanden hatte. Es gibt ein Tier in mir, und dieses Tier hängt sehr am Leben. Das Tier will leben. Es macht dir die Dinge schwer, wenn du mich im Keller an den Haken hängst. Es hört nicht auf, wenn du es möchtest, wenn du nicht mehr kannst. Es fleht dich stumm an, ihm noch mehr zu geben. Scheinbar ist es ihm nie genug. Doch es ist keine Frage der Menge. Es will dich einfach noch einen Schritt weitertreiben, um das letzte Wort zu haben. Es bringt dich ins Schwitzen. Das Tier weiß, wie, und es ist schneller als das Denken. Nur einen Moment lang taucht es auf, dann verschwindet es. Es überfällt mein Herz als dumpfer Zorn, schwer wie ein nasser Lappen. Es riecht wild, wie Graffiatos Fell nach dem Regen. Es ist unerträglich und umwerfend wie die Wahrheit, die es verkündet: Das, wogegen ich mich auflehne, diese Unordnung und Ungerechtigkeit, ist etwas, woran ich selber beteiligt bin.

XVI

DARAUF WÄRST DU nie gekommen: Ausgerechnet die Göttin der Küsse hat es mir gesagt.

Ich hatte den Vormittag in der Magdalenenschlucht verbracht und ging durch die Via Lavalle nach Hause.

Es hatte seit Wochen nicht geregnet. Die Straße, die Büsche, sogar die Blätter auf den unteren Zweigen der Pappeln waren von einer Staubschicht bedeckt, mehlweiß und fest wie Ruß. Ich hatte ein Stück Holz als Markierung an den Straßenrand gesteckt. Ab und zu drehte ich mich um und zielte mit einem Stein darauf. Je größer der Abstand wurde, desto schwieriger war es zu treffen.

Die Hälfte des Weges lag hinter mir, als am oberen Straßenende die Göttin der Küsse auftauchte. Sie mußte gerade beim Friseur gewese sein, denn sie war hochtoupiert und trug ein anliegendes Trikot ohne Ärmel. Vor ihr ließ Graziella einen Fahrradreifen rollen. Sie trieb ihn mit einem kleinen Stock an. Als sie mich sah, lenkte sie ihn auf mich zu.

Ich steckte einen Fuß hinein und hielt ihn an.

Graziella blieb stehen und sah zu ihrer Mutter hinauf. Ich merkte, daß ihr Kinn zitterte, wie damals bei den Nonnen, als wir uns kennenlernten. Ich glaube, wenn sie gekonnt hätte, hätte ihre Mutter die Straße mit mir in Schutt und Asche gelegt. Sie kam heruntergesaust, daß der Schotter knirschte wie ein zerreißender Lappen. So wie sich ihr Mund verzerrte, mußte Dea gemeine Sachen sagen. Aber erst, als sie dicht bei mir war, so dicht, daß ihr Schweiß mich wie ein Schal umhüllte, hörte ich, was sie sagte.

Deutlich, Silbe für Silbe, brachte sie es heraus: »Für wen hältst du dich eigentlich? Du bist keine Prinzessin. Giovanna Si-ro-ni! Jeder weiß, daß du schlecht bist. Und willst du wissen, warum? Du bist nicht die Tochter des Bürgermeisters. Du bist eine Tochter von *En-En* – hast du verstanden? – En-En!«

Dann war sie still und wartete ab, wie ich reagieren würde. Aber ich hatte mich an einen Busch geklammert und gönnte ihr nicht die Freude, mich von ihren Worten wegfegen zu lassen. Daß ich nicht Giovanna war, wußte ich ja schon. Daß ich auch keine Sironi war, wußte ich noch nicht.

»Du hast nicht den Mut, mich anzusehen, was?« sagte sie dann. »Recht so, sonst müßtest du dich schämen. Jawohl, schämen!«

Der Schlag war frontal gewesen. Doch ich rappelte mich schleunigst wieder auf. Mein Kopf lief auf Hochtouren. Du bist nicht die Tochter des Bürgermeisters. Du bist nicht die Tochter des Bürgermeisters …

Was konnte das anderes heißen, als daß du nicht mein richtiger Vater warst? Und Mama? Meine liebe, liebe Mama Luigina? War ich auch nicht ihre Tochter?

Jetzt begriff ich, warum niemals etwas passierte, wenn ich sie im Himmel anflehte. Da konnte ich ja lange warten! Klar. Und ich begriff auch, warum du mich verprügeltest. Wie dumm war ich gewesen zu glauben, daß du früher oder später zu Maria sagen würdest: Frau, das ist meine große Tochter, was tu ich da? Wozu treibst du mich? Und daß du ihr gleich darauf befehlen würdest, ihre Koffer zu packen und zu gehen.

Und noch etwas begriff ich. Die Prügel dienten nicht nur dazu, Maria zufriedenzustellen. Wenn du mir beim Rosenkranz mit deinen schweren Schuhen auf den Kopf gesprungen bist und mir den Kopf gegen den Ofen geschlagen hast – bis Maria sagte: wie widerlich, ihr läuft das Blut aus der Nase! –, dann deshalb, weil ich nicht deine Tochter war.

Doch was die Göttin der Küsse gesagt hatte, gab mir Hoffnung. Denn ein Gedanke ließ mir keine Ruhe: Wenn Giovanna und Vera nicht meine Namen waren, wenn ihr, du und Mama, nicht meine Eltern wart, dann gab es irgendwo jemand anders, der mich in die Welt gesetzt hatte. Und wenn es jemanden gab, wer war es? Wo war er? Wie hieß er? Da fiel mir auch das andere wieder ein: Tochter von En-En. Wer waren diese En-Ens? Was hatten sie Böses getan, daß sie sich hinter einem Buchstaben des Alphabets verstekken mußten? Und warum gerade das N? Es mußte der Anfangsbuchstabe ihres Nachnamens sein. Vielleicht waren es die Nardinis, die mit dem Grappa. Na, hör mal, sagte ich mir, reiche Leute lassen doch ihre Kinder nicht im Stich.

Trotzdem, irgend jemand mußte mich ja hergebracht haben. Aber woher? Und warum habt ihr, du und Mama, mich aufgenommen? Vielleicht mußtet ihr es tun. Vielleicht konntet ihr es nicht ablehnen, und als ihr es wolltet, gab es keinen Ort mehr, wohin ihr mich hättet schicken können. Womöglich waren diese En-Ens verschwunden, ohne sich überhaupt zu melden, womöglich hatten sie mich in einem Korb, wie Moses auf dem Nil, vor die Haustür gestellt.

Na gut, lügen nützte nichts. Die Wahrheit war wohl leider eine andere. Wahrscheinlich hatten diese En-Ens gleich gemerkt, daß ich ein Unkraut war. Deshalb hatten sie mich nicht gewollt. Und ihr hattet mich aus Mitleid aufgenommen. Mama vor allem. Sie hatte sicher gesagt: Was macht das Kind da in der Kälte? Ohne zu merken, daß die Kälte eigentlich aus mir kam. Und sie brachte es nicht übers Herz, mich meinem Schicksal zu überlassen.

»Sieh mal nach, ob die dumme Kuh den Salat auf den Tisch gestellt hat, immer vergißt sie mit Absicht etwas«, sagte Maria.

»Sie ist zu dünn, die Bosheit verzehrt sie. Bücher oder keine, sie wird im Leben immer ein Nichts und ein Niemand bleiben«, tröstete Pepa sie.

Du bist nicht aufgesprungen, hast sie nicht zurechtgewiesen – was redet ihr denn da, Schluß jetzt, ihr irrt euch, das ist meine große Tochter, sie war schon groß, als sie noch klein war, ich habe sie nach meiner Mutter genannt, wißt ihr, auch Professor Riboni, ihr Lehrer, sagt, sie ist ein Phänomen, sie kennt die *Ilias* auswendig, fragt sie doch mal –, und so hast du ihr Gerede bestärkt, hast es wahr werden lassen. Seit mir der Hunger vergangen war – eines Tages war er verschwunden und nicht mehr wiedergekommen –, war ich dürr, spindeldürr geworden. Ich las und die ganze Welt um mich herum verschwand. Ich wurde gerufen und hörte nicht. Wenn das die Beweise für meine Schlechtigkeit waren, dann war ich schlecht. Durch und durch schlecht. Dir und Mama hätte das nichts ausgemacht. Aber dann kam Maria. Sie hatte dich verändert, und die Wahrheit kam ans Licht: Ich konnte nichts als lästig sein, ich war es gleich, von Geburt an.

»Sie haben recht, wenn sie sagen, daß du schlecht bist«, sagte die Göttin der Küsse zum Schluß mit brüchiger Stimme, »nichts und niemand ist dir wichtig.«

Dann ging sie mit Graziella wieder die Via Lavalle hoch, als hätte sie es sehr eilig. Wer weiß, warum sie so rennt, dachte ich, ich weiß doch, daß sie nichts zu tun hat, sie hat nicht mal einen Mann, der auf sie wartet. Sie muß sich höchstens die Nägel lackieren. Und bei diesem Gedanken wurde mir so kalt, daß ich zum Himmel aufsah, ob ein Gewitter aufzog.

Du bist doch blöd, sagte ich mir, während ich mir den Staub vom Rock abklopfte, damit er seine Farbe wiederbekam, du bist doch blöd, dir wegen Dea Gedanken zu machen. Was geht sie dich an? Doch je mehr ich darüber nachdachte, desto mehr schauderte es mich.

Es hatte wirklich den Anschein, als wäre der Staub in die Stoffasern eingedrungen und wollte nicht mehr rausgehen. Vom Turm der Assunta hörte ich es vier schlagen. Aber statt nach Hause zu gehen, lief ich zum Magdalenengraben. Ich warf mich bäuchlings ins Gras und legte mein Gesicht in den Klee. Eine Schnecke kroch an einem Löwenzahnstengel hoch. Eine Ameisenkolonne versuchte hartnäckig, über meinen Blusenkragen zu krabbeln. Jemand klopfte an meinen Kopf und wollte hinein. Ab und zu zuckte mein Herz heftig zusammen. Vera. Giovanna. Vera, Giovanna, En-En oder was?

Ich konnte nicht ewig dort liegenbleiben. So machte ich mich auf den Heimweg und drückte mich immer dicht an der Mauer entlang. Ich hatte Angst, jemand könnte vor die Haustür treten und mich anschreien: Wer bist du denn? Du Einschleicherin! Wo kommst du her? Was hast du hier im Dorf zu suchen?

Ich bin unter die Treppe gegangen. Die Fäuste ans

Gitter geklammert, habe ich lange in die Sonne geschaut, die gerade hinter der Platanenreihe am Horizont unterging. Das Land wurde still und dunkel, das Muhen und Blöken in den Ställen verstummte, und die Wolken rissen auf und gaben blutrote Stückchen Himmel frei. Schade, daß mir die Göttin der Küsse einfiel, die mit Graziella nach Hause ging und nichts anderes zu tun hatte, als sich die Nägel zu lakkieren.

Aber dann: Und wenn sich Dea das alles nur ausgedacht hat? Wenn es gar nicht stimmte? Na klar, natürlich, sie hatte diese Geschichte erfunden, weil ich Graziellas Reifen umgeworfen hatte. Tochter von En-En. Auf was für Ideen manche Leute kommen!

Ich hatte jedes Zeitgefühl verloren, und als ich herunterkam, schlug die Pendeluhr halb neun. Ihr wart schon bei Tisch. Ich nahm schnell die Suppenschüssel und brachte sie euch. Kaum hatte ich sie auf den Tisch gestellt, fing ich Marias Blick auf. Angewidert starrte sie auf mein Handgelenk. Unwillkürlich betrachtete ich mich, aber mir fiel nichts auf. Ich mußte erst die Kelle ablegen und die Hand drehen. An meinem Unterarm baumelte eine klebengebliebene Zucchinischale. Ich versteckte den Arm und wich bis zur Tür zurück. Im Kabuff säuberte ich mich gründlich. Gesicht, Hals, alles. Und einmal dabei, fuhr ich mit dem feuchten Schwamm auch noch über die Schuhe. Ich wollte schließlich keine Scherereien bekommen und womöglich im Keller eingesperrt werden.

Als ich wieder ins Eßzimmer kam, wart ihr gerade mit der Suppe fertig. Sie mußte gut gewesen sein, denn nicht eine Kelle war übriggeblieben. Nur du hattest noch etwas auf dem Teller. Langsam und leicht schlürfend löffeltest du vor dich hin. Ich blieb am Fenster stehen. Hin und wieder fiel mein Blick auf deinen Teller. Ich hoffte, du würdest mir ein bißchen drauflassen.

»Pepino, schmeckt dir die Suppe nicht?«

Marias Stimme ließ mich zusammenzucken. Ich sah dich an, das Kinn in die Hand gestützt. Du hast eine Augenbraue hochgezogen.

»Ich seh doch, daß du sie nicht runterkriegst«, redete sie weiter. »Wenn du sie nicht magst, laß es, dann geben wir sie dem Vieh.«

Wußte sie, daß du ein bißchen für mich übriglassen wolltest?

»Nein, nein, sie ist gut, ich mag sie«, sagtest du schnell.

Du keuchtest, als säßest du nicht bei Tisch, sondern müßtest mit dem Fahrrad eine steile Straße hochfahren. Schnell hast du die letzten Löffel heruntergeschluckt. Dann räumte ich die Teller ab und holte das Hauptgericht.

Nie werde ich den Mut haben zu sagen, was ich zu sagen habe, dachte ich.

Doch tags darauf – es war Sonntag –, als alle mit ihren Gabeln nach dem Aufschnitt langten, kamen die

Worte plötzlich, wie von einer inneren Kraft getrieben, die mir den Mund öffnete und sie ins Zimmer kullern ließ, ganz von selbst heraus.

»Was bedeutet es, wenn man ein Kind von En-En ist?«

Dir fiel das Brot aus der Hand. Es fiel direkt in den Teller, so daß die Tischdecke vollgespritzt wurde.

Lampo legte die Hand auf den Verschluß der Brauseflasche, um das Zischen zu stoppen. Erwartungsvoll sahen sie dich an.

»Also«, hast du schließlich gesagt und dabei mit dem Fingernagel an einem winzigen Spritzer gekratzt, aber dann merktest du, daß es vergeblich war, der Spritzer ging nicht weg, und du hast aufgehört zu kratzen. Rote Flecken traten dir auf die Stirn. Du hast Maria angesehen, aber sie zog gerade die Pelle von einer Salamischeibe ab. Dann hast du hüstelnd und mit vielen Pausen angefangen zu reden, als müßtest du die Worte tief unten aus dem Magen fischen.

Laß nur, Papa, hätte ich gern gesagt, macht nichts, ist nicht so wichtig, du hast mir oft und oft gesagt, ich soll nicht auf die Leute hören, ich bin selber schuld, ich hätte Dea nicht zuhören dürfen, der kann man nicht trauen, man braucht ja nur zu sehen, wie sie sich anzieht. Doch ich brachte nichts anderes zustande, als die Zehen zu verkrampfen.

»Du bist nicht unsere Tochter«, hast du gesagt, »die Tochter von mir und Mama Luigina.« Es war das erste Mal, seit sie tot war, daß du sie erwähntest.

Maria schob ihren Teller weg.

»Wir haben dich gleich nach deiner Geburt in Mailand aus dem Brephotrophium geholt, wo die Niemandskinder sind, und haben dich hierhergebracht.«

Du merktest, daß alle auf das Weitere warteten, und hast gewaltig mit der Faust auf den Tisch gehauen.

»Verflucht, gibt es in diesem Haus vielleicht mal was zu essen? Ich kann hier nicht meine Zeit vergeuden!«

Sofort habe ich das Hauptgericht geholt und es dampfendheiß auf die Teller gefüllt.

Das also bedeutete En-En: Nichts, Niemand.

Doch während ich mir die Schürzenbänder in der Taille zusammenband, um das Geschirr zu spülen, fragte ich mich: Wie kann man ein Kind von niemandem sein? Kein Mensch ist ein Kind von niemandem. Alle werden von irgend jemand zur Welt gebracht.

Du wußtest bestimmt, wie es gewesen war. Du mußtest die Wahrheit kennen. Wenn du die Angelegenheit so schroff vom Tisch gewischt hattest, dann sicher, um Maria nicht zu beunruhigen.

Brephotrophium. Was für ein Name!

Ich versuchte, das Wort zu wiederholen, und verhedderte mich jedesmal bei den ersten Silben. Ich brannte vor Ungeduld, die Bedeutung im Wörterbuch nachzuschlagen.

»Wenn du die Bedeutung von irgend etwas wissen willst, mußt du im Wörterbuch nachschlagen«, hatte Professor Riboni gesagt, »dort findet man alles, was es gibt, in Form von Wörtern.«

Alles, bis auf die neuen Wörter der Dichter, weil sie erst von den Menschen verdaut werden müssen, bevor sie im Wörterbuch erscheinen. Brephotrophium war ein zu häßliches Wort, als daß es von einem Dichter sein konnte. Auch wenn es für mich neu war.

Ich spritzte ein bißchen Stovil ins Spülbecken, ließ Wasser einlaufen und brachte es mit der Hand zum Schäumen. Dann hob ich die schmutzigen Teller vom Stapel ab, bis ich an deinen kam. Ich leckte die restliche Suppe mit dem Zeigefinger auf und steckte die Salamipellen in den Mund. Sie waren zerdrückt und aufgeweicht, hatten aber einen guten Geschmack. In meinem Magen war ein großer Schneeball. Der Kälte nach zu urteilen, die alles Blut an sich zog und es gefrieren ließ. *Switsch!* zündete ich ein Streichholz an. Sofort erschien der reichgedeckte Tisch, die gebratene fette Ente mit den hineingespießten Bestecken. Und hinter der Ente, wer war das, mit den Zöpfen über der Brust? Das war doch Mama, die mich lächelnd ansah.

Doch es funktionierte nicht. Der Anblick der Ente und Mamas Lächeln vertrieben die Kälte nicht. Unnötig, so zu tun, als wenn nichts wäre. Ich kann mich nicht mehr auf dich verlassen, meine liebe Luigina, sagte ich. Es tut mir leid, denn ich weiß, daß du mich liebhast, aber auch du hast mich betrogen. Eine andere müßte an deiner Stelle sein, meine richtige Mama.

Ich mußte mich auf die Suche nach ihr machen, genau, das mußte ich tun.

Ich habe alles gut und schnell gespült, abgetrocknet, das Geschirr in die Kammer gestellt und den Boden mit dem Lappen aufgewischt. Dann habe ich mir das Wörterbuch geholt. »Brephotrophium, ›Kindernährhaus‹, Anstalt, die ausgesetzte oder von Aussetzung bedrohte illegitime Neugeborene aufnimmt, großzieht und ihnen Beistand leistet.« Illegitim. Ich habe auch dieses Wort nachgeschlagen: »Kind von Eltern, die nicht durch Ehe verbunden sind«.

Ich gebe zu, ich stand da wie versteinert. Professor Riboni hatte die Wahrheit gesagt: Das Wörterbuch wußte wirklich alles. Es wußte etwas über meine Eltern, was ich selber nicht geahnt hatte. Nämlich, daß sie nicht verheiratet waren. Ich schlug das Buch zu. Für meinen Geschmack wußte es zuviel. Ich wollte nicht Gefahr laufen, daß es mich in Worten zu meiner Mutter führte. Ich mußte sie dringend in Fleisch und Blut vor mir sehen und sie umarmen.

Ich konnte meinen Sonntagsrock nicht anziehen, um keinen Verdacht zu erwecken, aber ich wollte sauber sein, wenn ich mich mit ihr träfe. Meine Oma hatte immer gesagt, wahre Sauberkeit und wahre

Eleganz zeigt sich nicht in den Kleidern, sondern in der Unterwäsche, dort, wo niemand dich sieht.

Lampo war ein Nickerchen machen gegangen. Und tatsächlich lag er auf dem großen Bett, das Betttuch bis zum Kinn hochgezogen, das Haarnetz auf dem Kopf, den Mund offen, und die Füße, Größe fünfundvierzig, ragten über den Matratzenrand. Das ganze Zimmer war vom Pfeifen seines Atems erfüllt. Ich näherte mich auf Zehenspitzen, öffnete vorsichtig, damit sie nicht knarrte, die Schublade drei Finger breit und steckte die Hand hinein, um zu ertasten, was ich brauchte.

Schlüpfer. Strümpfe. Unterrock. *Lieber Gott, bitte mach, daß ich sie finde.*

»Bastardin En-En, Schmarotzerin!«

Mir wurden die Knie weich. Gerade als ich fiel, bewegte Lampo ein Bein unter den Decken. Ich spürte seine Wärme, als hätte man mir eine glühendheiße Stange über den Hintern gelegt.

»Fräulein Niemand. Fräulein Ichweißnichtwas. Aber ich weiß was!«

Aus dem Augenwinkel sah ich, wie Lampos knotige Finger sich auf den Stock zubewegten, der zwischen Wasserkrug und Meßbuch am Nachttisch lehnte. Ich ließ die Unterwäsche Unterwäsche sein und machte, daß ich wegkam.

Der einzige Mensch mit Namen Niemand, den ich kannte, hatte sich den Namen selber gegeben. Und zwar um sich zu retten, als er, unter dem Bauch eines Schafes versteckt, vor dem einäugigen Riesen Polyphem geflohen war. Auch ich hatte mich vor langer Zeit immer unter den Bauch meines Schafes Belinda gelegt, um mich zu wärmen. Aber Belinda hatte ihr Lamm abgelehnt. Jetzt wußte ich etwas, was Niemand nicht wußte. Zufällig ist es bei ihm gutgegangen, aber in Wirklichkeit kann man den Schafen nicht trauen, auch wenn sie gut scheinen.

Fragst du dich vielleicht so oft, wie du heißt, weil du nicht den Mut hast, dich zu fragen, wer du bist? überlegte ich, als ich in den Hinterraum der Werkstatt ging und das Fahrrad, das Mama gehört hatte, von der Wand nahm.

Ich war noch nie von zu Hause weggelaufen und wußte nicht, wie man das macht. Aber ich überlegte nicht lange. Sobald ich meine richtige Mama gefunden hätte, würde sich alles wie durch Zauberhand regeln.

Gleich außerhalb des Dorfes stand ein Schild mit zwei Pfeilen. Ich hatte es oft gesehen. Einer zeigte nach *Pizzighettone* und *Crema*, der andere nach *Lodi* und *Mailand*. Das war die richtige Richtung.

Es war nicht Belindas Schuld, dachte ich, als ich auf dem Fahrrad am Café dei Topi vorbeiflitzte, Belinda hat damit nichts zu tun. Die große Kurve und die Kreuzung mit dem Schild kamen rasch näher. Die Tür des Cafés stand weit offen, und drinnen sah man die Profile der Gäste am Tresen. Man hörte Rita Pavone singen: *La Partita di pallone*. Franca, die Frau des Cafébesitzers, kam mit einer Schüssel Wasser in den Hof heraus. Sie machte kleine Schritte mit ihren hohen Absätzen, um das Wasser nicht zu verschütten, und hatte die Haare zu einem Pferdeschwanz hochgebunden. Als sie an den Männern vorbeiging, muß ihr einer ein Kompliment gemacht haben, denn sie fing an zu lachen und warf dabei den Kopf nach hinten. Der Pferdeschwanz löste sich, die Haare fielen ihr auf allen Seiten herab, und Wasser schwappte aus der Schüssel.

Nein, Belinda hatte damit nichts zu tun. Es war einzig und allein meine Schuld. Ich hatte es nicht geschafft, das Lamm zu retten.

Ticketi tacketi machten die Speichen des Fahrrads, *wuamm wuamm* die Räder der Autos, die mich überholten, *blaa blaa* die Hupen der Lastwagen. Verflixt, ich hätte niemals gedacht, daß es auf der Straße nach Mailand ein solches Fahrzeugkonzert gab. Das war das erste, was man entdeckte, wenn man dem Schild mit der Aufschrift Mailand folgte. Das zweite: Auf der Welt gab es nicht nur die Giulietta von Signor Marzatico. Es gab noch viele andere Autos in unterschiedlichen Farben und Formen. Schon eine ganze Weile hatte ich das Dorf hinter mir gelassen, aber abgesehen von der Straße änderte sich nichts. Die gleichen Pappelreihen längs der Gräben, die Häuser und

Kirchtürme platt auf die Erde gedrückt wie Mortadella in einer Focaccia. Ich war ja schließlich nicht so ahnungslos wie der Junge in der Erzählung *Vom Appennin bis in die Anden*. Für mich würde es leichter sein. Um meine Mutter zu finden, brauchte ich weder ein Schiff zu nehmen noch einen Ozean zu überqueren und auch nicht über die Berge zu fahren. Es genügte, wenn ich geradeaus fuhr, den Lenker gut festhielt und, so weit nötig, hin und her bewegte. Alle Straßen haben früher oder später ein Ende, sagte ich mir. Und soviel ich wußte, endeten alle Straßen in Mailand.

Doch obwohl ich meinem Herzen dauernd befahl, sich zu beruhigen, hörte es nicht auf, wie wild zu schlagen. Als ich eine Schlucht entdeckte, die genauso aussah wie die Magdalenenschlucht, bog ich deshalb in einen Weg ein, der zu einer kleinen Brücke führte, die auch so aussah wie meine. Im Liegen konnte man ungesehen die Straße beobachten. Ich legte das Fahrrad hin und streckte mich daneben aus, mit einer Hand auf dem Lenker, denn es war meins, und ich wollte verhindern, daß, falls ich einschlief, irgendein kleiner Dieb es mir wegnahm. Die einzigen Menschen, die zu sehen waren, saßen im Sonntagsanzug hinter dem Steuer ihres Autos. Warum die Leute sich wohl festlich kleideten, um ins Auto zu steigen? Ich steckte meinen Kopf unter ein Büschel wilder Salatblätter, um mich vor der Sonne zu schützen. Es ist zwar leicht, sich ins Gras zu legen, aber nicht so leicht, Ruhe zu finden. Die Natur ist voll von Quälgeistern. Ihr Mücken, Ameisen, Maikäfer, Bienen, Brummer, Hummeln, Grillen, Zikaden, sagte ich, was fällt euch ein, ihr habt es doch wohl nicht alle auf mich abgesehen?! Ein Frosch stimmte wenige Zentimeter vor meiner Nase ein Solo an. Sei doch mal still, sagte ich zu ihm und drehte mich auf die Seite. Ich mußte daran denken, wie wir sie immer längs der Gräben gefangen haben, Omero und ich. Man mußte blitzschnell sein und die Hände wie einen Trichter über sie stülpen. Zum Zählen hielten wir sie an einem Bein hoch, bevor wir sie in die Tasche steckten. Wenn Omero neunundzwanzig gefangen hatte, sagte ich: »Wetten, daß ich dreißig fange?« »Ausgeschlossen, du bist ein Mädchen«, sagte er. »Auch wenn du noch so viele fängst, du hast immer weniger als ich.« »Du wirst's ja sehen, du wirst's ja sehen«, sagte ich.

Und tatsächlich, wenn wir sie beim Umpacken zählten, hatte ich immer mehr als er. Viel mehr. Doch seltsamerweise änderte Omero seine Ansicht nicht, auch wenn es offensichtlich war. Beharrlich wiederholte er: »Ausgeschlossen, du bist eine Frau, auch wenn du mehr fängst, hast du trotzdem weniger.« Na ja, Mathematik war nicht gerade seine Stärke.

Abgesehen davon, daß viele Autos vorbeifuhren und keine Leute auf den Feldern waren, sah die Welt draußen genauso aus wie im Dorf. Unendlich weite Felder, die dich an morgen denken lassen.

Dröhnendes Donnern weckte mich. Ich hatte einen Qualmgeschmack im Mund. Wie hatte ich nur ausgerechnet jetzt einschlafen können, wo ich doch gleich meine Mutter treffen würde? Tropfen fingen an zu fallen, groß wie Kastanien. Ich schwang mich aufs Fahrrad und strampelte los, wie verrückt, in Richtung Mailand. Der Regen klatschte auf die Erde, als wollte er sie schinden. Bald fingen die Schollen an zu dampfen. Ich dachte, die Erde ist wie ich, sie hält die Wärme so tief in ihrem Innern eingeschlossen, daß man sie schlagen muß, damit sie sie herausläßt.

Irgendwann hörten die Weiden auf und der Regen auch. Häuser kamen. Nicht solche wie im Dorf, sondern mit vielen Stockwerken übereinander, so daß man sich fragte: Wie kann man darin leben? Auf den letzten Kilometern hatte ich den Pfeil Richtung Mailand immer im Auge behalten. Wenn der Pfeil verschwand, das wußte ich, fing die Stadt an. Und wirklich, genau neben der ersten Häusergruppe steht ein Schild und darauf in großer Schrift: MAILAND.

Ich bin da.

Auf den Schienen hinter dem Schild rollt ein schöner grüner Zug heran, ein Waggon rappelvoll mit feinen Pinkeln, und jeder blickt stur geradeaus, als wäre er allein. Mitten auf einem Platz steht eine große Statue, ein zorniger Mann auf einem Pferd, der von oben herabblickt. Es muß ein König sein. Er wurde sicher dort hingestellt, nachdem man ihn abgesetzt hatte. Bestimmt ist es nicht schön für einen König zuzusehen, wie die Welt sich verändert, und nichts tun zu können, damit sie so bleibt, wie sie ist.

Die Leute in Mailand sind sicher kurz angebunden, man braucht nur zu sehen, wie sie auf dem Bürgersteig gehen, so schnell, daß es aussieht, als liefen sie hinter etwas her, auch wenn man nicht sieht, hinter was. Vielleicht, weil es nicht nur eine Straße gibt, sondern zwei, drei, und innerhalb weniger Sekunden muß man sich entscheiden, wo man langgehen will. Ein schönes Durcheinander! Wenn dir niemand zuhört, wie findest du dann heraus, wo das Kinderheim ist? Vielleicht ist die einzige Möglichkeit zu warten, bis ein alter Mann vorbeikommt. Die Alten müssen nicht mehr hinter der Zeit herlaufen. Sie haben die Ewigkeit vor sich, was ist da eine Stunde mehr oder weniger?

Zwei alte Weiblein kommen. Sie halten sich untergehakt und tuscheln lebhaft miteinander. Dann bemerken sie mich, und die eine stößt die andere mit dem Ellbogen an und drängt sie, einen großen Bogen um mich zu machen. Regendurchnäßt und mit dem rostigen Fahrrad, biete ich sicher keinen schönen Anblick.

»Hau ab, du garstige, widerliche Göre«, sagt die Dränglerin, als sie mich näherkommen sieht. Doch die andere bleibt stehen, sie hat wohl kapiert, daß ich nicht gefährlich bin. Ich nutze die Gelegenheit und frage sie auf den Kopf zu: »Entschuldigung, wo ist das Kinderheim?«

»Immer geradeaus, den Straßenbahnschienen nach, dann kommst du direkt drauf zu.«

Mit angeekeltem Kopfschütteln zieht die Dränglerin sie fort.

»He«, sage ich, »wer aus dem Kinderheim kommt, hat ja wohl nicht gleich die Pest?«

Wenn ich neun Monate in ihrem Bauch war, wieso hatte ich dann keinerlei Erinnerung an sie? Es gab nur eine Antwort: Ich hatte es vergessen. Was sind schließlich neun Monate, sagte ich mir, gegenüber dreizehn Jahren?

Schon von weitem begriff ich sofort, daß es das Kinderheim war. Noch nie hatte ich ein Haus mit so vielen Fenstern gesehen, alle gleich, alle in einer Reihe. Vielleicht hatte ich mich in der Sache mit den En-Ens geirrt. Vielleicht war meine Mutter, wenn sie in dem Palast wohnte, eine Prinzessin. Das Haus hatte eine Freitreppe, und ich stieg mit dem Fahrrad auf der Schulter hinauf. Ich hätte das Rad auch draußen gelassen, aber es war zu alt und zu rostig und machte sich nicht gut auf einem Bürgersteig in der Stadt. Am Ende der Treppe war eine große Glastür, und hinter der Glastür stand ein Mann mit hängendem Schnurrbart und einer Mütze auf dem Kopf. Er kam mir rauchend entgegen.

»Ich möchte zu meiner Mutter«, sagte ich.

Er begriff nicht.

Also sagte ich noch einmal: »Ich möchte zu meiner Mutter.«

Er stand da und betrachtete mich mit seinem hängenden Schnurrbart, ohne etwas zu sagen. Hinter uns öffnete sich eine Tür, und eine Frau kam heraus. Abgesehen von Maria hatte ich noch nie eine so elegante Frau gesehen. Sie war stehengeblieben und musterte mich. Mir hüpfte das Herz in der Brust. Hatte sie mich erkannt? Ich war so aufgeregt, daß mir schwindlig wurde.

»Komm mal mit«, sagte die Dame im Näherkommen.

Ihre Stimme war so sanft, daß es weh tat.

Sie führte mich in ein Zimmer, in dem Bilder von ernsten Männern hingen und ein Schreibtisch die halbe Wand einnahm, so lang war er. Sie ließ mich auf einem roten Samtsofa Platz nehmen. Dann setzte sie sich neben mich, strich mir übers Haar und öffnete den Mund. »Wie heißt du, meine Liebe?« fragte sie. »Woher kommst du? Wie heißen deine Eltern?«

Was sie nicht alles wissen wollte! Aber ich konnte nicht gleich antworten, weil ich inzwischen eines verstanden hatte.

Diese Dame war nicht meine Mutter.

Meine Mutter hätte mich nicht fragen können, wer meine Eltern waren, ganz einfach, weil sie es gewußt hätte. Natürlich. Sie hätte mich an ihre Brust gedrückt und mich nie mehr fortgelassen. Die Dame dagegen sagte: »Franco, holen Sie ein Brötchen, und bringen Sie auch ein Glas Orangenlimonade mit.« Na klar, wie dumm von mir, daß ich nicht eher darauf gekommen war: Wenn niemand meine Mutter benachrichtigt hatte, woher sollte sie dann wissen, daß ich da war? Der Knoten in meiner Kehle lockerte sich so weit, daß ich fragen konnte: »Bitte, können Sie meiner Mutter Bescheid sagen, daß ich hier bin?« Die Dame legte mir eine Hand auf die Stirn. »Sei ganz ruhig, iß erst mal.« Und sie sah mir einen Moment zu, wie ich in das üppig belegte Brötchen biß, das Franco mir gebracht hatte. Drei Schichten hatte es, nicht nur eine. Die erste Schinken, die zweite Käse und die dritte russischer Salat. Ein ganzer Berg russischer Salat. Er quoll an den Seiten über, und ich mußte ihn rundherum ablecken, um mich nicht zu bekleckern.

»Gut so, du ißt mit Genuß. Möchtest du noch eins?« fragte mich die Dame. Ich nickte. Ich konnte nicht sprechen, weil ich den Mund voll hatte. Verflixt, woher kam nur dieser große Hunger?

»Magst du mir jetzt sagen, wie du heißt?«

Klar habe ich ihr gesagt, wie ich hieß und woher ich kam. Eine Sache von Sekunden. Besser, du wärst dabei, wenn meine Mutter käme. Ich wollte mal hören, was du sagen würdest, wenn sie dich fragte: Warum hast du sie da unten im Keller an den Haken gehängt? Ich kann mir vorstellen, daß du nicht gewußt hättest, was du antworten solltest. Du, der doch immer allen sagt, was gut und was schlecht ist.

Als du hereinkamst, bin ich aufgesprungen. Hinter dir erkannte ich die Kutte von Don Bruno. Du hattest wohl Signor Marzaticos Giulietta genommen, daß du so schnell da warst. Du hast mir die Hand hingehalten, und ich hab sie genommen und gedrückt. Es war eine seltsame Art, sich zu begrüßen. Nur Don Bruno hat mich behandelt wie immer und ist mir mit der Hand durchs Haar gefahren, während er leise zu mir sagte: Diesmal hast du dir aber was geleistet, du hast uns einen Riesenschrecken eingejagt. Ich fand eher, daß die Welt sich mir gegenüber von Anfang an etwas geleistet hatte, aber ich sagte keinen Mucks. Ich behielt weiter die Tür im Auge. Es kam mir komisch vor, daß meine Mutter so lange brauchte. Die Dame ging hinter den Schreibtisch und winkte uns heran.

»Es tut mir leid«, sagte sie, während sie einen Aktenordner auf- und wieder zuklappte, »man hätte es dir früher sagen sollen. Wenn du es gewußt hättest, hättest du nicht solche Dummheit gemacht und deiner Familie die Aufregung erspart. Wer deine Mutter ist, kannst du nicht erfahren. Das weiß niemand. Sie hat keinen Namen hinterlassen, als sie dich hergebracht hat.«

Ich war an dem ersten *nicht* ihrer Rede hängengeblieben und konnte ihr nicht weiter folgen.

Du kannst *nicht* erfahren.

Das weiß *niemand*.

Sie hat *keinen* Namen hinterlassen.

Auf dem Fußboden lagen ein paar Krümel von den Brötchen, die ich gegessen hatte. Mein ganzer Mund schmeckte noch nach russischem Salat, Schinken und Käse. Ich fühlte mich kurz vorm Umfallen, aber ich wollte doch keine schlechte Figur machen. Wenn die Dinge so lagen, warum hatten sie mir dann diese wunderbaren Brötchen gegeben? Sie hätten sie mir lieber gar nicht geben sollen, dachte ich. Wenn ich nicht erfahren kann, wer meine Mutter ist, wozu dann Brötchen mit drei Schichten Auflage? Dann kann ich genausogut in den Keller zurückgehen und für immer dort bleiben, das macht mir dann auch nichts mehr.

»Solange du hier im Heim warst, warst du Vera, dann wurdest du Giovanna, die Tochter dieses Herrn, der dich adoptiert hat. Das ist alles«, schloß die Dame und klappte den Aktenordner zu.

Als wir rauskamen, war der Himmel dunkel, aber die Straßen waren taghell wie die Straßen um die Incoronata, wenn Jahrmarkt ist. In meinem Kopf tobte ein Sturm. Vera, Vera Sironi, Giovanna. Mir war, als liefen die Namen neben mir her, getrennt von mir, wie andere Wesen.

Unten an der Treppe spiegelte sich ein funkelnagelneuer 600er in der großen Glastür. Du hast einen Schlüssel aus der Tasche gezogen und damit die Wagentür geöffnet. Also gehörte der Wagen uns oder besser dir, obwohl ich ihn noch nie gesehen hatte. Don Bruno schaute sich um, die Nase hoch erhoben, zufrieden. Gewöhnlich hat das künstliche Licht auch auf mich diese Wirkung, läßt mich alles schön, alles neu sehen und macht mich fröhlich. Doch in diesem Augenblick konnte ich nur denken: Wo haben sie denn das Fahrrad gelassen? Als du mich einsteigen ließest, hab ich sogar gestammelt: das Fahrrad!

»Keine Sorge«, sagtest du, »das lassen wir mit dem Bus nachkommen.«

Als hättest du nicht gewußt, daß der Bus keine Räder mitnimmt.

»Nie hätte ich das von dir erwartet, Giovanna«, sagte Don Bruno zu mir, sobald die Straßenlaternen spärlicher wurden, und ohne sie war alles wieder wie immer. »Du hast keinen Respekt vor deinem Vater. Der arme Mann, was hat er alles für dich getan, um dir ein Zuhause und eine Ausbildung zu geben.« Beim Reden hatte er dir eine Hand auf die Schulter gelegt, aber zögernd, als fürchtete er, dir lästig zu sein. »Mußtest du ihm wirklich diesen Kummer bereiten und ihn vor allen Leuten demütigen? Von zu Hause wegzulaufen, was für eine Niedertracht! Gegenüber einem so gutherzigen Mann. Sie haben dich zu sich genommen, er und die arme Luigina, weil sie keine Kinder bekommen konnten. War das nicht großherzig von ihnen?«

Er und Luigina vielleicht, hätte ich gern geantwortet. Aber Maria? Doch ich hatte wirklich anderes im Kopf. Ich hatte mich geirrt, das war gar nicht das Kinderheim. Keine Spur von Kindern gab es dort drinnen, keine Kinderwagen und erst recht keine Ammen. Keinerlei Geschrei auf den gewachsten Korridoren. Wie dumm war ich gewesen! Statt mir die Brötchen schmecken zu lassen, hätte ich fragen sollen, ob ich das Kinderheim sehen könnte. Das wäre die Probe gewesen.

»Es ist unnütz, mit ihr zu reden«, sagtest du, »sie nimmt keine Vernunft an. Sie ist undankbar. Man sollte herzlos sein und sie dorthin zurückbringen, wo wir sie hergeholt haben.«

Tu's doch, tu's doch! hab ich dich im stillen herausgefordert und auf deinen Nacken gestarrt, als könnte ich mit meinem Blick in deinen Kopf eindringen und eine Entscheidung in dieser Richtung herbeiführen. Doch gleich schwand mir die Kraft wieder. Ach was, du weißt ganz genau, daß du nicht viel taugst, sagte ich mir. Aber war das der Grund?

Abgesehen davon, daß es ein Schlag ins Wasser gewesen war und ich meine Mutter nicht gefunden hatte, hatte ich auch noch das Fahrrad verloren. Du hattest mich nicht aus Liebe ins Haus geholt, sondern aus Eigennutz, aus Eitelkeit. Um im Dorf gut dazustehen. Vielleicht, um als Bürgermeister wiedergewählt zu werden. Du wolltest nicht von mir geliebt werden, du wolltest meine Anerkennung, meine Dankbarkeit. Aber siehst du, hätte ich gern gesagt, als in der Ferne schon die Dächer des Dorfes auftauchten, Anerkennung und Dankbarkeit kauft man nicht beim Kaufmann wie Käse oder Senf.

»Aus Bösem kann Gutes entstehen«, sagte Don Bruno noch. »Giovanna, was sagt die heilige Theresia? Ihr könnt einen neuen Anfang machen und versuchen, euch zu verstehen, und werdet euch mehr liebhaben als vorher.«

Leicht gesagt! Für Don Bruno konnte es nicht schwer sein, Vertrauen zu haben. Er hatte seinen Namen, seine Heiligen und seinen lieben Papst.

Sehr elegant saßt du am Steuer des neuen 600ers in deinem Sonntagsanzug mit dem unvermeidlichen Parteiabzeichen, den frisch geschnittenen Haaren, dem Leinenhemd und den makellos sauberen Handschuhen. Ich betrachtete dich. Zum ersten Mal, seit ich wußte, daß du nicht mein Vater warst, fragte ich mich: Ob die anderen, die richtigen, zuhören können? Du warst ein falscher Papa. Konntest du mich deshalb nicht lieben? Lieben die richtigen Papas? Ich hätte es gern geglaubt. So wie ich früher geglaubt hatte, Giovanna sei mein richtiger Name und du mein richtiger Vater, auch wenn du mich Haß lehrtest statt Liebe.

Kaum aus dem 600er ausgestiegen, ging ich schnurstracks in den Keller. Ich wußte, daß du mir nachkommen würdest. Du läßt nichts durchgehen. Ich glaube, genau daran hast du Freude: Dir selbst zu beweisen, daß du unbeugsam bist, ein ganzer Mann.

Einen Monat lang ging ich schief und stützte mich an den Mauern ab. Doch hätte ich sogar einen noch höheren Preis bezahlt für das, was ich entdeckt hatte. Es gab noch etwas, das mich vor dir retten, wenn nicht sogar von dir befreien konnte: das Schweigen. Von nun an würde ich dir gegenüber schweigen. Ich würde alle Worte in den tiefen Brunnen der Träume werfen, von denen wir nicht wissen, daß wir sie geträumt haben.

XVII

ICH HATTE DIE Kußgöttinkrankheit. Fast jeden Abend beobachtete ich Dea durchs Fenster, wie früher mit Omero. Das Zimmer war von Kerzenlicht schwach erleuchtet. Vor einem kleinen Puppenspiegel an der Wand stand Dea und kämmte sich. Einmal ging die Tür auf und ein Mann kam herein. Es mußte einer aus dem Dorf sein, denn seine Gestalt war mir vertraut. Er umfaßte Dea von hinten, und sie fingen an, sich hin und her zu wiegen. Ich sah, wie Dea ihm sanft ihre Hände um den Nacken legte. Röcheln, Grunzen, Töne wie ich sie von dir und Maria gehört hatte, als ich noch nicht unter der Treppe schlief, und später wurde dann Luisa geboren.

Ich ließ mich erschöpft gegen die Hauswand fallen. Ist das die Liebe? Etwas, was man heimlich und versteckt im Dunkeln tut, weil es uns zu Tieren werden läßt?

Als ich sie reden hörte, lauschte ich wieder.

Er sagte zu ihr: »Ich hab ein paar Freunde, die möchten dich kennenlernen. Hast du Lust?«

Sie antwortete: »Was soll ich mit deinen Freunden, mir genügt es, daß ich dich kenne.«

Darauf er: »Was für ein Weib du bist, Dea. Wenn mir doch meine Frau einmal solche Sachen sagen würde, wie du sie sagst!«

Allerdings hatte ich bemerkt, daß Dea ihn gar nicht ansah, während sie redete. Dem Mann war es nicht aufgefallen, doch die Göttin der Küsse sprach nicht zu ihm, sondern zu jemandem, der nicht zu sehen war, aber trotzdem dort im Zimmer sein mußte. Mich durchzuckte ein seltsamer Gedanke: Ob dieser Jemand vielleicht Amor war?

Warum dachte ich gleich danach an meine Mutter? Vielleicht, weil mir die Vorstellung gefiel, daß auch sie eine der Frauen war, die nicht mit einem leibhaftigen Mann reden, sondern mit Amor. Mit einem Unterschied: Dea hatte Graziella bei sich behalten. Meine Mutter hatte mich verlassen. Warum?

Auch wenn ich nicht wußte, wer sie war, in einem war ich mir sicher: Ohne daß ich es wollte, hatte ich, seit ich von ihrer Existenz wußte, angefangen, sie zu lieben. Vor dem Spiegel suchte ich ihr Gesicht in meinem, ihr Bild in der Form meiner Füße, meiner Hände, in meinem Wesen. Man begehrt, was man vor Augen hat, empfindet Liebe vor allem für das, was weit weg ist. Ich liebte ja schon eine tote Mama. Was war denn dabei, wenn ich jetzt noch eine andere liebte, eine Phantasiegestalt?

An Vera dachte ich nie. Sie war eine Fremde, die vor vielen Jahren ein paar Monate in mir gewohnt hatte. Was ging sie mich an? Giovanna konnte ich nicht mehr ertragen. Der Name hatte mir nie gefallen. Er hätte zu einem pausbäckigen, sanftmütigen Mädchen gepaßt, nicht zu einer wie mir, die auf Bäume kletterte und halsbrecherisch die Gräben entlangrannte. Ich ging im Geist alle Frauennamen durch, die ich kannte. Es gab nicht einen, der mir zusagte, den ich für mich passend gefunden hätte. Vera, was wäre denn das für ein Name?

»Ich weiß schon, was man mit den Frauen machen müßte, die ihre Kinder verlassen. Von wegen verzeihen! Steinigen sollte man sie!« sagte Lampo zu Doriana.

Er saß auf dem Fahrrad und kam gerade von seiner Nachmittagstour zurück.

»Aber was können die Kinder dafür?« sagte die Torelli. »Kinder sind unschuldig. Sie sind die Lämmer der Welt.«

»Meiner Meinung nach sollte man sie nicht Kinder der Liebe nennen. Kinder der Liebe, von wegen!« sagte Lampo, »Kinder der Sünde sind sie!«

»Ja, genau«, sagte Doriana mit einem Blick auf mich. »Sie sollten für sich leben, nicht mit den andern zusammen!«

Die Dinge scheinen ewig, aber kaum ist man einen halben Tag fort, schon verändern sie sich für immer.

Zum Beispiel meine Großeltern. Seit sie aus dem Dorf weggezogen waren, hatte ich sie nicht mehr wiedergesehen. Sie hatten sich nicht einmal von mir verabschiedet, als sie abgereist waren, und mir auch ihre neue Adresse nicht dagelassen. Es ist meine Schuld, sagte ich mir, während ich das Hin und Her der Tauben am Taubenschlag neben ihrer verschlossenen Schlafzimmertür beobachtete. Ich bin nach Mamas Tod nicht oft genug bei ihnen gewesen. Siehst du, wie recht die Frauen im Dorf haben? Man darf sich nicht bewegen, wenn man die Zügel in der Hand behalten und die Dinge sachte, sachte, ohne Ruck und Stoß, am Rand des Lebens entlangtraben lassen will.

Maria steckt sich die Nadel an die Brust. Ich hatte nicht gemerkt, daß sie schon wieder schwanger war. Ihre Haut ist glatt und glänzend wie ein blankgeschrubbter Kochtopf. Das Radio läuft auf voller Lautstärke. *Stai lontana da me! Ah-ah-uh-uh*. Die Näharbeit in der Hand, sieht Maria mich an. Wie immer, wenn sie mich ansieht, soll ich etwas tun, mich bewegen. Ich sehe eine Garnrolle neben dem Nähmaschinenpedal liegen, hebe sie schnell auf und reiche sie ihr. Sie dreht das Radio leiser.

»Die Scholle … sie war runtergefallen«, sage ich.

»Was hast du gesagt?« fragt sie, und ich begreife sofort, daß ich etwas Schlechtes getan haben muß.

»Die Scholle lag auf der Herde neben dem Pedal.«

Ogottogottmama. Es muß etwas Schlimmes sein, denn mit funkensprühendem Blick springt Maria auf. Doch ich weiß jetzt, daß ich die Tochter einer Göttin bin, der Göttin Thetis oder einer anderen, und ich habe keine Angst mehr, daß sie mich vernichten oder in ein Schwein verwandeln kann. Irgendwie muß auch sie es begriffen haben, denn sie tritt mit dem Fuß auf ein am Boden liegendes Stück Stoff und zerdrückt es.

Als ich bei Tisch das Essen auftrage, spüre ich wieder ihren Blick. Sie verfolgt jede meiner Bewegungen.

»Was ist in den Gläsern, die du aus dem Keller holst?« fragst du mich.

Ich finde es seltsam, daß du mich ansprichst, während alle dabei sind. Eine Alarmglocke schrillt in meinem Kopf.

»Filze, Socken, Kanonen«, antworte ich unsicher.

Du wechselst einen Blick mit Maria.

»Was hast du gesagt?«

»Filze, Socken, Kanonen.«

Pepa springt auf, als hätte eine Schlange sie in den großen Zeh gebissen. Sie bekreuzigt sich und läuft weg.

»Du hältst dich wohl für schlau, was?!« sagt Maria, aber noch gerade, bevor sie loskreischt, hebst du eine Hand, damit sie still ist, und sagst zu mir: »Hörst du dich, wenn du sprichst und was du sagst?«

»Ja«, sage ich, immer aufgeregter.

»Findest du das vernünftig, was du da sagst? Filze, Socken, Kanonen?«

Ich denke: Das hab ich doch nicht gesagt. Ich habe gesagt Pilze, Artischocken, Melonen.

Ehrlich gesagt, merke ich, daß irgend etwas nicht stimmt. Es kommt mir vor, als seien die Worte, wenn sie aus meinem Mund herauskommen, nicht mehr genau die, die ich denke. Mir ist nicht klar, wo der Fehler liegt, und ich könnte sie sowieso nicht rechtzeitig verbessern: Sie entwischen mir, und schon sind sie gesagt.

»Bist du sicher, daß es dir gutgeht?« fragst du noch.

Ich kriege Panik. Ich muß etwas Schreckliches gesagt haben, wenn du so freundlich zu mir bist.

»Na und ob es ihr gutgeht! Das tut sie doch mit Absicht, um uns verrückt zu machen«, sagt Maria, »du kennst sie doch. So eine Unverschämtheit!«

»Sachen, die gibt's gar nicht, weder im Himmel, noch auf Erden«, murmelt Pepa und trägt die schmutzigen Teller weg.

Unter der Treppe legte ich mich aufs Bett, aber mir war sehr kalt, und ich kroch angezogen unter die Decken. Ich hatte auch großen Durst und zitterte. Irgendwann wurde das Zittern so heftig, daß ich zu hören glaubte, wie sich Sehnen und Muskeln unter der Haut zusammenzogen. Sie machten einen entsetzlichen Krach. Ich bat Mama Luigina um Hilfe. Mama Luigina, hilf mir, betete ich. Doch nichts änderte sich. Dann bat ich Graffiato. Aber es zeigte sich, daß auch Graffiato wenig für mich tun konnte. Daraufhin beschwor ich die Phantasiegöttin, meine Mutter. Ich hatte eine schlimme Vorahnung.

Und tatsächlich geraten plötzlich die Treppe, das Bett und ich in ein Erdbeben. Ein wüstes Erdbeben, danach zu urteilen, wie ich tanze, obwohl ich mich festklammere, wo ich nur kann. Und das schlimmste ist, das Erdbeben ist nicht bloß außen, sondern auch in mir, in meinen Knochen. Dann ein heftiger Schüttelkrampf, und alles löst sich langsam auf wie Butter in der Pfanne. Die Stiche, das Zappeln, die Treppe, das Bett und auch mein Körper, alles löst sich, und ich habe Ruhe, es ist ein wunderbares Gefühl, schöner noch als Graffiato zu kraulen oder das Gesicht unter Belindas Bauch zu stecken. Noch nie habe ich so etwas empfunden. So muß die Zufriedenheit sein, die man empfindet, wenn man geliebt wird, ich weiß nicht, warum ich das denke. Vielleicht, weil ich Onkel Pale auf der Lambretta sehe, der mich anlächelt und Gas gibt und zu mir sagt: »Komm, meine Hübsche, wir fahren eine Runde über die Adda-Brücke!« O ja, sehr gern! Seit wann seid ihr denn wieder da? frage ich und schwinge mich auf die Lambretta, aber am Lenker sitzt nicht Pale, sondern Don Bruno. Das sind irdische Dinge, kleines Fräulein, sagt Don Bruno, wahre Zufriedenheit schenkt nur die ewige Liebe, die niemals aufhört. Na sowas, wie hast du denn das geschafft,

Don Bruno, mit der Lambretta hier hochzukommen? frage ich. Wir stehen auf einem Schneehaufen, und ich balanciere mit den Armen. Die Lambretta pendelt hin und her. Don Bruno, wir kippen doch um! Wir könnten mit tausend Sachen fahren, so schnell wie die Räder sich drehen! Aber wir kommen ja nicht vom Fleck! Keine Bange, *bambina, bambina,* singt er, *heut nacht in deinen Armen,* oh, sag ich, die Stimme kenn ich, das ist Tony Dallara. Wer hat die Platte von Tony Dallara aufgelegt? Ich hab sie aufgelegt, schreit Don Bruno, da rast die Lambretta los, und zurück bleibt nur noch sein Hut. Paß mal auf, du! Ich hab bestimmt keine Bange, sag ich zu dem Hut, ich weiß ja, wo ich dich hinbringen muß, doch der fliegt auf und davon und ist jetzt eine Fledermaus. Oh, ich weiß Bescheid, Don Bruno, ihr Priester seid Spaßvögel und verwandelt gern alles, Wein in Blut, Brot in Leib, usw. usw. Sag so etwas nicht, du Ungläubige, denn das bist du, brüllt von irgendwoher Don Bruno mit der Stimme von Tony Dallara, das ist die Kraft der Liebe. Die Liebe macht alles. Sie verwandelt Häßliches in Schönes. O ja, ooo ja, das hab ich ja immer gewußt, sag ich, aber wo ist dieses Schöne, wer hat es je gesehen? Du redest viel, aber nichts passiert. Als du mich aus dem Kinderheim abgeholt hast, hast du lauter Lügen erzählt. Alles würde anders werden, wir würden uns liebhaben usw., und was hat sich geändert? Das einzige, was sich geändert hat, sind meine Schuhe, sie sind mir zu eng geworden. Das ist alles, was sich geändert hat. Und gerade als ich das denke, fangen die Füße an, mir weh zu tun, so weh, daß ich sie anfassen will und die Hände ausstrecke. Bleib ruhig, sagte jemand über mir. Jetzt ist alles vorbei, jetzt machst du ein schönes Schläfchen und schläfst in Gottes Armen ein. Heiliger Himmel, soll das heißen, daß ich sterbe? wollte ich ihn fragen, aber – du weißt ja – wenn ich etwas Wichtiges zu fragen habe, bringe ich kein Wort heraus. So blieb ich still. Ich war nicht erschrocken, ich war eher neugierig, ob es stimmte. Wie komisch, dachte ich, jemand, der die Wahrheit sagt. In was für einer Welt bin ich gelandet? Dann dachte ich nichts mehr.

»Krämpfe«, sagte Doktor Gandolfi. »Vielleicht eine verschleppte Mittelohrentzündung. Hat sie als Kind mal Ohrenschmerzen gehabt?«

»Nein, nie«, sagtest du, »ich habe nie gehört, daß sie darüber geklagt hätte.«

Ich wußte nicht, daß du mich zum Doktor gebracht hättest, wenn ich über irgend etwas geklagt hätte. Ich hatte immer etwas, was nicht in Ordnung war: das Schlüsselbein, der Kiefer, die Handgelenke, die Knöchel. Aber nie hast du mich zum Doktor gebracht. Wolltest du vielleicht sagen, ich hätte mich nicht *genug* beklagt?

Auf den Dächern und auf den Zweigen der Bäume lagen noch dicke Schichten von gefrorenem Schnee. Er tropfte von den Dachrinnen, und auf dem Boden bildeten sich schlammige Pfützen. Ich brauchte gar nicht aufzupassen, wohin ich die Füße setzte. Meine Schuhsohlen sahen schlimmer aus als Schweizer Käse. Wenn es regnete oder schneite, war das eine schöne Bescherung. Ich hockte mich auf die schwankenden Äste einer Birke. Meine Waden waren hart wie Stockfisch. Um sie zu lockern, lief ich wie ein scheuendes Pferd die Hecken entlang.

Wenn mir der Kopf so weh tat, daß ich dachte, mir würde der Schädel durchbohrt, schlüpfte ich in Graffiatos Kuhle. Ich rollte mich zusammen, wie er es immer getan hatte, und blies ins Sägemehl, um die Feinde zu erschrecken. Unter den neuen Hobelspänen lagen die alten, noch ganz voll von seinem Geruch. Es gab eine Frage, die mich bedrückte, aber ich schaffte es nicht, sie dir zu stellen, und ich schaffte es um so weniger, je mehr sie mich bedrückte: Hattest du Graffiato begraben?

XVIII

VIELLEICHT HABE ICH mir zu viele Wörter eingetrichtert – viele Gesänge der *Ilias* –, und aus Platzmangel verheddern sie sich jetzt in meinem Kopf, dachte ich. Und weil ich beim Sprechen Angst hatte, daß mir alles drunter und drüber ginge, nahm ich Papier und Schreibfeder und fing an, sie aufzuschreiben. An dem, was ich schrieb, war nichts unnormal. Die Wörter kamen vom ersten bis zum letzten vernünftig heraus. Ja, sie erschienen mir sogar schön und ähnelten denen in der *Ilias*, die mir Professor Riboni gegeben hatte. Doch dann dachte ich: Homer hat sie nicht so geschrieben, er hat sie auf griechisch geschrieben, denn das war seine Sprache. Diese hat der Übersetzer geschrieben: Vincenzo Monti, wie gut auch immer, denn er war selber Dichter, aber es ist, glaube ich, wirklich nicht das gleiche. Meine konnten keine Ähnlichkeit mit Homers Worten haben, denn ich konnte kein Griechisch. Deshalb würde ich bis zur höheren Schule warten müssen. So klappte ich die *Ilias* zu. Sei mir nicht böse, Homer, sagte ich: Du bist mein Lieblingsdichter, aber jetzt muß ich mir jemanden suchen, der in meiner Sprache schreibt. Um zu lernen. Verstehst du?!

»Was soll das heißen, du willst Italienisch lernen?« sagt Professor Riboni, »Italienisch kannst du doch bestens.«

»Ich will Gedichte schreiben lernen«, sage ich.

»Du willst Gedichte schreiben lernen«, murmelt er leicht erschrocken, dann sieht er mich schräg an, wie er es tut, wenn jemand im Unterricht stört. Ich muß eine falsche Bitte geäußert haben, wenn er so reagiert, denke ich. Und tatsächlich: »Mein liebes Kind, das Schreiben kann man nicht lernen, und Gedichte schreiben schon gar nicht«, sagt er mit Bestimmtheit.

Damit könnte das Thema erledigt sein, aber ich ziehe ein langes Gesicht. Ich ärgere mich über mich selbst. Professor Riboni ist so nett, daß ich es gern vermieden hätte, aber die Enttäuschung ist zu groß. Wie, schreiben kann man nicht lernen? Wie machen es denn die Dichter?

»Du kannst die Anfangsgründe lernen, wenn dir wirklich daran liegt«, sagt Professor Riboni etwas nachgiebiger.

Ich tue ihm sicher leid, und wohl kaum wegen des alten, abgetragenen Kleides, das ich anhabe.

»Du kannst das Handwerkszeug des Metiers lernen, aber wenn der Funke nicht überspringt, gibt es keine Dichtung.«

Der Funke? Welchen Funken meint er?

»Die Intuition. Aber Intuition allein genügt nicht. Man braucht auch Erfahrung, nicht bloße Lebenserfahrung, wohlgemerkt, sondern innere Erfahrung. Und man braucht außergewöhnliche Eigenschaften: Sorgfalt, Sensibilität, Talent, Charakter und Zeit, sehr viel Zeit, ein ganzes Leben, damit die Dinge sich setzen und klären können. Nur so kannst du sie auf die bestmögliche Weise wiedergeben. Kannst du verstehen, was ich sage?« fragt Professor Riboni.

»Ungefähr«, antworte ich.

Ja, ja, ich mache ein maulendes Gesicht. Hatte Homer zum Schreiben der *Ilias* denn wirklich all dies Zeug gebraucht? Verflixt, wenn man Professor Riboni hörte, war es ziemlich kompliziert.

»Trotzdem, wenn du wirklich lernen willst, hier«, sagt er, nimmt ein Buch mit leuchtendbuntem Einband aus der Schublade, schlägt es auf und liest: *»Fortunate senex, hic inter flumina nota / et fontis sacros frigus captabis opacum …* «

»Was ist denn das?!«

»Etwas von höchster Qualität, ein wahrer Leckerbissen. Publius Vergilius Maro. Er stammt hier aus unserer Gegend, ein Bauernsohn. Es ist eigentlich noch zu früh, um es dir zu geben. In diesem Jahr nehmen wir Caesar durch, aber du bist schon soweit. Er spricht von Dingen, die du gut kennst: vom kühlen Schatten der Pappeln, vom Summen der Bienen, die an den Weidenblüten saugen.«

»O danke, tausend Dank für das Vertrauen, aber entschuldigen Sie, Professor, wenn ich das sagen darf ...«

»Sag nur.«

»Ich würde gern jemanden lesen, der uns näher ist, einen jüngeren ... italienischen Dichter.«

»Einen jüngeren ... italienischen Dichter?! Mein Kind, vielleicht hast du mich nicht verstanden«, sagt er. »Wenn du ein Haus bauen willst, fängst du mit dem Fundament an und nicht mit dem Dach. Du hast gesagt, du willst schreiben lernen. Lies Vergil, hör auf mich, das ist das Beste. Weißt du, was eine Synthese ist? Das Wesen der Dichtung. Nur in Vergils Latein kann man es in erhabener Weise verwirklicht sehen. Lies, und wenn du fertig bist, fang wieder von vorn an. Denk darüber nach, versuch zu übersetzen, vergleiche die Übersetzung im Buch mit deiner eigenen und der, die ich dir geben werde. Lerne, beschäftige dich damit und hab Geduld. Nichts übereilen!«

Ich durfte Professor Riboni nicht enttäuschen und zu ihm sagen: Sehen Sie, ich weiß nicht, wer mich auf die Welt gebracht hat, jedenfalls glaube ich nicht, daß ich aus dieser Gegend bin. Also, was geht mich Vergil an? Aber Vergil ging mich trotzdem etwas an, denn kaum hatte ich angefangen, ihn zu lesen, gefiel er mir sofort sehr, und es machte mir gar keine Mühe, rasch voranzukommen.

»Was, du hast die erste Ekloge schon fertig übersetzt? Hast du es denn auch wirklich sorgfältig gemacht? Du kannst sie aufsagen? Auswendig, meinst du? Auf Latein? Unmöglich! Laß mal hören!«

Und nachdem ich sie vorgetragen hatte, ohne einen einzigen Fehler, sagte er: »Na ja, nicht übel, aber auswendig lernen heißt noch nicht verstehen. Was macht Vergil deiner Ansicht nach mit den Wörtern?«

Ich denke nach.

»Du brauchst nicht lange zu überlegen«, sagt er. »Musik. Er macht mit den Wörtern Musik. Nenn mir ein Beispiel. Schnell. Wohlgemerkt, es ist nicht schwierig, es gibt sehr viel Musik in Vergils Versen, in den *Bucolica*, in den *Georgica* und in der *Äneis*. Überall. Aber sag mir einen Vers aus der ersten Ekloge, einen, der dir besonders musikalisch vorkommt.«

»*Saepe levi somnum suadebit inire susurro*«, sage ich, weil ich nicht weiß, was ich sonst sagen soll.

»Gut, sehr gut. Natürlich, *das sanfte Summen der Bienen wird zum Schlummer dich laden*. Sehr gut. Du hast Gehör und Sprachgefühl. Aber bilde dir nichts darauf ein. Das reicht höchstens, um anzufangen. Gehör und Sprachgefühl müssen durch Übung verfeinert werden. Dazu braucht man Geduld, Sorgfalt, Fleiß und Ausdauer – also Zeit.«

So viel Zeit habe ich nicht, Professore, hätte ich am liebsten geantwortet. Vergil weiß, wohin er die *S* und die *R* und all die anderen Buchstaben setzen muß, um, wie Sie sagen, den menschlichen Geist wie eine Geigensaite zum Schwingen zu bringen. Ganz zu schweigen von Homer, der geradezu »von den Musen genährt« wurde. Doch ich lese ihre Dichtung mit knirschenden Zähnen. Ich höre Lärm, Türen schlagen, Mauern einstürzen. Ich schwitze. Denn die Sache ist die: Homer und jetzt auch Vergil müssen etwas Schreckliches in mir wachgerufen haben, das sich ans Licht kämpfen will. Wenn ich lese, öffnet sich ein Spalt in der Eiskruste meines Herzens. Und darunter erahne ich im Schein feuriger Glut ein wildes Durcheinander von Namen.

Vergil hat es eigenhändig genauso geschrieben, wie ich es lese – dachte ich –, während ich gierig wieder und wieder jedes Wort des ersten Gesangs einsog. Daß es immer noch so wichtig für uns war – für Professor Riboni und mich, meine ich –, trieb mir, gerade weil so viel Zeit vergangen war, seitdem es geschrieben wurde, vor Rührung die Tränen in die Augen. Ich machte mir den Kopf von der *Ilias* frei, um Platz für eine neue wunderbare Dichtung zu schaffen, die *Äneis*. Doch so sehr ich auch Vergil von Anfang an bewunderte, mein Idol blieb der schnellfüßige Achill. Hektor hatte ich nie in Betracht gezogen. Er hatte alles gehabt: ein Reich, Brüder, eine Frau, die ihn anbetete, einen Sohn, weise Eltern, sogar eine Schwester, Kassandra, und ein ganzes Volk, das an seinen Lippen hing. Sicher, er hatte verloren, aber wie großartig hatte er dagestanden! Und außerdem war es seinem Cousin Äneas, der ebenfalls Sohn einer Göttin – der Venus – war, gelungen, aus dem brennenden Troja zu fliehen, in ein anderes Land zu gelangen und dort eine neue Dynastie von Eroberern zu gründen: die Römer. Hektors Blut würde weiterleben, denn »jetzt aber soll nun des Äneas Gewalt über die Troer herrschen / Und seiner Söhne Söhne, die künftig geboren werden«, wie Homer sagt. Und diese Prophezeiung hatte Vergil übernommen, wenn er in seiner Dichtung schreibt: »Hic domus Aeneae cunctis dominabitur oris / et nati natorum et qui nascentur ab illis.« Ich verzieh Vergil: Er war Römer, und als Dichter wurde er genauso verehrt wie Augustus. Er hatte triftige Gründe, sich zum Sänger der Heldentaten seines Volkes zu machen. Aber es paßte mir nicht so recht, daß man, obwohl doch Achill der Held der *Ilias* war (na gut, nicht er, sondern sein Zorn), an vielen Dingen merkte, daß selbst Homer Hektor ihm vorzog. Und nicht nur Homer. Auch Professor Riboni bevorzugte Hektor. Er ist der menschliche Held, sagte er, der durch sein Opfer der Reinste wird und Unsterblichkeit erringt.

Nun gut, dachte ich, für Achill hatten die Dinge von Anfang an so gelegen. Achill war anders als die anderen Helden, er war etwas Besonderes, nicht umsonst war seine Mutter eine Göttin. Er hätte sich nicht unter die anderen mischen können. Er war überlegen, weil unverwundbar. Mit seiner berühmten Ferse ging er allen auf den Senkel. Er hatte einen Pakt mit den Göttern geschlossen: Leben gegen Kriegsruhm.

Aber die Götter hatten ihn hereingelegt. Sie hatten ihn körperlich unverwundbar gemacht, nicht geistig. Er liebte eine Frau, Briseis, und Agamemnon, der König, hatte sie ihm weggenommen. Hektor hat ihm seinen Herzensfreund Patroklos erschlagen. Zeus und Athene gingen mit ihren Söhnen auch nicht besser um als Gott mit Jesus. Die Götter lügen, und wegen ihrer Lügen sterben die Helden und die Heiligen. Je mehr ich in der *Ilias* gelesen hatte, desto mehr glaubte ich, den Peliden zu lieben. Lieber, liebster Achill. Du bist betrogen worden, und trotzdem hast du dich an den Pakt gehalten. Obwohl du verraten wurdest, hast du selber keinen Verrat begangen. Gibt es denn etwas Großartigeres? Was auch immer Professor Riboni, Homer und Vergil darüber denken mögen, niemand unter den *nati natorum et qui nascentur ab illis* wird besser sein als du. Achill, der Unverwundbare, Achill, der Unerreichbare, Achill, mein Engel.

Es gab einen Grund, weshalb ich Achill immer bevorzugt hatte. Wie er hatte auch ich ein Geschenk von meiner Mutter erhalten. Thetis hatte ihn, da sie wußte, welches Schicksal ihm bestimmt war, in die Wasser des Styx getaucht und ihm dadurch die Unverwundbarkeit geschenkt. Meine Mutter muß mich in der Winternacht, als ich geboren wurde, aus dem Fenster gehängt haben. Ihr Geschenk war die Kälte. Vera: Wahrheit. Wie konnte ein Mädchen, das nicht einmal einen Namen hatte, Trägerin der Wahrheit sein?

Wenn ich in die Klasse kam, versuchte ich, nicht in ihre Richtung zu gucken. Graziella war ziemlich in die Länge geschossen, und unter dem Hemd trug sie jetzt einen Büstenhalter. Sie war ein Abziehbild ihrer Mutter geworden. Sie war die größte, auch weil sie sich die Haare toupierte, und kaute Kaugummi. Ständig war sie von einem Schwarm Jungen umgeben. Ich brauchte sie nur anzusehen, schon fühlte ich mich wie ein Nichts.

»Setz dich hierher, dann hab ich dich besser unter Kontrolle«, sagte Professor Riboni während der Klassenarbeiten in Latein oder Italienisch zu mir und zeigte auf eine leere Bank abseits von den anderen. Trotz der Überwachung schaffte ich es immer, Graziella die Arbeit zum Abschreiben zuzuschieben. Auch wenn ihre Mutter einen Frontalangriff gegen mich gestartet hatte, Graziella konnte nichts dafür. Wir hatten eine Abmachung. Sie und das Latein bewegten sich auf zwei parallelen Geraden. Denn sie hatte anderes im Kopf als Vergil und Homer. Sie schwärmte für Paul Anka und Little Tony.

Auf dem Heimweg von der Schule ging ich nicht durch die Felder. Ich konnte es nicht aushalten, im kühlen Schatten der Pappeln zu sitzen und die Bienen und Hummeln summen zu hören, jetzt, wo Graffiato nicht mehr da war. Ich ging direkt nach Hause.

Ich warf die Schultasche aufs Sofa. »Was gibt's heute zu tun?« fragte ich und rieb mir die Hände. Staubwischen. Sofort mit dem Staubtuch über alle Möbel im Haus. Fertig. Wenn ich obendrauf fertig bin, kann ich auch noch unten drunter putzen. Einmal mit dem Lappen über den Boden? Schon gemacht. Was gibt es jetzt zu tun? Paprika putzen? Wie viele Körbe? Einen, zwei, drei? Soll ich sie zerschneiden oder ganz lassen? Bohnen abziehen. Wie viele Kisten? Vier, fünf? Erbsen pulen Kartoffeln schälen Mangold waschen Zwiebeln hacken?

»Heilige Rita von den Rosen. Schafft sie mir aus den Augen, oder ich bring sie um!«

Vielleicht hätte Apoll dich einen Pfeil auf mich abschießen lassen, der mich, durch die Spalte in der Eiskruste hindurch, ins Herz getroffen hätte, Maria! Du weißt doch, und auch Apoll weiß es, daß ich am Tag des heiligen Sebastian geboren bin. Vorausgesetzt, das ist nicht ebenso falsch wie mein Name.

XIX

BARFUSS UND MIT unbedecktem Kopf, schleppte ich, zitternd vor Empörung und Anstrengung, den Stuhl mitten ins Hauptschiff, während um mich herum die Leute das Gesicht hinter dem Schleier versteckten, um ihre Scham über den Skandal und die Lust daran zu verbergen.

»Jetzt ist aber Schluß!« murmelten sie. »Was für eine Schande!«

Mutter Rachele kam aus einer Bankreihe heraus. Ich kenn sie von klein an, ihr werdet sehen, auf mich hört sie, sollte ihre Geste bedeuten. Sie kam zu mir und legte mir eine Hand auf den Arm. Mit einem heftigen Ruck zog ich ihn weg. Darauf war sie nicht gefaßt und verlor taumelnd das Gleichgewicht. Mit einem halben Lächeln versuchte ich, ihr zu verstehen zu geben, daß es nicht gegen sie gerichtet war, und daß mir leid tat, was passierte. Aber es war nicht mehr damit getan, daß sie mir den Teller mit Nudeln und Bohnen füllte. Ich hatte jetzt Hunger auf andere Nahrung.

»Lassen Sie sie«, donnerte der Pfarrer. Seinem Blick nach zu urteilen, schien er vom heiligen Feuer besessen. »Ich bin euer Hirte. Und ich werde einem verirrten Schaf nicht die Tür vor der Nase zuschlagen. Was willst du wissen, Giovanna? Rede!«

»Warum habt ihr Jesus vergessen?«

»Wie meinst du das?«

»Jesus gab durch Taten ein Beispiel, nicht durch Worte. Ihr haltet schöne Predigten, aber um die Menschen schert ihr euch nicht die Bohne. Euch interessieren nur die, die Geld für die Kirchenfassade oder für den Glockenturm der Incoronata geben.«

»Was redest du da, Giovanna, was fällt dir ein? Sag erst mal, warum du keine Ehrfurcht mehr zeigst? Geht man denn so in die Kirche? Mit nackten Füßen und unbedecktem Kopf?«

»Jesus hat nie gesagt, daß die Frauen sich den Kopf bedecken sollen. Die Männer tragen ja auch keinen Schleier.«

»Was hat denn das damit zu tun, ob die Männer einen Schleier tragen oder nicht? Wen interessiert das?«

»Mich interessiert das.«

»Soso, und warum?«

Mir fiel nicht gleich eine Antwort ein. Erst hinterher, nach der Messe, als du schon auf dem Heimweg warst. Es war doch klar. Es interessiert mich, weil ich eine Frau bin, hätte ich antworten sollen.

Die Leute wurden unruhig. Das ganze Kirchenschiff war ein einziges Rosenkranzgemurmel.

»Schluß jetzt, Giovanna, ich muß die Messe weiter lesen.«

»Ja, lies nur weiter die Messe. Du wendest dich ja sowieso nicht an uns. Du kehrst uns den Rücken zu, wir sehen nicht, was du tust. Man versteht nicht mal, was du sagst. Jesus liebte seinen Nächsten, er sprach eine Sprache, die alle verstehen konnten.«

»Giovanna, komm nach der Messe in die Sakristei, und dann reden wir darüber.«

»Ich will nicht in die Sakristei kommen. Du sollst mir jetzt antworten«, und ich schaute mich um.

Außer den Jugendlichen, die kein Auge von mir abwandten, hielten sich alle die Ohren zu oder hoben die Hände zum Himmel, als wollten sie Gott um Vergebung bitten für meine Vermessenheit.

Vielleicht wollte ich, daß wie zu Mamas Zeiten ein Wunder geschähe, daß Gottes Auge aus dem Dreieck herabblitzte und er zu seinem Diener sagte: Dreh dich um, du Dummkopf! Wenn du mich finden willst, such mich nicht da oben auf dem Altarbild, sondern in Giovannas leidendem Herzen, in ihren Wunden, such mich in ihren Blutergüssen, in ihrem Gefühl der Erniedrigung, das sie mit allen Verfolgten teilt. Dort wirst du mich finden.

Der Pfarrer bekreuzigte sich, dann hob er die Rechte.

»Es stimmt, wenn sie sagen, daß du verrückt bist, meine Tochter. Aber hier geht es um etwas anderes. Ich werde mit dem Bischof darüber sprechen.«

Wir fuhren in die Stadt zum Bischof, und diesmal kam nicht Don Bruno mit, sondern der Pfarrer. Ich war aufgeregt, weil der Bischofspalast voller endloser Korridore war und voller Priester, die, den Kopf ins Brevier versenkt, mit fliegenden Kutten an uns vorbeiliefen. Und auch, weil ich einen neuen Rock trug, den Maria mir noch in aller Eile für diesen Anlaß genäht hatte. Ich war es nicht mehr gewöhnt, neue Sachen zu tragen, es spannte an allen Ecken und Enden.

Der Bischof saß andächtig in einem Saal mit Stuck und Fresken. Ein kleines Männchen mit freundlichem, hagerem Gesicht unter der violetten Kopfbedeckung. Beim Eintreten bist du sofort niedergekniet, doch so viel ich mich auch umschaute, es gab keine Spur von einem Altar. Der Pfarrer drückte kräftig auf meine Schulter. Ich hatte keine Angst, im Gegenteil, ich war froh. Der Bischof kann nicht so dumm sein wie der Pfarrer, dachte ich, warum hätten sie ihn sonst zum Bischof gemacht? Er wird mich verstehen.

Wir mußten schweigend warten, bis er mit dem Beten fertig war. Er sah mich lange prüfend an, dann stellte er mir eine Menge Fragen. Was für Zweifel ich hätte, was mich ratlos mache, wogegen ich protestierte, womit ich nicht einverstanden sei. Ich wiederholte ihm in allen Einzelheiten, ohne irgend etwas auszulassen, was ich im Dorf immer sagte. Daß Jesus vergessen worden sei, denn die Gottesdienste seien bloßer Schein, in Wirklichkeit seien die Priester nur darauf aus, Geld für die Restaurierung und Ausschmückung der Kirchen zusammenzukratzen und hätten nur ihre eigene Bequemlichkeit und Freiheit im Auge. »Ich denke, den Willen Gottes zu erfüllen, heißt vor allem, mit gutem Beispiel voranzugehen. Schwört ihr das nicht, wenn ihr euer Gelübde ablegt? Wenn ihr dem offen zuwider handelt, auch wenn ihr nicht gänzlich dagegen verstoßt, seid ihr ein Ärgernis. Wir Gläubigen fragen nach dem Grund der Dinge. Aber wenn ich irgendeine Frage stelle, wird mir geantwortet, ich sei verrückt, wieso ich mir anmaßte, darüber zu urteilen. Ich will das Wort des Herrn kennenlernen, nicht euren Worten glauben. Ihr beruft euch auf Gott als Zeugen, dabei hat euch nur der Papst an euren Platz gestellt.«

Der Bischof schien sehr beeindruckt von dem, was ich ihm erklärte. Natürlich war das nicht auf meinem Mist gewachsen. Zum Teil waren es Worte der heiligen Theresia von Ávila. Auf meinem Mist gewachsen waren nur der Eifer und die Überzeugung, mit der ich redete. Dich konnte ich nicht sehen, aber ich war sicher, daß du am liebsten vor Scham in den Boden versunken wärst.

Der Bischof winkte den Pfarrer zu sich und bedeutete ihm, sich herunterzubeugen, weil er ihm etwas ins Ohr sagen wollte. Ich verstand nur wenig von ihrem frommen Geflüster: *»Sacrosanctum Concilium, Johannes XXIII., unglaublich, Adoption, Anwendung der*

Reform, wirklich? Ja, Eminenz, seit wann? Ich verstehe, ich verstehe.«

Dann rief der Bischof dich zu sich, und diesmal gab es kein Geflüster, seine Worte ertönten kräftig und deutlich.

»Danken Sie in Ihren Abendgebeten dem gütigen Gott, daß er sein Auge auf Sie und ihre Familie gerichtet hat. Ihnen ist ein besonderes Geschöpf anvertraut worden. Sie müssen für es Sorge tragen. Das Beispiel kommt uns von den Unschuldigen, Armen und Kranken. Sie müssen Buße tun, demütig sein, Hochmut ist die größte Sünde. Bevor ich euch meinen Segen gebe und euch mit meinen guten Wünschen entlasse, will ich dieses mutige und intelligente Mädchen umarmen.«

Der Bischof kam mit offenen Armen auf mich zu und drückte mich an sich mit einer Heftigkeit, die mir Angst einjagte. Das Kruzifix an seinem Hals drückte gegen meine Nase, und seine ganze Brust verströmte einen Geruch nach Gewürzen, Kerzen und Weihrauch, der mir den Atem nahm. Zum Glück sind wir dann gleich gegangen.

In den abschließenden Worten des Bischofs sah ich nur die übliche Tirade des Wir wollen uns liebhaben, Wir müssen gut sein, usw. Auch wenn er mir ein Kompliment gemacht hatte. Mutig und intelligent, hatte er gesagt, na und? Ich war enttäuscht.

Noch bevor es Abend war, hatte ich *Die Blümchen des heiligen Franziskus* und *Das Leben der heiligen The-*

resia von Ávila zu einem schönen Päckchen verpackt und es Don Bruno vor die Tür gelegt.

Eines war inzwischen klar: Ich suchte deine Schläge mit Absicht. Es bestand keine Gefahr, daß du es daran mangeln lassen würdest. Ich duckte mich auf den Boden. Ich schützte meinen Kopf mit den Händen, zitternd vor Erwartung. Schon beim Geräusch deiner schweren Schuhe im Kabuff entfuhren mir kurze Schreie. Ich zitterte um so mehr, als ich wußte, daß ich mich hinterher gut fühlen und wunderschöne Gedichte schreiben würde.

In den Gedichten, die ich schrieb, kam das Wort Liebe nie vor. Und doch waren sie alle für Omero, alle ihm gewidmet. Ich schrieb, korrigierte, und wenn ich wirklich sicher war, daß ein Gedicht fertig war, schrieb ich es in Schönschrift in mein Spezialheft. Es waren schon an die fünfzig. Von Doriana hatte ich gehört, daß Omero, nicht der Bücher-Homer, sondern ihr Sohn, mein einziger Freund, endlich aus dem Seminar zurückkommen würde. Anscheinend gefiel es ihm nicht, einen Rock zu tragen und das Weihrauchfaß zu schwenken. Was für ein Gesicht er wohl machen würde, wenn ich ihm mein Spezialheft zeigte!

Wenn ich *groß* werden wollte, das wußte ich, mußte ich versuchen, in allem und durch alles Achill ähnlich zu werden. Einige Erfolge hatte ich ja schon erzielt. Ihn hatte die Göttin Thetis geboren und mich die Göttin Namenlos. Achill hatte seinen Panzer durch Wasser bekommen, ich meinen durch Eis. Auch ich kämpfte unermüdlich gegen gut gerüstete Feinde, die mich von allen Seiten angriffen. Vielleicht hatte Lampo seinen Spitznamen Blitz bekommen, weil er auf dem Fahrrad unschlagbar war. Aber ich wußte, daß Lampo der Name von Priamos' Bruder und von Hektors Lieblingspferd war, den eingeschworenen Feinden Achills. Außerdem hieß Homer, sein Erfinder, genauso wie mein Herzensfreund. Und das Seminar hatte mir *meinen* Omero weggenommen. Zwar war er nicht gestorben wie Patroklos, er würde aus dem Seminar zurückkommen. Aber ich ahnte, daß Graffiatos Biß auf irgendeine Weise die Dinge für immer verändert hatte. Und doch gab es einen Unterschied zwischen mir und Achill, an den ich nicht denken konnte, ohne daß mir Schlaf und Begeisterung vergingen. Achill hatte von vornherein seinen Namen und sein Schicksal gekannt. Er konnte sich frei entscheiden. Von mir konnte man das nicht behaupten: Wie war mein Name? Was war mein Schicksal?

»Was soll das heißen?« fragte mich Professor Riboni mit dem aufgeschlagenen fünften Buch der *Äneis* in der Hand.

»Nichts, ein Scherz«, sagte ich.

Auf die Titelseite hatte ich mit Kugelschreiber in Druckbuchstaben geschrieben *Vivat ich = NIEMAND*.

»Und warum bist du dann rot geworden?« fragte er.

»Bitte, nehmen Sie Platz, Professore, möchten Sie ein Gläschen Alchermes?« sagtest du.

Aber Professor Ribonis Blick richtete sich nicht auf die Alchermes-Flasche, erst recht nicht auf dich oder Maria. Er war auf mich gerichtet und forschte in meinem Innern.

»Ich habe erfahren, daß du von der Schule abgehst. Warum willst du denn nicht weitergehen?« fragte er.

Ich schlug die Augen nieder und hielt den Blick gesenkt, denn hätte ich ihn auch nur einen Moment angesehen, hätte ich losgeschluchzt.

»Schade, du bist fürs Lernen begabt, du hättest mit Gewinn weitermachen können. Was willst du denn jetzt machen?«

»Wenn sie wirklich weitermachen will, kann sie einen Kursus für Sekretärinnen besuchen. Auf jeden Fall wird sie Lehrling bei den Schwestern Grioni«, sagtest du, »sie haben einen kleinen Betrieb, eine Schneiderei. Es besteht die Möglichkeit, daß sie sie einstellen. Verstehen Sie, ein sicherer Arbeitsplatz, hier im Dorf, das wäre ein Glücksfall.«

»Ja schon«, sagte Professor Riboni ohne jede Überzeugung.

»Wollen Sie sich nicht setzen und ein Gläschen trinken«, hast du gedrängt.

»Nein, danke.«

Wenn ich ihn kenne – und ich kenn ihn, glaube ich, ein bißchen –, verbirgt sich hinter dieser Schroffheit ein unterdrückter Zorn. Ich richte meinen Blick auf die *Ilias* und die *Äneis* auf dem Tisch. Professor Riboni hat es bemerkt. Er räuspert sich.

»Wenn du willst, kannst du sie behalten, ich laß sie dir gern«, sagt er.

»Bedank dich bei dem Professore, Giovanna«, sagst du. Und zu ihm: »Sehen Sie es ihr nach, sie ist in letzter Zeit so widerborstig und unzugänglich. Dabei war sie als Kind so gutartig.«

Professor Riboni wandte sich zur Tür. Ich glaube, ich zählte seine Schritte, wie ein zum Tode Verurteilter die Schritte bis zum Galgen zählt. Mit aller Kraft versuchte ich dem Wunsch zu widerstehen, mich an seinen Arm zu hängen, um ihn am Fortgehen zu hindern.

»Wirklich schade«, sagte er auf der Schwelle noch einmal. »Ich habe nur wenige Mädchen erlebt, die so begabt sind wie du. Vielleicht solltest du darüber nachdenken und es dir noch einmal überlegen ... wir können darüber reden und uns unterhalten ...«

»Danke, Professore, aber Giovanna hat ihre Entscheidung schon getroffen. Nicht wahr?« fragtest du mich.

Ich griff zum Besen. Ich fegte, als wollte ich den

Fußboden verprügeln. Aber kaum wandtest du den Blick ab, warf ich den Besen hin und lief raus.

Der Professor ging raschen Schritts auf die Bushaltestelle zu. Er war schon an der Betura-Bar. Doch irgendwie hatte er mich gehört. Er drehte sich um, und als ich ihn einholte, standen mir die Tränen in den Augen, und ich hatte die allergrößte Mühe, sie zurückzuhalten. Er blickte sich um, ob uns jemand beobachtete, zog sein Taschentuch aus der Tasche, gab es mir dann aber doch nicht, sondern drehte und wendete es in den Händen.

»Giovanna, man darf nicht vor allen Leuten weinen. Wenn man unglücklich ist, ist es gut, es für sich zu behalten. Jetzt verstehe ich, du armes Mädchen. Es ist nicht deine Entscheidung, sie haben dich gezwungen. Ich hielt es nicht für möglich, aber ich sehe, ich habe mich nicht getäuscht. Giovanna, hör zu, das Leben ist lang, du darfst keine Angst haben. Du hast noch so viel Zeit vor dir. Du liebst die Bücher, aber Bücher sind nicht alles. Jetzt wirst du erst einmal nicht aus Büchern lernen können. Vielleicht eine ganze Weile. Wer weiß. Aber es gibt noch eine andere Methode, um zu lernen, und sie ist ebenso wertvoll: Beobachte die Welt um dich herum, betrachte die Natur. Lerne aus der Natur, von den Tieren. Und vor allem, beobachte dich selbst. Erinnerst du dich, was ich dir sagte, als du mich fragtest, wie du schreiben lernen könntest? Es ist nicht so wichtig, was draußen geschieht, wichtig ist, was in uns geschieht. Beobachte, was in dir vorgeht. Sorg dafür, daß jede Erfahrung zu deiner eigenen wird. Und verzage nicht. Glaubst du, die großen Dichter hätten nicht gelitten? Das Leiden ist die treibende Kraft der Literatur. Hasse es nicht. Das Glück hat es nicht nötig, erzählt zu werden, es bedarf keiner Worte, es ist sich selbst genug.«

Ich nickte jaja, aber Professor Riboni war mit seinen· Worten drauf und dran, den Deich zu brechen, den ich gebaut hatte, um die Tränen aufzuhalten. Auch er hatte es verstanden und sagte nichts mehr. Der Bus donnerte an uns vorbei, und er machte eine Bewegung, als wollte er mir übers Haar streichen, doch dann nahm er sich zurück und ging zur Haltestelle, wobei er sich noch zwei-, dreimal nach mir umsah, selbst als er schon mit einem Fuß auf dem Trittbrett stand. Dann zog er sich an den Armen hinein und verschwand.

Mein Magen war in Aufruhr, und ich konnte nur schwer die Tränen zurückhalten, deshalb ging ich sofort nach Hause. Die *Ilias* und die *Äneis* lagen nicht mehr auf dem Tisch. »Falls du die Bücher suchst, dein Vater hat sie weggelegt«, sagte Maria. »Wohin?« zischte ich, weiß wie ein Geschirrtuch. »Du hast schon genug Flausen im Kopf«, sagte Maria wieder. »Und außerdem bist du nicht die einzige, die ein Recht hat zu lernen. Die Bücher kann Luisa noch gebrauchen.«

Mit gesenktem Kopf schoß ich auf sie los. Ich

stellte mir vor, mein Kopf wäre Achills schreckliche Lanze, denn mit aller Kraft wollte ich Maria umbringen. Doch um ihr die Seele zu zerquetschen – denn man stirbt zuerst mit der Seele, wie Homer gezeigt hat, und dann erst mit dem Körper –, mußte ich ihre Fettwülste durchbohren, die so dick waren, daß nur die kräftige Lanze des Peliden dazu imstande sein konnte. Ich glaube, ja, so wie sie schrie, bin ich sicher, daß ich sie mehrmals getroffen habe.

Dann landete ich in einem Schraubstock, der anfing, mich zu zermalmen: deine Hände. Auch das wußte ich, es war unvermeidlich, aber ich hatte keine Angst mehr. Wer weiß, vielleicht war dies mein Schicksal, das sich jetzt erfüllte.

Ich hörte Maria schreien: »Schlag sie in Stücke, diesen Bastard, diese Tochter einer Hündin, brich ihr die Knochen und wirf sie den Tieren vor, dann hört sie endlich auf, uns das Leben zu vermiesen!«

Ein Gebrüll brach sich in mir Bahn, während ich deine Schläge abzuwehren versuchte. Nein, ich hatte keine Angst mehr, obwohl es noch zu früh war, als daß ich dir die Schläge hätte zurückgeben können. Doch ich hoffte, daß ich durch offene Rebellion und Widerstand meine Bücher zurückbekäme.

Und so war es. Ihr habt sie mir wiedergegeben.

XX

ICH SAH IMMER nach, ob bei den Großeltern die Tür wieder offen war.

Was habe ich angestellt, daß Mama verrückt geworden ist? Hätte ich Oma und Opa und Pale gefragt, wären sie noch dagewesen. Aber ihre Haustür war verriegelt, und an der Hauswand blätterte vom Trippeln der Eidechsen schon langsam die Farbe ab.

»Geh mal und hol ein Paket Waschpulver«, sagt Pepa.

»Welches?« frage ich.

»Was du willst.«

Ich komme mit einem Paket Waschpulver zurück.

Sie sagt: »Nein, das ist nicht gut, das ist nichts Anständiges.« Ich frage: »Woher weiß man, was anständig ist?« und sie antwortet, ich sei jetzt groß und müsse selber wissen, was anständig ist. Und da ich noch immer nicht begreife, sagt sie: »Wenn ich es dir erkläre, ist es zu einfach. Geh noch mal in den Laden, aber beeil dich.«

Ich bin schon unterwegs, da holt mich Lampo auf dem Fahrrad ein. Er tritt langsam, um mit mir auf gleicher Höhe zu bleiben, sieht mich an und kaut auf der erloschenen Zigarre, die er zwischen den Zähnen stecken hat.

»Du weißt also nicht, was anständig ist«, sagt er und grinst. »Wenn du willst, komm ich nachher unter die Treppe und erklär es dir.«

Endlich bin ich an der Ladentür von Manzoni.

»Tag, Signor Manzoni.«

»Tag, Giovanna, hast du was vergessen?«

»Ich möchte ein Paket Waschpulver.«

»Hast du nicht vorhin erst Waschpulver gekauft?«

»Ja, sehen Sie«, und ich zeige ihm das Paket, »das ist nichts Anständiges.«

»Nichts Anständiges, was soll das heißen?«

»Geben Sie mir das«, sage ich kurz und zeige auf ein Paket im Waschmittelregal.

Signor Manzoni schüttelt den Kopf, holt mir aber das Paket. Ich drehe und wende es, wiege es in der Hand, schüttle es, um zu prüfen, wieviel drin ist, und gebe es ihm zurück.

»Nein, das ist auch nichts Anständiges«, sage ich.

»Nun ja«, Signor Manzoni hält sich den Bauch vor Lachen, »du mußt ja wissen, was anständig ist! Los, Giovanna, stiehl mir nicht die Zeit, der Laden ist voller Leute, nimm dieses Paket und mach, daß du wegkommst, wenn du nicht einen Tritt in den Hintern haben willst.«

Doch er sagt es gutmütig und meint es nicht so. Nicht einmal ich glaube, daß Signor Manzoni mir Ärger machen würde, denn wir sind beide Inter-Anhänger, und solche Unfreundlichkeiten sind unter Sportsfreunden nicht üblich.

Als ich rauskam, erwartete Lampo mich auf seinem Bianchi-Rad, um mich nach Hause zu begleiten. Ich kehrte ihm den Rücken und ging Richtung Betura-Bar.

In der Betura-Bar gab es seit kurzem etwas ganz Neues. Sie hatten eine Jukebox aufgestellt. Eine Art Anrichte mit einem Bauch aus Glas und einem Spiegel oben drüber mit wunderschön gemalten Figuren darauf. In dem Bauch sind die Platten aufgereiht, die man wählen kann, und die Jukebox hat einen Arm. Wenn man ein Lied gewählt hat, wirft man eine Münze ein und drückt die Taste mit der entsprechenden Nummer, denn die Lieder sind nicht mit Namen, sondern mit einer Nummer bezeichnet. Die Jukebox bewegt den Arm wie ein Mensch, zieht die Platte heraus und legt sie auf. Es ist unglaublich. Genau die, die man ausgesucht hat. Und sie irrt sich nie. An so etwas gewöhnt man sich nicht so schnell, und tatsächlich war sie immer von einem Schwarm von Bewunderern umlagert.

Auch jetzt standen einige da und schlugen einem mageren, spindeldürren Jungen, der Twist tanzte, den Takt. Ich schwör's, ich hab ihn nicht sofort erkannt. Wie sollte ich auch? Er sah sich überhaupt nicht mehr ähnlich, mager, mit einem kleinen Spitzbart, die Haare geschoren, ohne Tolle. Omero! Unwillkürlich versteckte ich mich in einem Hauseingang. Erstens: Seit wann war er wieder da? Zweitens: Warum war er nicht gleich zu mir gekommen? Die zweite Frage machte mich ganz krank, erst recht, als ich Graziella auf die Betura-Bar zukommen sah.

Um sieben, kurz vor Ladenschluß, ist das Gas alle, und Pepa schickt mich los, damit ich eine neue Gasflasche bestelle. Ich mache einen großen Umweg, um nicht an der Betura-Bar vorbeigehen zu müssen und Gefahr zu laufen, Omero mit Graziella zu treffen.

Kaum bin ich zurück, steht Omero, einen Fuß gegen die Wand gestützt, ganz allein im Torweg. Er hat ein blaues Hemd an wie die feinen Pinkel in Mailand und sieht mich an, daß mir die Worte im Halse stekkenbleiben. Dabei hatte ich ihm doch eine Menge zu erzählen, so lange wie er weg war, von Graffiato und vor allem – ich platze fast vor Ungeduld – von meinem Spezialheft.

Statt dessen bleibe ich stumm und hasse mich, weil ich so blöd dastehe, aber Omero ist nähergekommen und sagt: »Ciao, Giovanna, weißt du, daß ich immer noch die Spuren von Graffiatos Zähnen habe? Willst du mal anfassen?« Er nimmt meine Hand und führt sie nach unten.

Und was fühle ich unter dem rauhen Stoff? Einen harten Strang, wie eine der Kordeln, mit denen man Vorhänge verziert.

»Faß richtig zu«, sagt er wieder. »He, wieso bist du denn überhaupt nicht größer geworden?«

Doch ich reiße die Hand weg, denn mir ist, als ob sie brennt, und weiche ein paar Schritte zurück oder auch mehr, denn Omero läuft hinter mir her, und wir landen im Hauseingang gegenüber. Faß an, sagt er, nein, er befiehlt es, und ich denke, verflixt, was ist im Seminar mit ihm passiert, daß er sich so verändert hat und so gemein geworden ist, irgendwas Schlimmes bestimmt, denn wenn ich nicht wüßte, daß es Omero ist, würde ich es mit der Angst bekommen. Omero zittert am ganzen Leib, und was macht er dann? Er packt mich an den Handgelenken und fällt über mich her. Er drückt seine Lippen auf meinen Mund und schiebt mir seine Zunge zwischen die Zähne.

Herrjemine, ich weiß, daß man sich küßt, die Mädchen reden von nichts anderem und fragen sich andauernd: *Hast du ihn geküßt? Hat er dich geküßt?* Nur dachte ich nicht, daß mir das passieren könnte, und noch dazu mit Omero. Was finden sie daran, frage ich mich, eine Zunge, die dir zwischen die Zähne schlüpft wie eine Forelle, das ist doch ekelhaft, und ich erwarte, daß irgend etwas mit mir passiert, aber es passiert überhaupt nichts.

Dafür passierte etwas mit Omero. Er war in der Hose hart geworden und tat mir weh, als er sich an mich drückte.

Da schrie ich: »Laß mich los, laß mich los! Dir geht's gar nicht um Graffiato!«

Mir war durchaus klar, daß ich schrie, aber ich konnte nicht aufhören. Ich dachte nicht, daß es mir noch so weh tat, ich meine, daß Graffiato tot war, ich dachte, ich hätte es vergessen, doch der Schmerz lauerte hinter der Tür, ich brauchte Omero nur zu sehen, und schon öffnete sich die Tür und der Schmerz kam heraus, genauso groß wie beim ersten Mal. Omero nahm die Beine in die Hand und rannte ins Haus, ohne sich umzusehen. Und als ich ihn wie einen Dieb davonlaufen sah, dachte ich, mein Freund Omero, der Mitbesitzer meines Verstecks, der mit Sägemehl auf mir geschrieben hatte, hätte mich nie mit meinem Kummer allein gelassen.

Nein, das war nicht mehr der Omero, den ich kannte. Meinen Omero hatten Graffiatos Zähne mir genommen.

Ich suchte Zuflucht unter meiner Treppe. Im Mund hatte ich noch das Gefühl, wie Omeros Zunge zwischen meinen Zähnen wühlte. Jetzt, wo er nicht mehr da war und ich allein, still und in Frieden auf dem Bett lag, stellte ich fest, daß dieses Gefühl mir gar nicht unangenehm war. Ja, ehrlich gesagt, es war mir sogar sehr angenehm. Ich hatte überhaupt keine Lust, auszuspucken oder mir den Mund auszuspülen, sondern fuhr mir mit der Zunge über die Zähne und suchte es geradezu.

Auf einmal spürte ich, wie meine Brust sich hob, als ob eine Hand von innen dagegen drückte. Es war, wie wenn kochende Milch im Topf hochkommt, und ich hatte auch ein lästiges Jucken in den Brustwarzen. Ich fuhr im Bett auf und zog das Hemd hoch. Donnerschlag, ich hatte einen Busen bekommen.

Eines Sonntags gab es bei Tisch weder Käse noch Schinken. »Es tut mir leid, Mama«, sagtest du zur Lampa, »aber die Geschäfte laufen nicht recht. Ich werde wohl die Maschinen verkaufen müssen.«

Es tut mir leid, *Mama*. Deine Bemerkung kündigte eine Tragödie an, aber ich hörte nur dieses *Mama*. Ein paar Jahre vorher hattest du zu mir gesagt: Du kannst froh sein, Giovanna, denn jemand wird uns helfen, unsere Familie wieder aufzubauen. Dann hattest du die Großeltern fortgehen lassen, und jetzt nanntest du die Lampa *Mama*. Bestimmte Dinge, dachte ich, dürfe man nicht tun. Ich dachte, es sei verboten. Ich dachte nicht, daß man es mit einer Familie so machen könne wie mit den Pferdewagen: Da es nicht mehr angebracht ist, sie zu bauen, kauft man sie fix und fertig.

Aus der Werkstatt kamen nicht mehr das *Roar* und *Drrr* der elektrischen Säge und der Hobelmaschine. Nur noch die rhythmischen Schläge der Äxte, mit denen ihr, du und Berzaga, die Holzvorräte zu Kleinholz zerhacktet.

XXI

MEINE BRÜSTE WAREN ganz schön gewachsen, aber doch nicht so viel, daß jemand es hätte bemerken können. Ich brauchte nur beim Gehen die Schultern hochzuziehen. Jeden Abend vor dem Einschlafen wiederholte ich mir wie ein Gebet, einen Wunsch, Professor Ribonis Worte. Hinterher fühlte ich mich voller Hoffnung und guter Vorsätze. Besonders dir gegenüber, der du inzwischen mit dem Karren für die Kleinholzlieferung vom Werkstattbesitzer zum Zugtier geworden warst.

Niemand kam mehr, um sich ein Fuhrwerk aus Holz bauen zu lassen, jetzt gab es die Traktoren. Alle hatten sich einen gekauft und steckten bis zum Hals in Schulden. Aber die Schulden würden in kürzester Zeit von selbst abbezahlt sein. Das Dorf war von dröhnenden Maschinen belagert, so vielen, daß von Sonnenaufgang bis Sonnenuntergang die Fensterscheiben vibrierten.

An einem Montagmorgen waren auch die letzten beiden Arbeiter aus der Werkstatt weggeblieben. Mitten in der großen Halle zwischen den jetzt stummen Maschinen standest du allein mit Berzaga, der darauf wartete, daß du ihm sagtest, was er tun solle, und zeigtest auf die größten und dicksten Eschenstämme. Ihr habt einen genommen und auf die Säge gelegt. Ich weiß nicht, wie viele Wochen ihr weiter Tannen-, Eschen- und Nußbaumstämme zu immer kürzeren, dünneren Brettern zersägt habt. Alles habt ihr kurz und klein gemacht, und ich bin überzeugt, daß du genau das wolltest: alles kurz und klein machen.

Nachts wartete ich, bis alle im Bett waren, dann ging ich nach unten. Unter der Eßzimmertür schimmerte Licht durch. Ich trat vorsichtig näher. So leise ich konnte, drückte ich die Klinke herunter. Ich streckte nur kurz den Kopf hinein. Du hattest Marias Stoffe vom Tisch geräumt und die dicken Gemeindebücher darauf ausgebreitet. Das tatest du, um die Akten zu vervollständigen und abzuschließen, aber nicht nur deshalb. Es war eine Möglichkeit, nicht aufzugeben, nicht völlig aus den Schlüsselpositionen im Dorf ausgeschlossen zu werden. Und tatsächlich nannten die Leute dich weiter *Bürgermeister*, obwohl du es schon seit einer ganzen Weile nicht mehr warst. Da du nicht mehr den Haupteingang benutzen konntest, nahmst du den Dienstboteneingang. Ich sah nichts Trauriges oder Erniedrigendes darin. Im Gegenteil, es erschien mir als ein Zeichen von Charakter. Ganz im Verborgenen ergriff ich Partei für dich, wie für Inter.

Du hattest die Beine unter dem Tisch ausgestreckt, die Schuhe hingen über den Zehen. Die Müdigkeit hatte dich überwältigt. Auf Zehenspitzen trat ich ein und schloß die Fenster, damit nicht ein fernes Kläffen oder gegen die Lampe surrende Brummer dich weckten. Es waren die einzigen Gesten der Zuneigung, die ich mir dir gegenüber erlaubte. Und auch nur, weil du nicht bei Bewußtsein warst. Aber hast du wirklich geschlafen? Hast du mich wirklich nicht gehört? Manchmal glaubte ich, du seiest wach hinter den halbgeschlossenen Lidern und stelltest dich nur schlafend, damit ich ein wenig bei dir sein konnte. Im Wachzustand hättest du mich ausschimpfen müssen. Warum bist du nicht im Bett? Wann lernst du endlich zu gehorchen? Du hast zu tun, was ich dir sage, merk dir das, hättest du gesagt, den Gürtel herausgezogen und dabei versucht, das Zittern deiner Lippen zu unterdrücken.

Ich konnte dein Gesicht nicht sehen, konnte aber deinen Nacken betrachten. Nur dort kringelte sich dein dichtes gepflegtes und ordentlich gekämmtes Haar in widerspenstigem Durcheinander. Warum rührt mich diese Unordnung zu Tränen? fragte ich mich und betrachtete begierig deinen Nacken, als ob die Anarchie deiner Haare an dieser Stelle – wie der Ungehorsam, das Nein, das du in mir verabscheutest und bekämpftest – dich rücklings überfiel und, ohne daß du es wußtest oder es kontrollieren oder verhindern konntest, dein innerstes, wahrstes, verborgenstes Wesen bloßlegte, das Wesen eines altmodischen, moralischen Mannes. Wenn du dich gegen das – christliche wie bürgerliche – Gesetz stelltest und mir weh tatest, so sehr weh tatest, wenn du bereit warst, jeden Tag und jeden Tag mehr diese große Gefahr auf dich zu nehmen, und wenn du nicht verrückt warst, was ich nicht annehme, dann mußtest du von einer inneren Lebensnotwendigkeit getrieben sein. Genau wie ich.

Vielleicht hätte ich nie versucht herauszufinden, wer mich geboren hat, und das Nichtwissen wäre mit der Zeit zu einem Vorteil geworden. Aus dem Geheimnis wäre, wie es oft geschieht, ein Mythos entstanden. Und ich wäre mein Leben lang die Tochter einer namenlosen Frau geblieben. Die Tochter einer Göttin. Und damit selber eine Göttin. Eine Göttin der Küsse. Die Göttin der Küsse, die niemand will. Nicht zufällig liebte ich Achill. Da ich niemandem durch Geburt angehörte, wären eines Tages die Welt, die Straße, die Freunde, die Beziehungen, die ich fern von dir gelebt hätte, meine Familie geworden.

Doch du hast mir zwar nicht das Leben geschenkt, wohl aber eine Lehre mitgegeben, die ebenso kostbar ist: die eigene innere Notwendigkeit zu erkennen, ihr zu folgen, ihr Raum und Stimme zu geben, sie allem anderen voranzustellen. In negativer Form bist du mir dafür ein Vorbild gewesen. In negativer Form warst du ein echter Lehrmeister. Deine Grausamkeit hat mich gelehrt, mich nicht zurückzuziehen, das

Messer tief ins Fleisch zu stoßen, es dort steckenzulassen und in der offenen Wunde zu drehen, damit immer neues Blut hervorquillt.

Ich glaubte, die Lektion gut gelernt zu haben.

Ich glaubte es und täuschte mich nicht: Doch ich brauchte Jahre, um zu begreifen, daß ich deine Lehre vor allem auf mich selbst anwandte.

Im Morgengrauen weckte mich das Knirschen von Rädern im Kies. Ich lief ans Fenster. Ich kannte jede Bewegung, die du machen mußtest, um den Karren durch den Torweg zu ziehen. Das letzte Stück stieg leicht an. Ich biß die Zähne zusammen. Das Gepolter wurde schwächer, du hattest es geschafft, der Karren war durch, du entferntest dich.

Als ich dich zum ersten Mal unter den Deichselstangen gesehen hatte, war mir das Blut in den Kopf geschossen, und ich war rausgelaufen. Du hast mich nicht gleich bemerkt. Kaum auf der Straße angelangt, hast du die Stangen abgesetzt und dir befriedigt mit dem Taschentuch den Schweiß von den Schläfen gewischt. Immerhin warst du noch stark, die Anstrengung schreckte dich nicht. Dann hast du mich gesehen und bist zusammengezuckt. Schlagartig hat sich dein Gesichtsausdruck verändert.

»Geh weg!« hast du mich mit zusammengebissenen Zähnen angeherrscht.

Ich verstand nicht, warum. Maria konnte uns nicht sehen. Dein Blick war böse. Ein Blick voll von Abneigung gegen mich, jener besonderen Art von Abneigung, die man gegenüber jemandem empfindet, dem man etwas angetan hat.

»Man hat dich gesehen, wie du dich mit Jungen herumgetrieben hast«, sagte Maria, »du bist ein Unkraut, und Unkraut ist schwer auszurotten.«

Abends blieb ich bis spät in der Betura-Bar und hörte die 45er Platten der neuen Bands. Lange Haare und synkopische Gitarrenklänge. Mit ihrer Musik sagten sie nein zu der Welt, wie sie sie bis dahin kennengelernt hatten. Auch wenn die Texte ihrer Lieder für mich ein Rätsel waren, machte es großen Eindruck auf mich, daß sie die Gitarren wie Maschinenpistolen benutzten. Ich selber hätte gern ein ganzes Arsenal bei mir gehabt. Mit welcher Lust hätte ich es auf viele Leute im Dorf abgefeuert! Auf alle, die mir hinter den Fenstern nachspionierten und dann wer weiß was herumerzählten.

Längst verlangte zu Hause niemand mehr, daß ich Staub wischte oder Gemüse putzte. Je seltener sie mich sahen, desto besser für alle. Wenn ich von der Arbeit bei den Grionis heimkam, warf ich mich aufs Bett. Drangen von unten eure Stimmen oder das Klappern der Bestecke zu mir herauf, tat ich, als hörte ich es nicht. Am Gitter sitzend, wartete ich auf die Sterne. Gedichte hatte ich mittlerweile hundertfünfzig geschrieben. Ich widmete sie nicht mehr Omero, er hatte sich mit Graziella verlobt. Einige schienen mir wunderschön, aber ich hatte niemanden, dem ich sie zur Beurteilung hätte vorlegen können. So hatte ich aufgehört zu schreiben und das Spezialheft unter der Matratze versteckt. Niemand kam unter die Treppe, niemand stöberte in meinen Sachen herum. Doch ich versteckte es trotzdem, um ihm mehr Bedeutung zu geben. Wenn Inter in der Pokalrunde gegen Benfica oder Real Madrid spielte, verbrachte ich die Abende im Zigarren- und Zigarettenrauch in der Betura-Bar. Trotz des Geredes waren die einzigen männlichen Wesen, die mich bemerkten, die Bäume, die Pappeln, Weiden und Erlen.

Ich schminkte mich nicht und toupierte mir auch nicht die Haare, aber gern hätte ich Schuhe mit hohen Absätzen getragen. Nach dem ersten Schub hatten meine Brüste aufgehört zu wachsen: Sie wurden nicht mehr größer. Die Haare fielen mir in unordentlichen Strähnen formlos in die Stirn, meine Hüften waren schmal, die Schultern knochig. Kein Junge trat zur Seite, um mich vorbeizulassen, oder stützte einen Fuß gegen die Wand, um mir bequemer hinterhergucken zu können, wie sie es bei Dea und Graziella taten.

»Du bist nicht häßlich«, sagte Graziella zu mir, »nur, du siehst den Jungen in die Augen, statt die Augen niederzuschlagen. Und das mögen sie nicht.«

Graziellas Worte brachten mich in Panik. Was war denn falsch daran, den Jungen in die Augen zu sehen?

»Und wenn sie dir eine Frage stellen, antwortest du sofort und sagst alles, was dir gerade einfällt und was du denkst.«

Ich verstand es nicht, verstand es wirklich nicht: Was gab es denn zu verstecken? War es nicht besser, sich die Dinge zu sagen, als zu schweigen?

Maria kommt ins Kabuff, als ich gerade auf der Treppe sitze und die Reste esse. Sie ist so fett geworden, daß sie nur noch seitwärts durch die Tür paßt. Sie sieht den Napf und sagt: »Was soll denn das? Was hat der Napf hier zu suchen?«

»Das ist Graffiatos Napf«, sage ich.

»Das weiß ich«, sagt sie, »aber was hat der Napf hier zu suchen, wenn wir keinen Hund mehr haben?«

Sie weiß ganz genau, daß ich ihn benutze. Deshalb sage ich nichts.

»Hier«, sagt sie, reißt mir die Sachen aus den Händen und wirft sie in den Napf. »Das will ich doch mal sehen. Iß!«

Ich will es nicht und tu es doch. Ich geh auf alle viere herunter und hole mir mit den Fingern die Apfelschalen.

»O nein«, sagt sie, »nicht so bequem! Ein Hund hat doch keine Hände. Zeig mal, wie ein gehorsames Hündchen es machen würde. Los, nur zu!«, und sie haut mich mit einem Besenstiel auf die Hinterbacken.

»Sag doch mal, wie soll ich dich nennen? Giovanna, Wauwau oder vielleicht Perla oder Fuffi? Ach, bin ich dumm, natürlich, ich hab ja schon den richtigen Namen für dich: Graffiata, ja, so werde ich dich nennen, Graffiata. Los, komm her, Graffiata, hierher!«, und sie lacht laut los, lehnt sich zurück und klopft sich auf den Schenkel, als ich mit dem Hintern wackle und wauwau mache.

»Was zum Teufel ist denn hier los?«

Papa! Du stehst oben auf der Treppe und zerknautscht vor Wut deine Mütze in den Händen. Von weitem hört man Luisa Spektakel machen.

Maria geht dir entgegen. Sie umfaßt dich in der Taille und sagt: »Komm, lassen wir die Kleine nicht weinen!« Ich komme langsam auf die Beine, und vor meinem höhnischen Blick hörst du auf, deine Mütze zu zerknittern. *Cave canem*, Papa, *cave canem*.

Doch ich war zu jung, um zu wissen, wie ich mich an dir hätte schadlos halten können, und auch, um zu wissen, daß sich hinter Verachtung häufig Neid verbirgt.

Ich ging zum Magdalenengraben und legte mich dort hin. Die Hände im Nacken verschränkt, schaute ich in den Himmel. Ich sah Maria immer dicker werden und das ganze Haus, die Werkstatt und den Garten in sich aufsaugen. Ich sah sie in den Himmel aufsteigen, ein riesiger Heißluftballon, der bei der Berührung mit den Wolken in tausend Stücke zerplatzte. Und aus dem Knall kamen, in alle Richtungen verstreut, wir herunter, du und ich, wie wir waren, bevor Mama starb, Mama selbst und die Großeltern und Pale und Graffiato mit seinem Halsband mit der Perle, die alten Möbel, die Eimer mit dem Brunnenwasser und das Junge von Belinda. Und auf der Erde angekommen, ordnete sich alles wieder, unser Haus fügte sich wieder zusammen und war wieder unser liebes altes Haus von früher.

»Gestatten Sie?« sagen die Lieferanten. Dann kommen sie herein mit einem großen Karton. Aus dem Karton holen sie einen Telefunken hervor. Sie stellen den Fernseher auf die jetzt zugeklappte Singer, so daß Maria ihn sehen kann, vom Sofa aus, das jetzt ihr Bett ist und das sie nur verläßt, um ins Bad zu gehen. Also hattest du nachgegeben. Maria hatte auf der ganzen Linie gesiegt.

Abends um acht, wenn die Programme beginnen, wird der Fernseher eingeschaltet. Maria ißt nur noch. Dauernd bringt Pepa ihr auf einem Tablett etwas zum Knabbern, meistens Kekse und Schokolade. Ich frage mich, wer den ganzen Segen bezahlt und von welchem Geld. Die Werkstatt und der Schuppen sind längst leer, es gibt nicht ein Stück Holz mehr, nicht einmal gegen Gold. Auch das Versteck von Omero und mir ist zersägt worden. Ich habe mich nicht einmal von ihm verabschiedet. Ich wollte nicht weinen mit einem Lächeln auf den Lippen. Das passiert, wenn mir jemand weh tut oder mir etwas wegnimmt, woran ich hänge. Ich leide und genieße das Leiden. Ich habe begriffen, daß das etwas Gefährliches hat, und vielleicht bin ich dieses eine Mal klug gewesen.

Und trotzdem reicht der Erlös aus dem Holzverkauf nicht für ein sorgenfreies Leben. Ich frage mich, wohin du jeden Morgen von sieben bis mittags gehst. Es ist Doriana, die mich mit ihrer gewohnten Feinfühligkeit informiert: »Dein Vater, der ärmste, ist in einer Wäscherei gelandet. Dein Vater.« Ich denke lieber nicht an ihn, an meinen Vater. Ich meine natürlich meinen richtigen. Man sagt, Mädchen ähneln ihrem Vater. Meinetwegen, mir liegt nichts daran, ihn kennenzulernen, vor allem, wenn er mir ähnelt. Er wäre mir keinerlei Hilfe im Leben. Im Gegenteil, er würde mir helfen, noch früher unterzugehen.

Was ich von den Schwestern Grioni nach Hause bringe, ist nicht einmal genug, um den Drogisten zu bezahlen. Maria scheint sich dessen nicht bewußt zu sein. Sie tut nichts als zu knabbern und zu warten, daß der Moment kommt, den Fernseher einzuschalten. Sie hockt davor und sieht sich alles an, was es gibt, bis eine Meereswellenmusik das Programmende ankündigt und das Fernsehen selber eine gute Nacht wünscht. Besonders begeistert ist Maria, glaube ich, von einer Sendung, die *Canzonissima* heißt.

Der Pfarrer hat offenbar am Sonntag in der Predigt von der Kanzel gewettert, es werde jetzt abends in den Häusern nicht mehr der Rosenkranz gebetet, sondern ferngesehen. Ein erleuchteter Mann! Alle haben den Kopf gesenkt, aber niemand hatte den Mut zuzugeben, daß er recht hat. Seit der Gute Papst unter der Erde ist, geht es mit dem Glauben in unserm Land bergab. Der Pfarrer ahnt nicht, daß selbst in unserem ach so frommen Haus das gleiche geschieht. Statt den Rosenkranz zu beten, knabbern Maria, Lampo und Lampa und sogar Luisa Süßigkeiten und sitzen da und beglotzen die nackten Beine der Kessler-Zwillinge. Irgendwann werde ich schon noch zu dir sagen: »Ihnen schlägst du nicht den Kopf gegen den Ofen, wie du es mit mir gemacht hast, als ich mich weigerte, den Rosenkranz zu beten.« Aber ich sag es ja doch nicht, es wäre sowieso nutzlos. Ich gehe besser nach oben, denn wenn ich sehe, wie du deine Familie vor dem Fernseher betrachtest, ist mir klar, daß du deiner Begeisterung nur deshalb nicht freien Lauf läßt, weil ich dabei bin und du vor mir nicht völlig das Gesicht verlieren willst. Der Familienfrieden. Ist es das, was du gewollt hast? *Dadaumpa? Calimero? Carmencita?*

Ich hatte gar keine Lust, mich unter die Treppe zurückzuziehen. Ich hatte Lust, in den Schuppen zu gehen, einen Stock zu nehmen, hineinzugehen und alles kurz und klein zu schlagen. Statt dessen ging ich in den Hof, um Luft zu schnappen, und preßte mir die Hände auf die Brust, um mich zu beruhigen. Unter den Rippen schlug mein Herz die Kriegstrommel.

Oben auf der Treppe, neben der Zisterne, hält mich Doriana an und sagt: »Dies ist mein Garten, und du setzt hier keinen Fuß mehr rein, verstanden?« Ich muß darüber lachen, daß sie sagt, dieses Stück Erde gehört mir. Die Erde wird immer noch dasein, wenn sie schon längst tot ist. Ich glaube, sie weiß das, und jetzt, wo sie älter wird, macht es sie wütend. Hat sie deshalb die Pappeln am Ende des Gartens fällen lassen, um sich für ihren Tod zu rächen?

»Du bist ein Taugenichts, das wissen alle«, sagt Doriana noch, »aber was kann man schon erwarten von einer, die da herkommt, wo du herkommst!« Und sie schubst mich weg.

Ich habe gar nicht reagiert. Denn auf einmal habe ich verstanden, daß Doriana zwar ihr Leben lang gesät und gepflanzt, aber trotzdem nichts von der Natur gelernt hat.

Spät abends strich ich durchs Dorf. Mir war, als hörte ich sie hinter den Fenstern tuscheln: »Hat sie den Teufel im Leib, die Tochter des Bürgermeisters, daß sie keine Ruhe findet? Sie ist verrückt. Man hat sie durch die Felder streunen sehen. Stundenlang läuft sie hin und her und führt Selbstgespräche.«

Es machte mir nichts aus. Nichts machte mir mehr etwas aus.

Ich ging nicht mehr zum Schmied in die Schmiede und atmete nicht mehr in vollen Zügen den beißenden Rauch ein. Die Kirche hatte ich nicht mehr betreten. In der Kapelle mit den abgebröckelten Wänden hatte ich mich nicht mehr über Jesus gelegt. Ich hätte es nicht mehr ausgehalten, ihm die Wunden zu küssen in der Erwartung, ganz und gar getröstet zu werden. Die Last meines Grolls war wie ein Becher Galle. Mein Herz schweifte im ewigen Winter umher.

Kam ich in die Betura-Bar, fragte jemand: »Woher kommt diese kalte Luft? Steht vielleicht irgendwo ein Fenster offen? Macht es zu, man erfriert ja!«, und die Frau hinterm Tresen hängte sich einen Pullover über die Schultern.

Nur unter dem Fenster der Kußgöttin fand ich ein bißchen Zufriedenheit und Wärme. Still saß ich im Gras. Inzwischen brauchte ich sie nicht mehr zu sehen. Es genügte mir, sie im Haus zu hören, zu wissen, daß sie da war.

Es kam vor, daß ich Omeros Messer nahm und mir ins Fleisch schnitt, um Blut herauskommen zu sehen und mir zu beweisen, daß ich lebendig war. Mein Lebenssaft roch nach Schwefel, Chlorid und Sulfat.

Über die Felder, um den Weg abzukürzen, gelangte ich zur Mühle. Das große Rad drehte sich langsam, und das Wasser gluckerte hinter der Schleuse, bevor es den Wasserfall hinunterstürzte. Die Blätter der Trauerweiden waren weiß von Mehl, und das Brot duftete so stark, daß man schon vom Geruch satt wurde. Der Müller kratzte die angetrockneten Teigreste von der Tischplatte. Er war von Kopf bis Fuß weiß wie eine panierte Seezunge. Um sich die Lippen zu befeuchten, streckte er dauernd seine wundrote Zunge heraus. Ich kauerte mich zwischen das Schilfrohr und dachte an all die Male, die ich hier mit Graffiato und Omero gewesen war. Dieser Ort ist zu schön, dachte ich, er ist so schön, daß ich nicht glaube, daß jemand ihn gebaut hat. Er muß von einem Tag auf den andern dagewesen sein, so wie Pilze aus dem Boden schießen.

Zwei Kühe standen wiederkäuend auf der Weide und peitschten sich mit dem Schwanz die Flanken, um die Fliegen zu verscheuchen, aber gemächlich, ohne Hast und ohne dem Bedeutung beizumessen. Alles war ruhig und still, dazu das immer gleiche Rauschen des Wassers, und eine der Kühe hatte sich ins Gras gelegt und schaute zu den Platanen hinten auf der Weide. Warum bleibt nicht alles für immer so, dachte ich, ich wünschte, nicht das geringste würde sich ändern, nichts sich auch nur einen Millimeter weiterbewegen. Dabei waren die Mühle und das ganze Land ringsum schon verkauft.

Kaufmann Manzoni hatte inzwischen einen eigenen Backofen zum Brotbacken und Maschinen, die in einer Nacht dreimal so viel schafften wie die Mühle. Ihr Rad wurde nicht mehr gebraucht. Bald würde man sie abreißen. Das Dorf dehnte sich aus, und man brauchte jetzt Häuser.

XXII

»GEBT GIOVANNA AUCH ein Schüsselchen«, sagt eine der Grionis.

»Vielen Dank«, sage ich, »ich möchte nichts. Ich mag kein Pfirsichkompott.«

»Probier doch wenigstens mal«, sagt sie wieder.

»Nein danke, wirklich nicht.«

»Das ist doch nicht möglich«, sagt Signora Grioni, »es kann doch nicht sein, daß ein Mädchen in deinem Alter nichts ißt. Das tust du extra, aus Trotz, um anders zu sein als die andern.«

Ich brachte es nicht fertig, mit der Nadel in der Hand still auf einem Stuhl zu sitzen. Ich ließ Stiche aus, und oft vergaß ich, bevor ich das Zimmer mit den kostbaren Stoffen betrat, mir die Schuhe auszuziehen, und beschmutzte die auf dem Boden ausgerollte weiße Leinwand. Und so sagte eines Tages Signora Grioni zu mir: »Aus dir wird niemals eine Schneiderin, auch wenn du eine Nadel in der Hand halten kannst. Ich sollte dich besser nach Hause schicken, hier verschwendest du deine Zeit. Aber ich habe deine arme Mama gekannt, sie war eine sehr fleißige Frau, und dein Vater ist ein sehr tüchtiger Mann. Ich will annehmen, daß du dich nicht mit Absicht so tolpatschig anstellst. Ich nehme dich aus der Näharbeit weg, du kannst die Botengänge machen.«

»Hurra! Signora Grioni lebe hoch, hundertmal hoch!« rief ich und war so froh, daß ich Signora Grioni, wenn sie nicht so großen Wert auf gute Manieren gelegt hätte, um den Hals gefallen wäre und sie mit Küssen erstickt hätte.

Ja, jetzt lief das Leben wieder in die richtige Richtung. Ich war schon immer blitzschnell auf dem Fahrrad. Ich würde es ihr zeigen, der Signora Grioni, wie ich arbeiten konnte. Und wie genau und zuverlässig ich war. Natürlich konnte man mir vertrauen. Ich trat kräftig in die Pedale, rückte die Mauern zurecht und rasierte am Arm der alten Klatschtanten die Einkaufstasche glatt.

»Wer ist denn die Übergeschnappte?«

»Ist das nicht die Giovanna?«

»Ja, das ist Giovanna, die Tochter des Bürgermeisters.«

»Sie ist nicht die Tochter des Bürgermeisters, sie ist niemandes Tochter.«

Ich fuhr weiter meines Wegs. Ich hatte viele Aufträge zu erledigen, und wenn es keine gab, dachte ich mir welche aus. Ich war so schnell, daß ich im Handumdrehen fertig war, und die Zeit, die mir blieb, nutzte ich zu kleinen Umwegen und fuhr lang, wo ich wollte. Ich hatte meine Lieblingsstrecken! Zum Beispiel die Straße von der Betura-Bar zu den Nonnen hinunter, am Bernini-Hof vorbei. Vor der Kirche San Bernardino bremste ich schlagartig.

Als mir jemand auf die Schulter schlug, fuhr ich erschrocken zusammen. Es war Don Bruno. Ich hatte ihn nicht kommen hören.

»Warum kommst du nicht herein und sagst ein Gebet?« fragt er.

»Verflixt, ihr ändert euch nie, ihr Priester«, sage ich, »ihr seid schlimmer als der Versucher.«

»Ja, aber mit dem Unterschied, daß wir zu einem guten Zweck in Versuchung führen.«

Vor dem Hauptaltar beugt er das Knie, legt die Hände zusammen und schielt aus dem Augenwinkel, ob auch ich niederknie. Doch ich rühre mich nicht und bleibe stur aufrecht stehen.

Er erhebt sich wieder und sagt: »Weißt du, es interessiert mich nicht, ob du betest oder nicht. Das ist deine persönliche Angelegenheit mit Gott, ich hab damit nichts zu tun. Doch eines sage ich dir: Auch wenn du dich noch so hart und hochmütig gibst, du bist nicht so. Es nützt nichts, wenn du dich hinter dem Panzer versteckst. Damit tust du nur dir selber weh. Aber ich bin zuversichtlich. Du hast so viele Predigten gehört, daß das Gebet den Weg zu deinem Herzen schon finden wird, wenn du es brauchst.«

»Dann besteht also kein Grund zur Sorge, nicht?!« sage ich.

Don Bruno hebt die Hand, als wollte er mir eine Ohrfeige verpassen, aber dann muß er doch lachen.

»Schreibst du noch Gedichte?«

»Nein«, sage ich hastig und bestimmt, und Don Bruno versteht, daß er eine falsche Taste gedrückt hat.

»Komm, ich muß dir etwas zeigen«, sagt er dann und schlägt in der Sakristei eine Zeitung auf, den »Cittadino« aus Lodi.

»Es gibt eine neue Zeitschrift, sie heißt *Von der Jugend für die Jugend*. Sie erscheint samstags. Es war ein Wunsch unseres Bischofs, du hast ihn ja kennengelernt.«

»Ja, schon gut«, sage ich, soll heißen: Komm zur Sache!

»Gedichte, Erzählungen, Zeichnungen, Illustrationen. Ist das nicht toll? Es sind Jugendliche in deinem Alter aus der Diözese. Warum schickst du nicht mal eines deiner Gedichte hin? Vielleicht veröffentlichen sie es. Ich hab sie ja nicht gelesen, aber ich bin sicher, daß du keine unanständigen Wörter benutzt hast. Warum versuchst du es nicht? Nur Mut!«

»Komm mir nicht wieder mit dem Mut und der Geschichte, wie Jesus auf dem Wasser wandelt, Don Bruno«, sage ich, »wir wissen beide, wie es mit Jesus ausgegangen ist.«

Doch die Zeitung nahm ich mit, und auf dem Rückweg zur Schneiderei Grioni fing ich an, vor mich hin zu pfeifen.

Als ich an der Betura-Bar vorbeifuhr, überholte mich ein 1100er mit Nummernschild VA und blieb auf dem Platz unter dem Gefallenendenkmal stehen. »Varese«, dachte ich sofort, »die Hauptstadt der Provinz, wo die Großeltern hingezogen sind«, und das Herz hüpfte mir in der Brust. Vor Aufregung mußte ich anhalten. Die Vordertür öffnete sich, der Fahrer stieg aus, reckte und streckte sich und massierte sich das Kreuz. Das war doch Onkel Pale! Und wer kletterte aus dem Rücksitz? Der Opa. Vielmehr, er noch nicht. Erst mal sein Stock. Er stochert auf dem Asphalt herum. Ich kenne diese Bewegung. Das macht Opa immer, er tastet den Boden ab, bevor er seinen orthopädischen Schuh aufsetzt. Der Opa, mein Opa, wer hätte das gedacht, so unverhofft, wie lange hab ich ihn schon nicht mehr umarmt, und wie er mir fehlt, ich wußte gar nicht, wie sehr er mir gefehlt hat. Und sieh doch mal! Wetten, daß da neben Pale Oma sitzt? Ja, klar ist das Oma, ich erkenne ihren Kopf mit den hochgesteckten Haaren, sie trägt nicht mehr das schwarze Kleid, ich sehe einen weißen Kragen. Die lieben Großeltern! Siehst du, sie sind zurückgekommen, oder besser noch, sie sind vielleicht sogar gekommen, um mich zu holen. Irgend jemand hat ihnen bestimmt erzählt, was bei uns los ist, und so haben sie sich gesagt: »Wir können sie doch nicht da zugrunde gehen lassen, fahren wir hin und holen sie!« Und Pale hat bestimmt gesagt: »Na klar, sie kann bei mir arbeiten, sie war immer gern im Sägemehl.«

Und während mir alle diese schönen Gedanken kommen, dreht sich Pale um und sieht mich. Doch er begrüßt mich nicht, lächelt nicht einmal, sondern zieht ein Gesicht, als erblickte er einen Marder im Hühnerhof. Ich fahre los, komme näher, sagen wir ruhig, ich trete kräftig in die Pedale, so gern möchte ich sie alle in die Arme schließen. Mir ist so warm und froh ums Herz, und ich beachte es gar nicht weiter, daß Pale hastig wieder ins Auto steigt und auch Opas Stock sich wieder zurückzieht. Den Blick auf das Auto geheftet, trete ich wie verrückt. Ich klingele und hebe auch einen Arm, um mich bemerkbar zu machen, um ihnen zu sagen, daß sie anhalten und auf mich warten sollen. Aber keine Spur!

Das Auto gewinnt an Fahrt, und es dauert einen Moment, bis ich begreife, daß der Abstand zwischen uns immer größer wird. Wie blöde bleibe ich mitten auf der Straße stehen. Oma hat sich nicht einmal umgedreht. Ich kann gar nichts anderes mehr denken.

Doch, ein Gedanke kommt mir. Ich denke, gleich wird mir schlecht.

Sicher durch die Anstrengung. Das kommt vor, wenn man plötzlich zu hastig in die Pedale tritt.

In der Schneiderei wurde von nichts anderem mehr geredet: Die Paganini-Karussells hatten ihre Zelte auf dem Kirchplatz vor der Incoronata aufgebaut. Es wurde gemunkelt, daß es bei der Autoskooterbahn einen Neuen gab, der in den Jahren davor noch nicht dabei war – ein Langhaariger, blond und gutaussehend, einer, wie man ihn sonst nur im Fernsehen sah.

Schon vor dem Abend waren Informationen über ihn durchgesickert. Nicht nur hingen ihm die Haare bis auf die Schultern, sondern er trug auch enge Hosen wie Elvi Prisli – Bludschins. Die Mädchen, die in kleinen Gruppen hingegangen waren und beim Aufbauen der Karussells zugesehen hatten, erzählten, daß Glauco – so hieß er – nicht nur so aussah, wie er beschrieben wurde, sondern ein Akrobat sein mußte, denn er sprang in voller Fahrt von einem Auto zum andern, mit seinen wehenden Haaren, die feuerrot über die Piste leuchteten. Was aber am meisten Eindruck machte, waren eben die Bludschins, seine Hosen, so knalleng, daß sie eine Ausbuchtung am Unterleib erkennen ließen. Und seine muskulösen Schultern unter dem Hemd waren voll von Tätowierungen. An der Kasse gab es ein Getümmel von Mädchen, die sich gegenseitig wegzuschubsen versuchten, um Marken für die Fahrten zu ergattern. Und die, die kein Auto erwischt hatten, drängten sich am Rand der Piste und verschlangen ihn mit ihren Blikken, während er mal auf den einen, mal auf den anderen Wagen sprang, in dem Mädchen saßen.

Kaum sprang Glauco auf die Gummipuffer und hängte sich an die Lenkstange mit dem Fähnchen obendran, schien der Wagen, wie durch einen zusätzlichen Stromstoß angetrieben, loszusausen. Durch

Schleudern und Zusammenstoßen prallten die Insassen zurück und streiften dabei sein Knie oder seinen Arm, wenn sie nicht sogar gegen die Ausbuchtung zwischen seinen Beinen stießen. Dann gab es vor aller Augen und Ohren Gekreisch und Erröten, Hände vor dem Mund und in den Haaren.

Auch ich war sehr aufgeregt.

So wie er gebaut war, wie er sich bewegte und wie er hieß, kannte ich diesen Jungen längst. Glauco – Glaukos, der Sohn des Hypolochos, der Freund des Sarpedon, des Anführers der lykischen Krieger, einer der besten Verbündeten der Troer. Sarpedon war von Patroklos erschlagen worden, und das hatte den Zorn Apollos erregt, der zu den Troern hielt und Hektor gegen ihn aufhetzte. So brach er an, jener schlimme Tag, der letzte der Schlacht und für Patroklos, den Herzensfreund meines Lieblings Achill, der letzte des Lebens. Ich war so aufgeregt, daß ich nicht sofort hingehen konnte, um ihn mir anzusehen. Und als ich es endlich fertigbrachte und zu den Karussells ging, begriff ich mit einem Blick, daß ich es nicht aushalten würde, plötzlich neben ihm zu stehen, geschweige denn, in ein Auto zu steigen.

In der Menge versteckt, beobachtete ich ihn heimlich vom Pistenrand aus, und mir entging keine seiner Bewegungen. Er war so kühn und schön, daß es wehtat, ihn dauernd anzusehen. Ab und zu mußte ich mich ablenken und in eine andere Richtung schauen.

»Glauco! Glauco!« hörte ich von allen Seiten rufen, und er sprang, flog, schwebte, bahnte sich, mit dem Eschenholzschwert um sich schlagend, seinen Weg durch den wütenden Galopp der Pferde, während ringsum Männer kopfüber unter die Räder der Kampfwagen fielen, Staubwolken aufwirbelten und alle schrien und die Straßen füllten.

Es schrien wirklich alle. Ein Wagen mit Eifersüchtigen war absichtlich mit voller Wucht auf einen anderen geknallt, auf dem Glauco über zwei Hochtoupierten hing. Er hatte ihn erst im letzten Moment gesehen, weil er sich gerade ritterlich herunterbeugte, um die Marke in den Schlitz zu stecken. Es war nichts mehr zu machen. Der Aufprall war so stark, daß Glauco zwischen zwei andere Wagen geschleudert wurde, die sich gerade mit einer Kehrtwendung gegenseitig auszuweichen versuchten. Und obwohl er sich sehr behende an die Stange klammerte und auf die Puffer sprang, wurde ein Fuß eingequetscht. Glauco stieß einen Schrei aus und brüllte dann wütend: *A li mortacci tuaa!* Offenbar eine Beschimpfung, auf die aber niemand etwas zu erwidern wußte, weil es Worte einer fremden Sprache waren.

Glauco wurde an den Rand der Piste in Sicherheit gebracht, gab aber schon wieder mit einer Kopfbewegung zu verstehen, daß alles in Ordnung sei, sie sollten sich weiter amüsieren, es sei nichts Schlimmes passiert, woraufhin die Mädchen hysterisch

Glau-co! Glau-co! schrien und mit den Füßen auf dem Boden scharrten.

Und Glauco breitete die Arme aus, als wollte er die Menge umarmen. Da fragte jemand: »Was hat er gesagt? Was hat er gesagt?«, und ein anderer antwortete, und wieder andere wiederholten es wie eine starke Zauberformel: »*A li mortacci tua!*«

»Was für eine Sprache ist denn das?« fragte einer, der dafür bekannt war, daß er sich nicht scheute, Fragen zu stellen. »Wo kommt der her?«, und schließlich antwortete noch ein anderer, der zum Militärdienst in Süditalien gewesen war: »Das ist doch römisch, oder?! Um das zu verstehen, muß man Römer sein. Die führen ständig die Toten im Munde«, und alle atmeten erleichtert auf.

Ein Römer? Ein leibhaftiger Nachkomme von Äneas? Mein Herz raste. Ich kam dermaßen aufgeregt nach Hause, daß ich sofort mein Spezialheft unter der Matratze hervorholte. Ich mußte meine Gedichte wiederlesen, um zur Ruhe zu kommen und wieder so zu werden, wie ich mich kannte. Auch wenn die Troer sich, wie Vergil sagt, einen neuen Namen gaben, als sie mit den Besiegten verschmolzen, dachte ich wie Dido: Für mich blieben die Römer *Dardanios colonos*. Kolonisatoren. Das Herrschen lag ihnen im Blut. In der Tat, wie lange hatte Glauco gebraucht, um das Dorf zu erobern? Einen Abend. Den ersten, um genau zu sein. Mir war, als hörte ich, wie sich der kühne Achill im Grabe umdrehte.

»Was kann ich tun?« fragte ich mich, während ich mich schlaflos im Bett wälzte. Als ich dann doch einschlief, träumte ich von jubelnden Fahnen. Das Dorf feierte, aber nicht Glauco, sondern mich. Die Leute schwenkten eine Nummer des »Cittadino« in der Hand, in dem meine Gedichte abgedruckt waren. Glücklicher Traum! Gewiß hatte Pallas Athene ihn mir geschickt, um mir meinen Weg zu zeigen.

Ich schrieb die Gedichte ab, die ich für die besten hielt. Bei dem Namen zögerte ich unschlüssig. Dann entschied ich mich für meinen offiziellen, Vera Sironi. Unten drunter schrieb ich meine Adresse. Dann faltete ich sorgfältig die Blätter zusammen und steckte sie in die Tasche.

Auf dem Weg zur Arbeit hielt ich am Tabakladen an und kaufte einen Briefumschlag und eine Briefmarke und warf den Brief ein. Jetzt brauchte ich nur noch abzuwarten. Es war nicht mehr lange bis Sonnabend. Dann würde ich im Dorf herumfahren und allen die Zeitung zeigen. Seht her, würde ich schreien wie der Schirmverkäufer, die Ehre der Achaier ist gerettet.

Ich verbrachte meine ganze freie Zeit auf dem Rummelplatz, immer auf der Hut, mich ja nicht sehen zu lassen. Noch nie hatte es eine solche Menschenmenge gegeben. Auch aus den Nachbardörfern kamen sie. Die Mädchen kamen, um Glauco zu sehen, und die Jungen liefen hinterher, um aufzupassen, daß sie ihn nicht zu viel ansahen und auch er sie nicht zu viel ansah. Die Wagen waren ständig besetzt, die Blechmarken klapperten auf dem Kassenbrett, und die Hände der Kassiererin rafften schnell die Geldscheine weg. Und er spielte nicht nur den Akrobaten, sondern redete, als sei er zu Hause und jeder könne ihn verstehen. Er sagte *An vedi aòh, aaa cosa, mòvite, daje, de prescia*, oder *piotta, taja, smandrappato, pija*. Einige Jungen fingen an, die Wörter, die er am häufigsten benutzte, zu wiederholen, und imitierten die Art, wie er, die Sätze kauend, dauernd *aòh, mbè, 'sti, mo'* dazwischenschob. Auch seinen knochenlosen Gang in den Bludschins ahmten sie nach.

Ich sah die Göttin der Küsse und Graziella aus einem Wagen steigen und sich mit glühenden Wangen auf den nächsten stürzen, die Röcke oberhalb der Knie, die Trikots enganliegend und ausgeschnitten, die Haare so hoch toupiert, daß sie wie Auerhähne aussahen. Ob sie noch wußten, daß sie früher einmal Hosen getragen hatten? Sie akzeptierten jede Einladung, um nur ja auf der Piste bleiben zu können. Ständig gackerten und kicherten sie, als wären sie betrunken. Doch wie oft ich mich auch umschaute, nach rechts und nach links, und mich in alle Richtungen durch die Menge schob, Omero konnte ich nirgends entdecken.

Morgens gähnten die Arbeiterinnen in der Schneiderei und hatten Ränder unter den Augen. Verstört nähten sie das Brautkleid für die Apothekerstochter, als wären sie versehentlich mitten aus einer Nebelwolke auf die Erde gespuckt worden. Die Woche verging, das Kleid nahm Form an, und Sonnabend, o Sonnabend …

Aber Sonnabend stand im »Cittadino« keine Spur von meinen Gedichten, und ich hatte keinen Mut mehr, auf den Rummel zu gehen.

»Giovanna«, sagt am Montagmorgen die Grioni zu mir, »fahr schnell hin und bring der Braut den Schleier. Er ist hier liegengeblieben.«

Ich legte das Paket mit dem Schleier quer über den Lenker und stieg aufs Fahrrad. Unterwegs reckte ich sofort den Hals in Richtung Rummelplatz. Sie waren beim Abbauen. Ich drehte den Lenker in Richtung Incoronata.

Schon von weitem waren die großen Lastwagen mit den weit offenstehenden Bäuchen zu sehen, vollgestopft mit wer weiß wie vielen Rohren, Leitungen und Eisenteilen. Auf der Piste stand nur noch ein Wagen, die Nummer neununddreißig. Die anderen warteten aufgestapelt auf ihre Verladung. Wo ist der Feind? Wo ist Glauco? fragte ich mich, zwischen zwei Lastwagen durchschielend, darauf bedacht, mich nicht sehen zu lassen. Ich wußte nicht genau, was ich tun würde, wenn er plötzlich vor mir stünde.

»Wer bist du denn?«

Erst versperrte mir sein tätowierter Arm den Weg, dann der ganze Glauco selbst. Und da ich wie angewurzelt dastand, ohne zu antworten, spottete er: »Na, was is'n, kennst dein' Namen nich?«

Ich wurde dunkelrot und zitterte.

»*Che te possino ammaì*«, sagte er schon ungeduldig, »na, willst'n mir nich sagen?«

Dann nahm er meine Hand und hielt sie in seinen vollen warmen Händen. Ich hoffte, daß mein aufgegangener Rocksaum nicht zu weit unter dem Schneiderkittel hervorhing. Ich sah die Adern an seinem Hals pulsieren und hatte den Eindruck, ich würde bis in alle Ewigkeit stummbleiben, wenn ich nicht von jetzt auf gleich irgend etwas herausbrächte.

»Sag mal, fährst du gern Autoskooter?«, und er führte mich zur Piste. Ich begriff nicht gleich, was er vorhatte, so ungeheuer erschien es mir. Er ließ mich im Wagen Nummer neununddreißig Platz nehmen, zog eine Marke aus der Tasche und steckte sie in den Schlitz. Der Wagen fuhr los. Es gab keine Hindernisse. Die Piste gehörte uns allein. Und Glauco setzte sich nicht auf die Rücklehne, wie sonst, ein Bein draußen auf dem Puffer. Er setzte sich wirklich rein, neben mich. Der Wagen glitt rechts rum und links rum, die Luft sauste mir in den Ohren, mir tränten die Augen, und der Hals wurde mir trocken. Die Straße und die Incoronata wirbelten vorbei, daß mir schwindlig wurde. Ich suchte in Glaucos Gesicht Halt, und er schaute mich sehr zufrieden an.

»Was ist denn hier los? Was zum Teufel treibt ihr da?« schrie eine Stimme.

Die Kassiererin.

»Komm her, los, steig aus, laß dir nix vormachen, das is ne Hexe«, und Glauco lenkte den Wagen behutsam an den Pistenrand und reichte mir eine Hand, um mir beim Aussteigen behilflich zu sein. Traumverloren stand ich da und sah ihn an.

Glauco beugte sich über mich, wie um mir ein Geheimnis anzuvertrauen. »So viel Fische, wie schwimmen im Meer, so viel Küsse möcht' ich dir schenken«, und dabei streifte er mit seinen Lippen meinen Nacken. Sein Lachen schallte noch eine ganze Weile hinter mir her, während ich auf unsicheren Beinen davonlief.

Und als ich, völlig durcheinander, Richtung Apotheke radelte, mußte ich an euch denken, an dich und Mama, als ihr eng umschlungen getanzt habt und die anderen *Gira rigira biondina* sangen, damals an dem Winterabend, als plötzlich der Juli ins Zimmer trat. Ich spürte den schweren Lenker unter dem Schleier. Ich weiß nicht, warum ich plötzlich Angst bekam. Es war sehr hell. Wie spät mochte es sein? Die Via Garibaldi war menschenleer. O Gott, es wird doch wohl noch nicht zwölf sein? fragte ich mich.

Doch, es war zwölf Uhr vorbei, verflixt, vom Turm der großen Kirche schlug es halb. Der Rolladen der Apotheke war heruntergelassen, und niemand reagierte, als ich klingelte und klingelte. Ich fuhr in die Werkstatt zurück. Ich hätte zu Signora Grioni gehen und ihr etwas sagen, eine Ausrede erfinden müssen, ihr sagen – was weiß ich –, ich hätte einen Platten gehabt, sei gestürzt, irgend etwas zu meiner Entschuldigung jedenfalls. Statt dessen stellte ich das Rad in den Hof und ließ sogar den Schleier auf dem Lenker liegen. Ich ging unter das Vordach, um mit den anderen zusammen mein Brötchen zu essen. Und als ich da sitze und mühsam die Bissen hinunterwürge, kommt plötzlich Signora Grioni heraus, sieht erst mich, dann das Fahrrad und also auch das Paket quer über der Lenkstange.

Sie wird rot im Gesicht. Bestimmt nicht wegen der Hitze.

»Komm mal her, du«, sagt sie schäumend vor Wut. Ich stehe auf und gehe hin. Die Arme seitlich angelegt, bleibe ich stehen und warte, daß sie mir sagt, was sie zu sagen hat. Viel ist es nicht, und sie geht dazu nicht einmal mit mir nach drinnen, sondern sagt es mir vor allen anderen: »Glaubst du vielleicht, du kannst tun und lassen, was dir gerade so paßt? Du kommst und gehst und machst, was du willst! Allerdings, ich habe dich nicht so behandelt, wie du es verdienst, wie ein Tier, so wie es alle tun, und zwar zu Recht, so, wie du dich benimmst. Jedenfalls kann ich dich nicht länger behalten. Es tut mir leid für deinen Vater, er ist ein sehr tüchtiger Mann und hat es nicht verdient, daß du ihn so blamierst, aber ich kann dich nicht länger behalten, nein, auch nicht als Botin, ich müßte ja wirklich dumm sein, wenn ich das täte.«

XXIII

MIT EINER ZWILLE schoß ich Kugeln aus Brotkrumen auf das Werkstattdach, um die Zugvögel zum Picken anzulocken. Ich betrachtete die *Ilias* und die *Äneis* am Fußende meines Bettes. Ich berührte das dick angeschwollene Spezialheft unter der Matratze. Doch diese Riten gehörten längst der Vergangenheit an.

Meine Gegenwart bestand aus leeren Stunden und Tagen wie die der alten Frauen, die auf der Bank saßen, damit die Zeit verging. Ich belauerte die Jungen, die in der Betura-Bar *Tscha tscha tscha* tanzten. Abends sah ich von den Höfen aus in den Häusern die Fernseher eingeschaltet und die Familien um den Tisch beim Abendessen sitzen. Ich belauerte Lampo, der auf dem Sofa saß. Er hielt Marias Kopf auf dem Schoß. Am anderen Ende massierte Pepa ihr die Füße. Marias Bauch war kurz vorm Platzen. Ein neuer Sironi war im Kommen, der mich noch etwas mehr zur Fremden machen würde. Lampo ringelte sich eine von Marias Haarsträhnen um die Finger und lächelte jedesmal, wenn ihre Blicke sich trafen.

Ich haßte Maria, das war mehr als sicher. Warum kränkte es mich dann, war ich eifersüchtig? Was ist denn das für eine Geschichte, dachte ich. Das war ja nicht zu glauben. Eifersüchtig zu sein auf jemanden, den man nicht mag!

Ich bummelte an der Incoronata herum, durchsuchte alles, was auf dem Boden lag, fand eine Münze, eine Marke, ein zerrissenes Armband und verstaute diese Kostbarkeiten in einem Taschentuch, das ich an einer Schnur auf der bloßen Haut um die Taille trug. Auf dieses Stück Gras ist Glauco getreten, dachte ich, hier war die Autoskooterbahn. Seine Ausrufe *aòh, mbè, 'sti, mo'* hallten immer noch über den Kirchplatz. Es war ein weiterer Knoten, mit dem ich nicht fertigwurde, ein unentwirrbarer Knoten für mich, wie die Eifersucht auf Maria: Wenn dies Liebe war, konnte es denn sein, daß ich mich ausgerechnet in den Feind verliebt hatte?

Und nachdem fünf Samstage vergangen waren, seit ich den Teukrern meine Herausforderung entgegengeschleudert hatte, erschienen meine Gedichte in der Beilage des »Cittadino« aus Lodi *Von der Jugend für die Jugend*. Jedesmal hatte ich die Zeitung gekauft und sie unter der Eiche durchgeblättert. Und dort saß ich auch, als ich meine Gedichte in einer Spalte untereinander gedruckt sah. Ich sprang auf. Sie waren alle abgedruckt, nahmen viel Platz ein, ein Drittel der Seite, und mein Name war fettgedruckt: **Vera Sironi, eine junge Dichterin aus unserer Diözese**. Und das komische war, sie kamen mir gar nicht wie meine Gedichte vor. Nicht nur wegen des Namens. Ich war es gewöhnt, sie mit der Feder geschrieben zu lesen. In der Zeitung dagegen standen sie mit den gleichen Buchstaben gedruckt wie die *Ilias* und die *Äneis*. Heiliger Gott, meine Gedichte, gedruckt wie die von Omero und Vergil! *Stell dir vor!* Verflixt, woher kam plötzlich Dorianas Stimme? Zu meiner Überraschung mußte ich feststellen, daß sie in mir war, in irgendeinem Winkel meines Hirns. Was konnte das anderes bedeuten, als daß ich Angst hatte, sie würden mir nicht glauben? Mir war, als hörte ich sie: »Stell dir vor, Giovanna, die Verrückte, schreibt Gedichte.«

Ich hatte eher das Gefühl, etwas verloren statt gewonnen zu haben. Aber was ich denn hätte gewinnen können und was ich verloren hatte, hätte ich nicht zu sagen gewußt.

Mit dem »Cittadino« aus Lodi unter dem Arm betrat ich Manzonis Laden. Doriana und die Torelli lehnten am Ladentisch. »Hoffentlich wird es in diesem Jahr nicht wieder so kalt wie letztes Jahr. Da hat es ja im November schon geschneit.«

»He, guten Tag.«

»Tag, Giovanna!« antwortet Signor Manzoni. »Na, was ist denn aus der Sache mit dem Waschpulver geworden? Weißt du jetzt, was anständig ist?«

Doriana und die Torelli wechseln einen Blick, der besagen soll: Was hat es denn mit dem ›anständig‹ auf sich? Das wollen wir doch mal herausbekommen. Denn die beiden müssen immer wissen, was los ist.

Doch ich habe diesmal die Zeitung unterm Arm, und ich habe das Gefühl, daß ich mir von jetzt an nichts mehr gefallen lassen werde.

»Klar weiß ich jetzt, was anständig ist«, sage ich. Und lässig, als hielte ich sie nicht deutlich sichtbar unterm Arm, frage ich Signor Manzoni: »Haben Sie schon in die Zeitung geschaut?«

»In die Zeitung?« fragt die Torelli in einem Ton, als wollte sie sagen: Na, erlaube mal! Denkst du, wir sind solche Tagediebe wie du?

Und in der Tat sagt sie: »In eine Zeitung, meine Hübsche, habe ich in meinem ganzen Leben noch nicht geschaut und werde es auch niemals tun.«

»Entschuldige mal«, sagt Doriana lauernd, »was interessiert dich denn die Zeitung? Das ist doch die Zeitung der Priester. Warum liest du die, wenn du nicht in die Kirche gehst?«

»Mag sein, daß es die Zeitung der Priester ist«, sage ich, »aber diesmal hat sie einen Volltreffer gelandet.«

»Einen Volltreffer?! Wovon redest du?! Was für einen Volltreffer denn?« fragt Doriana wieder.

Doch ich gab ihr keine Antwort. Ich ließ sie im Laden stehen, und sie reckte den Hals, um aus einer

Überschrift oder einem Foto die Neuigkeit zu entnehmen, die ich ihr nicht verraten wollte.

Ich ging in die Betura-Bar. Die üblichen Leute. Ich trat an die Jukebox, steckte hundert Lire in den Schlitz und drückte *Dio è morto*. Ich blieb nicht da, um mir das Lied anzuhören, obwohl ich es gern getan hätte. Aber ich hatte es für die anderen aufgelegt. Man muß großzügig sein, wenn man gewinnt.

»Bist du nicht auch einverstanden, Don Bruno?« fragte ich ihn und schlug triumphierend auf dem Tisch in der Sakristei die Zeitung auf. Doch er sah mich mit lammfrommen Augen an, so daß ich eine Gänsehaut bekam.

»Was ist, Don Bruno«, sage ich, »freust du dich nicht? Es war doch dein Vorschlag, daß ich meine Gedichte an den ›Cittadino‹ nach Lodi schicken sollte.«

»Komm her, Giovanna, ich muß dir etwas sagen.«

O nein! Diesen Vorspruch habe ich schon einmal gehört. Schon einmal hat jemand zu mir gesagt: Komm her, ich muß dir etwas sagen, und es wäre besser gewesen, ich hätte Reißaus genommen.

Ich setze mich neben ihn.

»Ich werde Missionar«, sagt Don Bruno, »ich gehe nach Brasilien.«

Mein Kinn fing an zu zittern, und ich mußte das Gesicht zur Seite drehen. Es war, als hätte man mich kopfüber in den Magdalenengraben gesteckt und hielte mich gewaltsam fest.

»Brasilien ist voller unglücklicher Kinder, die alles brauchen, weißt du, sie haben nichts, nichts anzuziehen, nichts zu essen. Sie sind sich selbst überlassen, die armen Kleinen.«

Unglücklich? Die armen Kleinen? Ja, und ich?! hätte ich am liebsten geschrien, du brauchst doch nicht nach Brasilien zu gehen, Don Bruno, dein Brasilien ist hier, hast du das etwa noch nicht gemerkt? Aber ich konnte nicht sprechen, ich hatte, wie gesagt, den Kopf unter Wasser.

Kaum legte er mir eine Hand in den Nacken, um mich zu trösten, fuhr ich herum wie eine Schlange und versetzte ihm einen gehörigen Stoß. Aber Don Bruno war ein Schrank, er wich nicht um einen Millimeter, von wegen. Da hängte ich mich an den Kragen seiner Kutte und fing an, mich zu schütteln und zu grunzen wie ein verwundetes Wildschwein, doch er reagierte nicht, tat nichts, um mich zum Aufhören zu bewegen, ich hätte auch sowieso nicht aufgehört, lieber wäre ich krepiert, als mich rühren zu lassen von den Tränen, die ihm in die Augen stiegen und dann still die Wangen herunterliefen.

XXIV

ICH VERBRACHTE DIE Tage unter der Treppe, stopfte mich mit Rossanas voll und ging nur nachts raus, immer auf der Hut, nicht plötzlich vor Maria zu stehen, denn inzwischen löste schon ein Gegenstand, der mit mir in Zusammenhang gebracht werden konnte, einen Nervenzusammenbruch bei ihr aus, der Doktor Gandolfi herbeieilen ließ.

Ich schlief in den Feldern oder, wenn es zu kalt war, in der Werkstatt. Erst von Holz, dann von Maschinen leergeräumt, war sie zur Garage geworden. Auch Omero stellte dort sein Auto unter, eine Giulietta wie die von Signor Marzatico. Dich hatten sie in der Wäscherei zum Abteilungsleiter gemacht, und im neuen Jahr, hatte ich gehört, wolltest du einen 1100er auf Raten kaufen. Marias Bauch hatte eine Spitze bekommen, den Frauen aus der Nachbarschaft zufolge würde sie dir endlich einen Francesco schenken.

Der Novembernebel zog durch das kleine Fenster bis unter die Treppe und legte sich wie Watte zwischen mich und die Dinge. Auf der Straße sah man keine fünf Schritt weit. Ich genoß die Welt für mich allein. Überall lief ich mit weit geöffnetem Mund herum, um den Dunst in mich hineinzuschlingen. Hunger hatte ich nie, aber ich mußte ständig etwas in den Mund stecken und hatte angefangen, Nägel zu kauen.

Aus dem Verschwommenen tauchte plötzlich ein Fenster auf. Im erleuchteten Rechteck verfolgte eine Familie, die Nasen in die Luft gereckt, *Settevoci* und *Der Graf von Montechristo*. Wenn ich mich am Nebel sattgegessen hatte, suchte ich in der Betura-Bar Zuflucht. Immer war irgendein Trunkenbold da, der wetten wollte, ich wüßte alle Liedertexte.

»Sing mal *Nessuno mi può giudicare*.«

»Den Text kennt sie doch todsicher, du Blödmann, der ist ja leicht. Frag sie einen schwereren.«

»Na dann *Che colpa abbiamo noi*.«

»Nein, du Idiot, einen noch schwierigeren.«

»Welchen denn?«

»Gut, ich sing euch was Richtiges, nicht unsere Oratoriumssänger. Ich sing euch *Michelle*.«

Und wenn ich gut sang, mußten sie mir geben, was ich verlangte. Drei-, vierhundert Lire, ein Brötchen, ein Päckchen Kaugummi. Einen Sprudel. Wie kannst du bei dieser Kälte Sprudel trinken? fragten sie. Und du, wieso hast du immer noch nicht leben gelernt, bei all den Liedern, die du dir anhörst? antwortete ich. Ich kannte jedes Lied aus der Jukebox auswendig, auch die englischen, obwohl ich den Sinn nicht verstand. Man braucht ja nicht zu verstehen, um auswendig zu lernen, hatte Professor Riboni immer gesagt. Die meistgespielten waren *La pelle nera* und *Il ragazzo della via Gluck*. Aber lieber sang ich die der Beatles, der Stones, die von Vanilla Fudge oder von Luigi Tenco. Bei ihm spürte man, daß er ein anderer Typ war, mit dem Rollkragenpulli unter der dunklen Jacke, nicht zuckersüß und immer nur lächelnd wie die andern, die um jeden Preis gefallen wollten. Er sang auch, wenn niemand ihn auflegte.

Die Liebeslieder machten mich melancholisch.

Ich mußte immer an Glauco denken und hatte weiche Knie. Jetzt wußte auch ich, warum die Mädchen in den höchsten Tönen kreischten, wenn sie mit Jungen redeten. Die Liebe war etwas Wunderbares. Graziella würde nur das Nötigste erklären. Schließlich konnte ich ja nicht Omero danach fragen. Auch wenn wir weiter Nachbarn waren, die Zeit mit Graffiato, mit dem Versteck und mit den Elahs war lange vorbei.

Wenige Tage später gab es nicht ein, nein zwei Wunder. Ich war wieder in die Kirche gegangen, und beim Lesen der Messe drehte der Pfarrer uns nicht mehr den Rücken zu. Er zelebrierte zu uns gewandt, sprach Italienisch mit langen Pausen, als erwarte er eine Antwort. Und als der Moment zur Verlesung des Tagesevangeliums kam, winkte er mir, ich solle an den Altar treten und es lesen.

Ich?! An den Altar?!

Ich gebe zu, mir blieb vor Überraschung der Mund offenstehen, aber ich tat, als wenn nichts wäre, und sagte nein. Nein, er würde mich nicht für dreißig Silberlinge kaufen. Sollte doch eine andere gehen. Doch nach der Messe kam der Pfarrer zu mir, umarmte mich vor allen Leuten und sagte: »Das sind die neuen Anordnungen des II. Vatikanischen Konzils, die Reform der Liturgie. Unsere Giovanna ist gesegnet.«

War ich das gewesen? War es mein Verdienst? Auf einmal sah es so aus, als hätte ich den Papst und die Bischöfe, die in der heiligen Basilika in Rom versammelt waren, inspiriert. Wie zum Teufel hatte ich das geschafft? Ohne es überhaupt zu wissen?

Zu Hause sollte ein noch größeres Wunder geschehen. Maria hatte Pudding gekocht. Und es gab auch ein Schälchen für mich.

»Die Welt muß auf den Kopf gestellt worden sein, wenn der Papst dir recht gegeben hat«, sagte sie zu mir, während sie argwöhnisch meine Bewegungen beobachtete.

»Warten wir's ab«, sagte Pepa, »es soll schon vorgekommen sein, daß der Papst geglaubt hat, Gott spricht mit ihm, und dabei war's der Teufel!«

Aber ich war so froh und hörte gar nicht hin. Es war das erste Mal, daß sie mich mit am Tisch sitzen ließen. Und noch dazu beim Pudding! Aber seltsam, kaum hatte ich einen Löffel im Mund, mußte ich mich übergeben. So plötzlich, daß ich es nicht zurückhalten konnte. Ich lief sofort hin und holte den Schwamm, um den Tisch abzuwischen. Aber nun war es passiert. »Siehst du«, sagte Pepa, »streichle einen tollen Hund, und schon beißt er dich.« Ich war so niedergeschmettert, daß ich nicht einmal weinen mußte. Wie kann Gott so grausam sein? Warum tut er die Wunder erst dann, wenn man nicht einmal mehr einen Funken Glück vertragen kann?

Die Anzeige stand seit Wochen im »Cittadino«. Sie lautete: *Großer Verlag sucht erfahrene Korrektorin*. Es folgten Adresse und Telefon in Mailand. Alles an dieser Anzeige gefiel mir. Vor allem *Mailand* erschien mir voller Versprechungen. In Mailand war meine Mutter. Wenn ich dort arbeiten würde, könnte ich die Suche wieder aufnehmen. Mehr als einmal hatte ich schon daran gedacht, zu antworten und mich zu bewerben. Jedesmal hatte ich das Blatt zusammengeknüllt und in den Müll geworfen. Doch mit dem Lesen und Wiederlesen der Anzeige und dem Schreiben und Zerknüllen der Antwort wurde die Distanz zwischen mir und dem Verlag rasch immer geringer.

Und als ich schließlich vor dem Briefkasten stand und den Umschlag hineinrutschen ließ, schien es mir fast normal. Eine Woche hatte ich gebraucht, um eine zufriedenstellende Bewerbung zu Papier zu bringen. Kein Gedicht hatte mich so viel Zeit gekostet. Ich hatte noch nie auf eine Annonce geantwortet und wußte nicht, womit ich anfangen, was ich schreiben sollte und in welcher Form. Ich war nicht so erfahren wie Graziella, die ein Diplom als Bürosekretärin gemacht hatte und bei dem Geometer Grossi als Praktikantin arbeitete. Abgesehen von dem, was ich in der Mittelschule gelernt hatte, kannte ich nur die *Ilias*, die *Odyssee* und die *Äneis*. Vielleicht reichte das für einen Korrektor. In erster Linie wollte ich dir beweisen, daß ich imstande war, eine Arbeit zu behalten. Ich würde dazu imstande sein, vorausgesetzt, es war die richtige Arbeit für mich, nicht so eine wie in der Schneiderei Grioni.

Ich begann, auf den Briefträger zu warten, und kaute an meinen Nägeln. Da ich nicht wußte, wie ich anfangen sollte, hatte ich schließlich in dem Brief viel über mich geschrieben. Zu viel. Ich hatte mich zu Vertraulichkeiten hinreißen lassen, als wären der Verlag und ich befreundet. Deshalb kaute ich Nägel und warf mir dauernd meine eigene Blödheit vor. Was interessierte es den Verlag, ob mir Tenco gefiel und wie viele Gesänge der *Ilias* und der *Äneis* ich auswendig kannte? Und der ganze Unsinn über das Land und den Nebel. Fast hätte ich auch noch von Belinda und Graffiato geschrieben. Idiotin, nichts kannst du, du bist wirklich ein Niemand, sagte ich mir. Doch jeden Tag lauerte ich auf den Briefträger. Ich hatte große Angst, daß Maria oder Pepa einen an mich gerichteten Brief verschwinden lassen würden, wenn sie ihn fänden.

Ich glaube, ich wäre direkt dazu übergegangen, mir auch die Fingerkuppen abzukauen, denn mit den Nägeln war ich am Ende, hätte nicht nach vierzehn Tagen der Briefträger mir persönlich einen langen, rechteckigen gelben Umschlag ausgehändigt.

Gentile Signorina begann der Brief. *Ich*, ein sehr geehrtes Fräulein? Und weiter ging es mit dem Satz, meine Antwort habe ihn sehr beeindruckt, sie sei anders gewesen als die üblichen, vielleicht sei ich die Richtige für ihn, und er lud mich ein, für eine Probezeit hinzukommen. Eilig las ich die Unterschrift. Sig. C. De Sanctis, Direktor. Der Direktor höchstpersönlich hatte sich die Mühe gemacht, mir zu schreiben! Nicht zu glauben.

Verflixt, seit Glauco ins Dorf gekommen war und ich mich unter den Schutz von Pallas Athene gestellt hatte, passierten schöne Sachen! Erst die Veröffentlichung der Gedichte und jetzt die Antwort des Direktors.

Kaum hörte ich dich den Wagen in die Werkstatt fahren, bin ich dir deshalb mit der Seite aus dem »Cittadino« in der Rechten und dem Brief des Direktors in der Linken entgegengelaufen. Als du aus deinem neuen 1100er ausstiegst, stand ich ungeduldig vor dir. Mechanisch hast du genommen, was ich dir hinhielt. Du warst von der neuen Situation wie vor den Kopf gestoßen.

»Was ist das?« hast du gefragt und dabei nervös das Papier zerknittert.

»Eine Arbeit«, habe ich gesagt, »eine wichtige Arbeit.« Meine Stimme zitterte. Ich mußte mich sehr anstrengen, um ruhig mit dir zu reden.

Es gab eine kurze Pause, in der du rasch alles überflogen hast.

»Wir haben kein Geld für den Bus.«

»Ich hab welches, ich hab was gespart. Es ist eine Arbeit, die mir gefällt, genau das Richtige für mich.«

Ich hatte nicht den Mut, noch mehr zu sagen. Zum Beispiel: Laß es mich machen, laß es mich versuchen. *Hmm,* hast du gesagt, und das war alles.

Du bist aufs Haus zugegangen, und ich sah dir durch das Kabuff nach, bis zuletzt mit der Befürchtung, daß irgend etwas passieren könnte und du dich umdrehen würdest, um nein zu sagen. Dann hätte ich den Kampf aufnehmen müssen. Und als du verschwunden warst, wartete ich noch eine Weile, um böse Überraschungen zu vermeiden, doch schließlich konnte ich nicht mehr und bin vor Freude explodiert. Ich ließ mich auf die Erde fallen und zappelte und trampelte mit den Füßen im Staub, dann nahm ich die Hände voll und warf ihn in die Luft, als wäre es Sägemehl, und es war mir egal, daß er mir in den Augen brannte und ich ihn in den Hals bekam und husten mußte, denn ich fühlte mich wieder wie in alten Zeiten, wenn ich mich mit Graffiato in den Hobelspänen gewälzt und er mich knurrend an der Schleife gepackt hatte, aber nur zum Spiel, erstaunt, daß auch ich mich wie ein Hund aufführte.

Um pünktlich zur Öffnungszeit um acht Uhr dreißig im Verlag zu sein, würde ich den Bus um halb sechs nehmen müssen.

Den Sonnabend und den Sonntag verbrachte ich damit, meinen Luxusstaat – den Rock, den ich bei dem Besuch beim Erzbischof angehabt hatte, und das Flanellhemd – zu waschen, zu bügeln und auszubessern und die Schuhe zu putzen. Bei den Löchern in der Sohle war nichts zu machen, ich mußte nur daran denken, die Füße immer auf dem Boden zu lassen, niemand würde sie sehen, und von dem ersten verdienten Geld würde ich mir ein Paar neue kaufen. Montag morgen um vier war ich schon ganz und gar fertig. Ich hatte sogar noch einmal Didos Gesang überflogen, meinen Lieblingsgesang, und den über die Schlacht am Fluß aus der *Ilias*, man konnte ja nicht wissen, ob sie mich danach fragen würden.

Als ich losging, sah ich dich am Eßzimmerfenster stehen. Ich hätte dir gern zugewinkt, aber dein Blick war wie immer streng und undurchdringlich, und mir schwand der Mut.

Vor lauter Angst, nicht pünktlich zu sein, rutschte ich auf dem Sitz im Bus nervös hin und her, als könnte ich dadurch sein Tempo beschleunigen. An der Straßenbahnhaltestelle las ich, aus lauter Furcht, falsch zu fahren, ein dutzendmal das Schild, auf dem die Fahrtrichtung stand. Ich fragte sogar noch verschiedene Leute.

An der Straße gab es keinen Hinweis, und als ich die Portiersfrau nach dem Verlag fragte, sah sie mich begriffsstutzig an. »Die Druckerei, meinst du«, sie musterte mich von oben bis unten. »Über den Hof, ganz hinten, die kleine Gittertür.«

Ich ging über den ganzen Hof. Man hörte Maschinenlärm, es war eine Werkstatt ungefähr wie unsere, nur daß hier keine Baumstämme zersägt, sondern auf dem Papier, zu dem die Bäume geworden waren, Buchstaben zusammengesetzt wurden. Ich fühlte mich wohl, durch und durch wohl. Der Papiergeruch war sogar noch schöner als der Sägemehlgeruch.

Das Büro war im ersten Stock, wie mir der Junge, der mit einem Gummiband um die Hemdsärmel und einem Bleistift hinterm Ohr auf der Schwelle erschien, gesagt hatte. Und da war er endlich, Signor De Sanctis: ein unwahrscheinlicher Fettwanst mit tiefsitzendem Seitenscheitel und sorgfältig über die Platte gekämmten pomadisierten Strähnen, der, mehr gestikulierend als redend, händereibend und auf einem von der Spucke schon ganz braunen Zahnstocher kauend, zwischen den Paketen hin und her lief.

»Schön, schön, du bist also die Vera Sironi. Sag mal, bist du wirklich schon sechzehn? Wissen deine Eltern, daß du bei mir auf Probe angestellt wirst? Sind sie damit einverstanden?«

Alles sehr berechtigte Fragen, die ich bedenkenlos mit ja beantworten konnte, weil es die Wahrheit war.

Auch Signor De Sanctis mußte das bemerkt haben, denn er stellte keine weiteren Fragen mehr. Es war nicht nötig. Er hatte verstanden, daß ich ihm auf jede beliebige Frage die Wahrheit sagen würde.

Es gab noch ein anderes Mädchen im Verlag. Groß, gleichmäßig schulterlang geschnittenes schwarzes Haar und einen Pony wie Kleopatra. Sie trug mehrere Armbänder, die an ihren Handgelenken klimperten. Sie bewegte sie viel und arbeitete in dem anderen Raum, dem Privatbüro von Signor De Sanctis, denn sie war seine Sekretärin. Oft hörte ich die beiden hinter der Milchglastür lachen. Ich freute mich darüber, denn ich wußte, daß gute Literatur fröhlich machen kann, auch wenn sie aus traurigen und tragischen Geschichten besteht.

Und wenn ich auf dem Hof altbackenes Brot mit Schinkenspeck aß und Signor De Sanctis mich zwickte, mich in das Milchgeschäft an der Ecke schickte, damit ich mir ein richtiges Brötchen kaufte, und dazu sagte: »Betrachte es als einen Vorschuß auf deinen Lohn. Meine Angestellten sollen sich gut ernähren, damit sie was leisten«, dann dachte ich, dieser Mann ist ein Engel, und ich wollte das Höchste aus mir herausholen, um ihm Freude zu machen.

Arbeit gab es reichlich, es ging immer im Galopp. Es schien, als täten die Leute nichts anderes, als von morgens bis abends Gedichte und Romane zu schreiben. Kleopatra hatte alle Hände voll zu tun, die Vordrucke mit den Druckkostenvoranschlägen einzutüten, nachdem Signor De Sanctis den persönlichen Brief unterschrieben hatte. Allerdings war auch der persönliche Brief ein Vordruck.

So brauchte ich nicht lange, bis ich begriff, daß Signor De Sanctis und seine Sekretärin Kleopatra sich nicht die Bohne um die Literatur scherten. Sie lasen so gut wie nichts von dem, was die Leute ihnen schickten. In Betracht gezogen wurde nur, wer bereit war zu zahlen. Doch auch dann lasen sie nichts. Sie beschränkten sich darauf, den großen Umschlag zu dem Jungen in die Druckerei hinunterzubringen, der ihnen dann die Fahnen zurückbrachte. Und hier trat die Korrektorin in Aktion, also ich. Was scherte es mich, daß Signor De Sanctis und Kleopatra nur am Geld interessiert waren und nicht an der Literatur? Ich kümmerte mich lieber um meine Arbeit. War ich denn nicht dafür angestellt?

Und tatsächlich arbeitete ich emsig. Es machte mir Spaß, obwohl mir bei manchen Gedichten die Haare zu Berge standen. Ich las: »Wie ein Schaffell so rein / ist mein Herzelein« oder: »Auf deinem Antlitz erblühen / melancholische Magnolien / Der Abend sinkt hernieder / in verborgenem Weh«. Was zum Teufel sollte das heißen? Ich las die Begleitbriefe, und es preßte mir das Herz zusammen. Diese Leute – Frauen, Männer, Kinder – vergeudeten Lebenszeit in ihrem Bemühen, die richtige Form für den Ausdruck eines Gefühls zu finden. Viele dieser Menschen waren arm und allein, wie ich. Und wie mir hörte auch ihnen niemand zu. Es ist ungerecht, dachte ich, daß auf die, die keine Dichter sind, die gleichen Leiden warten, wie die echten Dichter sie erdulden.

Mittags stand mir eine Stunde Pause zu, aber ich nahm nur eine halbe, um schnell etwas hinunterzuschlingen. Abends in der Straßenbahn auf dem Weg zum Busbahnhof fielen mir vor Müdigkeit die Augen zu. Ich fuhr um achtzehn Uhr dreißig aus Mailand ab, war aber nicht vor einundzwanzig Uhr zu Hause. Der Bus war voll. Dösende Arbeiter, immer mit brennender Zigarette. Keiner redete. Keiner hatte Lust dazu. Ich betrachtete die Nebelbänke, die uns entgegenkamen. Es war, als ob man vom weißen Schlund eines riesigen Fisches verschlungen würde. Zu Hause warf ich mich angezogen aufs Bett. Von lauter Poesie umgeben, las ich nicht mehr. Das war das einzige, was ich bedauerte. Ansonsten war ich stolz auf mich, weil ich – hundert zu eins – am Ende der Woche mit der festen Anstellung in der Tasche nach Hause kommen würde.

Am Donnerstag sagte Signor De Sanctis zu mir: »Hör mal, Nadia kommt heute nicht, sie hat Grippe, du mußt sie vertreten. In der Pause kommst du zu mir in mein Zimmer.«

Nadia war Kleopatra.

»Ich bin zufrieden mit dir, Vera«, sagte Signor De Sanctis in der Pause, »komm mal rein. Du bist ein tüchtiges Mädchen, wirklich tüchtig, das hab ich ja auch gleich an dem Brief erkannt, den du geschrieben hast, ernsthaft und intelligent. Und ich habe gesehen, daß du mit den Korrekturen gut klarkommst. Die Arbeit gefällt dir, was?! Na schön. Setz dich mal her«, und er deutete auf eine Schreibtischecke voller Papiere.

Na so was! Es schien mir wirklich nicht angebracht, mich auf den Schreibtisch zu setzen. Komplimente, gut und schön, aber sich geradewegs auf den Schreibtisch zu setzen, das ging mir denn doch zu weit. So blieb ich stehen, wo ich war.

»Nur zu«, sagte Signor De Sanctis, mit der Hand auf die Tischfläche klopfend, »hierher! Hast du etwa Angst?! Erzähl mir nicht, daß so ein prima Mädchen wie du Angst hat. Ich freß dich doch nicht.«

Da er darauf bestand und ich vor Sympathie und Dankbarkeit überströmte, stellte ich ihn zufrieden und hievte mich auf den Schreibtisch.

Womit Signor De Sanctis dann sofort anfing, traue ich mich nicht, dir zu sagen. Es gehört nicht viel dazu, es sich vorzustellen. Nur war ich nicht vorher darauf gekommen. Und selbst wenn, es hätte, glaube ich, auch nichts genützt.

Allerdings würde ich lügen, wenn ich behaupten wollte, er hätte mir weh getan. Zumindest nicht körperlich. Innerlich ja, da hat er mir ebenso weh getan wie du mit deinen Schlägen. Ich konnte nichts anderes tun, als abzuwarten und zu hoffen, daß es möglichst bald vorbei sein würde. Er war fett und weich:

er brauchte nicht lange. Sobald er mich losließ, bin ich ins Bad gerannt. Ich hab mich überall mit Wasser abgespült. Doch eins wußte ich, und das zu wissen, schreckte und elektrisierte mich gleichzeitig: Ich würde nicht weggehen. Ich würde diese Stelle um keinen Preis aufgeben. Ich würde es nicht ertragen, wieder nach Hause zu kommen und dir zu sagen, ich hätte auch diese Stelle verloren, eine Stelle, die mir gefiel und *die wie geschaffen war für mich.*

Am nächsten Tag in der Pause ging Signor De Sanctis' Tür auf, und er erschien auf der Schwelle und winkte mich zu sich. Und ich bin hingegangen und habe versucht, das unangenehme Bild der Kußgöttin am oberen Ende der Via Lavalle an jenem fernen Sommertag aus meinem Kopf zu verscheuchen.

Abends zu Hause stieg ich in die Badewanne und drehte die Wasserhähne auf, obwohl das Wasser kalt war. Eine ganze Weile seifte ich mich mit Kernseife zwischen den Beinen ab. Obwohl ich es gern verhindert hätte, nahm die Natur, wenn auch mit Verspätung, ihren Lauf: Ich bekam einen Flaum.

Vor dem Einschlafen betete ich nicht mehr zu Mama Luigina, wie ich es sonst in Notfällen getan hatte, sondern zu meiner Phantasiemama. Ich war der Meinung, von diesen Dingen verstünde sie mehr.

Vielleicht hatte Don Bruno recht. Das Gebet wirkte. Denn am Samstag kam Nadia Kleopatra wieder zur Arbeit. Heiliger Gott, sei gesegnet! Obwohl ich sie nicht anzusehen wagte, weil ich fürchtete, sie könne merken, was passiert war, lebte ich wieder auf. Ja klar, meine Aufgabe war, dafür zu sorgen, daß sie nicht wieder krank wurde. Sie war schwach auf der Brust? Gut, ich würde darauf achten, daß die Türen immer zu waren und es nicht zog. Und außerdem würde ich so viel Erfahrung sammeln, daß ich einen Großteil ihrer Arbeit übernehmen könnte, damit sie sich nicht überanstrengte.

Ich hatte gerade meine Tüte geöffnet, als ich Nadia Kleopatra im Mantel an mir vorbeigehen sah. Und die Tür hatte sich noch nicht hinter ihr geschlossen, da winkte mich Signor De Sanctis schon in sein Büro.

Doch Nadia Kleopatra hatte ihren Schirm vergessen. So mußte sie zurückkommen. Am überraschendsten war das Verhalten von Signor De Sanctis. Er ließ sofort von mir ab und lief zu ihr.

Ich hörte nicht, was sie miteinander redeten, denn Signor De Sanctis hatte die Tür geschlossen. Ich hörte seine Stimme. Nur er redete. Er befahl, jammerte, flehte. Seine Gestalt zeichnete sich hinter den Mattglasscheiben ab.

Dann kam Nadia Kleopatra mit roten Augen heraus.

»Viper!« zischte sie mich an, bevor sie sich im Bad einschloß.

Viper. Als wäre das, was passiert war, meine Schuld. Womöglich glaubte Nadia Kleopatra, ich wollte ihr die Stelle wegnehmen.

Signor De Sanctis kam zu mir. In der Hand hatte er ein Bündel Geldscheine und zählte sie.

»Wie viele Tage hast du gearbeitet?« fragte er mich.

Schon als ich ihn kommen sah, wurden mir die Knie weich. Ich dachte, ich würde ohnmächtig. Mir dröhnten die Ohren. Mir platzten die Schläfen.

»Also?« fragte er.

»O Gott, Signor De Sanctis, ich bitte Sie, schicken Sie mich nicht weg, ich bitte Sie, ich bitte Sie«, flehte ich ihn an.

Doch Signor De Sanctis hatte schon meine Tasche genommen und steckte zwei Fünftausend-Lire-Scheine hinein. Er ließ den Verschluß zuschnappen, hängte sie mir über die Schulter und schob mich zum Ausgang. Er nahm meinen Mantel von der Garderobe am Eingang und warf ihn mir über.

»Ich bitte Sie, ich bitte Sie, schicken Sie mich nicht weg, ich tue alles, was Sie wollen.«

»Das weiß ich«, sagte er lächelnd und machte mir die Tür vor der Nase zu.

Ich hätte mich mit der Schulter dagegen geworfen und sie aufgebrochen, wenn ich dadurch meine Wiedereinstellung erreicht hätte. Die Portiersfrau kam mit einem Besen in der Hand in den Hof. Unter dem Vorwand, das trockene Laub zusammenzufegen, behielt sie mich ständig im Auge.

Auf der Straße ließ ich mich treiben und folgte den Straßenbahnschienen nur, weil sie mir vertraut waren. Irgendwann stand ich vor einem Gebäude, das ich sofort wiedererkannte: das Kinderheim! Ich lehnte mich an eine Hauswand und betrachtete es eine ganze Weile.

Hinter der Glastür zündete sich der Portier eine Zigarette an. Es war derselbe Mann mit dem Schnurrbart, der mich vor Jahren empfangen hatte, als ich gekommen war, um meine Mutter zu suchen. Er rauchte immer noch und beobachtete den Verkehr. Er wirkte heiter: ein Mensch ohne Probleme. Auch die Leute in der Straßenbahn oder in den Autos wirkten heiter. Alle hatten eine Wohnung, Zuneigung, eine Arbeit und hielten sie gut fest. Nur ich war außerstande, irgend etwas festzuhalten. Ich war ein Niemandskind, und alles, was ich berührte, löste sich auf, ging in die Brüche und zerfiel. So grübelte ich vor mich hin, obwohl ich wußte, daß es falsch war. Völlig falsch. Sich selber zu erniedrigen, meine ich. Das Messer in der Wunde herumzudrehen. Das habe ich von dir gelernt, wie gesagt, du bist ein guter Lehrmeister gewesen.

XXV

»ICH SCHWÖRE IHNEN, Signor Maresciallo, genau so ist es gewesen«, sagte Doriana. »Giovanna lag im Hauseingang, es war noch nicht dunkel, sag ich Ihnen, deshalb konnte ich sie gut erkennen. Sie lag auf dem Boden und röchelte. Sie schien mehr jenseits als diesseits. Herrgott im Himmel! Natürlich wollte ich ihr helfen, jemanden holen, ich bin ja ihre Nachbarin, ich hab sie aufwachsen sehen. Ich hab sie gern.

Ich sage Ihnen, ich hab mich sogar runtergebeugt und die Hand ausgestreckt. Ich wollte sie hochziehen. Aber kaum hatte ich sie berührt, stieß sie einen Schrei aus … o Signor, ich kann es nicht nachmachen … einen entsetzlichen Schrei, wie ein Tier, ein Dämon, eine verdammte Seele, ich weiß nicht, ich hab mich zu Tode erschrocken und bin weggelaufen. Aber seitdem bekreuzige ich mich andauernd, und nachts sehe ich nach, ob mein Omero auch in seinem Bett liegt. Ich kann nur noch weinen und Gott anflehen, mir meine Sünden zu vergeben.«

Der Maresciallo legte das Protokoll auf den Schreibtisch, verschränkte die Arme und lehnte sich im Sessel zurück.

»Juristisch ist die Sache ausgeschlossen«, sagte er mühsam. »Es gibt eine klare Verantwortlichkeit, und das Mädchen ist minderjährig. Gesetz ist Gesetz.«

Du hast nicht reagiert. Wir waren in der Kaserne der Carabinieri. Ich saß nicht weit weg von dir, aber du hast getan, als wäre ich nicht da. Unter deinem Mantelkragen guckte ein Zipfel der Schlinge heraus, die deinen Arm hielt. Ich weiß, du wirst es mir nicht glauben, aber ich hätte deine Schmerzen gern auf mich genommen. Noch nie hatte ich dich krank oder leidend gesehen, und es war mir unerträglich.

Tatsache ist, daß ich es geschafft hatte, dich in dem Moment, als du nach dem Schüreisen gegriffen hast, mit letzter Kraft gerade noch so weit wegzustoßen, daß ich dem tödlichen Schlag ausweichen konnte. Du bist gegen die Wand gestürzt, und durch den Rückprall hat dir das Eisen das Handgelenk gebrochen. Wie der Maresciallo, ein Freund von dir, sagte, hat meine Reaktion dich daran gehindert, uns für immer zugrunde zu richten.

»Rekapitulieren wir«, sagte der Maresciallo, »Giovanna verzichtet auf die Anzeige, wenn du sie gehen läßt. Da es so weit mit euch gekommen ist, scheint es mir ein vergebliches Unterfangen, euch zur Vernunft bringen zu wollen. Ich helfe euch als Freund, aber all dies ist illegal. Welche Garantien gebt ihr euch?«

»Außer meiner Unterschrift gebe ich mein Wort«, sagtest du.

Der Maresciallo griff nervös nach dem Protokoll, das vor ihm lag. »Deine Unterschrift, dein Wort. Du bist außer dir. Was immer ihr passiert, sie werden hierher in die Kaserne kommen und mich fragen, wie ich so etwas zulassen konnte. Giovanna ist minderjährig und wird noch fünf Jahre lang minderjährig sein. Eine Ewigkeit.«

Er beugte sich vor und sagte leise zu dir, als wäre es eine Schande, die man verheimlichen müßte: »Warum schickst du sie nicht ins Heim zurück?«

»Das kann ich nicht«, sagtest du. »Ich habe einem Menschen ein Versprechen gegeben, der ... ich kann es nicht. Es ist ausgeschlossen. Sie zurückschicken? Niemals.«

Ich zuckte zusammen. Wem sonst als Mama Luigina hättest du ein solches Versprechen geben können? Es war eine Intuition, und ich schielte aus dem Augenwinkel, um zu sehen, ob ich richtig geraten hatte. Doch ob richtig oder nicht, du hast es dir nicht anmerken lassen.

»Ich muß an meine Kinder denken, an meine Familie«, hast du hinzugefügt, und ich glaubte, Maria zu hören.

Du hast unterschrieben. Der Maresciallo schob mir das Blatt hin.

»Bist du dir deiner Sache sicher?« fragte er mich. »Dein Vater läßt dich gehen, er verpflichtet sich, dich nicht suchen zu lassen, aber du verläßt die Familie, das Zuhause. Wenn du irgend etwas brauchst, kannst du nicht kommen und es von ihnen verlangen. Von nun an bist du allein auf der Welt. Ist dir das klar?«

Zum Zeichen der Zustimmung habe ich leicht genickt. Ich hatte einen Verband um den Oberkörper wegen der verletzten Rippen, reden kostete mich eine fürchterliche Anstrengung. Und außerdem, wozu reden? Der Maresciallo gab mir den Federhalter in die Hand. Ich unterschrieb ganz langsam, als wäre ich fünf Jahre alt und käme mit dem Alphabet noch nicht so gut zurecht. Ich war betäubt von den Schmerzmitteln, die Doktor Gandolfi mir gegeben hatte, und sah wegen der geplatzten Äderchen in den Augen alles wie durch einen Nebel.

Gleich danach hast du dem Maresciallo eilig die Hand gedrückt, bist aufgestanden und rausgegangen, ohne mich auch nur anzusehen.

Irgendwie bin ich auf die Beine gekommen. Der Maresciallo hat mich zur Tür begleitet. Es schien, als würden wir nie bis dort hinkommen. Ich hatte das Gefühl, bei jedem Schritt weißer zu werden. Am Kasernentor sagte der Maresciallo noch einmal: »Du hast keinen Schulabschluß, kein Geld, keine Arbeit. Du bist erst sechzehn Jahre alt, und die Welt ist schlecht. Du kannst es nicht schaffen. Wo willst du hin, was willst du tun?«

Ich machte ihm ein Zeichen, sich herabzubeugen, und flüsterte ihm ins Ohr: »Doch, ich werde es schaffen. *Possum, quia posse videor.* Ich schaffe es, weil ich daran glaube.« (Danke, lieber Professor Riboni, dachte ich, ich habe ihn meinen Erfordernissen angepaßt, aber er ist es trotzdem : *Äneis*, V. Gesang).

Und da der Maresciallo sich wieder aufrichtete und mich ansah, als sei ich von Sinnen, machte ich ihm nochmals Zeichen näherzukommen und setzte unter größter Anstrengung hinzu: »Das ist ein Satz von Vergil.«

»Ach so«, sagte er, zu Recht beruhigt, denn wenn der große Vergil den Satz geschrieben hatte, ein Dichter, der vielleicht schon sehr lange tot und begraben war, mir aber zu leben half, dann kam es auf die Bedeutung nicht an.

Ich verbrachte viele Tage und Nächte im Freien unter der großen Eiche. Ich segnete den körperlichen Schmerz, stechende Schmerzen, die mich hinderten zu begreifen, was ich wirklich tat, denn sie hemmten einen inneren Schmerz, der mir das Herz gebrochen hätte, wenn ich auf ihn hätte hören können.

Es regnete nicht. Über Mittag erwärmte eine blasse Sonne die Luft, doch schon am frühen Nachmittag verschlang der Nebel Land und Garten. Ich hatte wohl auch Fieber, denn von Zeit zu Zeit fiel ich in einen schweren, unnatürlich langen Schlaf.

Beim Aufwachen kam es vor, daß ich neben mir etwas zu essen fand, ein Stück Käse, ein Salamibrötchen, Obst. Das brachte mir jemand, den ich gut kannte, der aber anonym bleiben wollte. Mehr habe ich nicht herauszubekommen versucht: Er würde weiter dort leben, wenn ich fortgegangen war. Es wunderte mich nicht, daß man mich leichter dulden konnte in dem Wissen, daß es nur noch für kurze Zeit war.

Sobald ich wieder laufen konnte, ging ich ins Haus und holte meine Sachen: einen Rock und eine Bluse, Wäsche zum Wechseln, meine geliebten Bücher, das Spezialheft. Ein paar Sachen nur – der Koffer, der Mama Luigina gehört hatte, war halb leer. Von meinen Schätzen war das Tuch mit Glaucos Kostbarkeiten bei unserem letzten Zusammenstoß verlorengegangen, und die Spargroschen, die ich in der Betura-Bar als Jukebox-Sängerin geduldig zusammengesammelt hatte, waren fast alle für die Busfahrten nach Mailand draufgegangen. So blieben mir nur noch die zehntausend Lire von Signor De Sanctis.

Mit ungeheurer Anstrengung habe ich den Platz unter der Treppe gründlich saubergemacht, habe gefegt, das Bett gemacht und die Fliesen gewischt. Es war mein Dank dafür, daß ihr mich beherbergt hattet. Ich habe mich an das kleine Fenster gestellt und den Himmel betrachtet, nur gerade so lange, wie ich für die letzten Fotografien brauchte. Zum Glück hatten die Schläge, die ich über Jahre hin bekommen hatte, meinen Fotoapparat nicht beschädigt.

Als ich herunterkam, war niemand da. Ich habe gezögert und wußte nicht, was ich tun sollte. Konnte – sollte? – ich weggehen, ohne dich ein letztes Mal zu sehen, als hätte ich dich nie gekannt? Doch dann fiel mir ein, daß du dich ja bereits entschieden hattest. In der Kaserne warst du weggegangen, ohne mich zu grüßen. Das Papier, das wir unterschrieben hatten, war praktisch eine gegenseitige Todesurkunde. So wie ich dich kannte, würdest du dich um jeden Preis an die Vereinbarungen halten. Du würdest mir nie den Trost geben, daß du mein Fortgehen bedauertest, und für mich das Rätsel bleiben, das du mein Leben lang gewesen bist.

Doch kaum war ich im Hof, traf mich fast der Schlag: Ihr wart alle vollzählig versammelt, Lampo, Lampa, Luisa, die einen Teddybär am Ohr hielt, du und Maria mit dem endlich angekommenen Francesco in Windeln auf dem Arm – bildete ich es mir nur ein oder war sie dünner geworden? –, Doriana, Torelli und andere Leute aus der Nachbarschaft. Niemand sagte etwas.

Darauf war ich nicht gefaßt, und einen Moment lang fürchtete ich, die Kraft, die mich bis dahin aufrecht gehalten hatte, könnte mich plötzlich verlassen. Ja, ich fürchtete sogar, ich könnte den Koffer fallen lassen und mich in deine Arme flüchten und sagen, ich akzeptiere alle Bedingungen, wenn du mich nur bei dir behältst. Aber das hatte ich ja schon bei Signor De Sanctis versucht, und es hatte nichts genützt. Jetzt war es zu spät.

Vielleicht hätte ich es trotz allem geschafft, mit Würde aus dem Hof zu gehen, wenn du mir nicht entgegengekommen wärst. Ich brauchte einen Moment, um zu begreifen, was du sagtest. Als wärst du auf einem anderen Planeten und deine Worte erreichten mich, wie uns die Wahrnehmung der Sterne, erst Lichtjahre später.

Du sagtest, ohne mich auch nur mit meinem Namen anzureden: »Gibst du deinem Vater keinen Kuß, bevor du für immer fortgehst?«

Wären wir allein gewesen und hätten die Möglichkeit oder den Wunsch gehabt, uns unter vier Augen und nicht vor allen Leuten voneinander zu verabschieden, dann hättest du diese Bosheit nicht gesagt. Es ging nicht um Verzeihung, um gegenseitiges Verzeihen, um ein Hinweggehen über unsere beiderseitigen Vergehen im Namen eines *ruhigen Lebens* oder überhaupt irgendeines Lebens.

Nicht einmal Gott persönlich könnte mich jemals davon überzeugen, daß echte Vergebung ohne Gerechtigkeit möglich ist. Deshalb habe ich gewartet, bis du nah genug warst, aber nicht so nahe, daß du mich noch hättest packen können. Ich habe alle Spucke im Mund gesammelt und dir mitten ins Gesicht gespuckt.

Das große Tor stand nur halb offen. Seltsam, daß ausgerechnet an diesem Morgen vergessen worden war, es ganz zu öffnen. Kaum war ich auf der Straße, trat ich mit äußerster Kraft dagegen. Es hallte dumpf, wie beim Niederlegen eines Grabsteins.

Die Schnauze des Busses schob sich, von der Incoronata kommend, in die Via Garibaldi hinein. Als ich auf dem Sitz Platz nahm, hörte ich ein weiteres dumpfes Geräusch. Die Gepäckluke.

Es ist vorbei, dachte ich.

Ich hatte euch in der Vergangenheit begraben. Ich hatte die Falltür heruntergelassen. Du und die Lebenden, unter denen ich gelitten hatte, ihr würdet nie mehr herauskommen. Nur meine Toten würden mit mir kommen. Es war vorbei.

Ich schaute mich um und murmelte, immer fröhlicher, immer erleichterter: Leb wohl, Via Garibaldi, leb wohl, Rathaus, leb wohl, Gefallenenehrenmal, Betura-Bar, Incoronata. Leb wohl, Nebel, Omero, Glauco, Giovanna, Vera Sironi, leb wohl, Schmiede, Eiche, Qualmwolken, Veilchenbeete. Leb wohl, Magdalenenschlucht, Bett unter der Treppe, Schnee, Graffiatos Kuhle. Lebt wohl, meine Schätze. Genug. Genug.

Mit einem heftigen Ruck fuhr der Bus an. Doch sein Schatten löste sich vom Rathaus und fuhr mit.

Cristina Michelotti

Die Teestunde

Roman. Aus dem Italienischen von Claudia Denzler. 144 Seiten. SP 2838

Es war eine Liebe auf den ersten Schrei: Großmutter und Enkelin trennte nur die dicke Glasscheibe in der Säuglingsstation. Großmutter klopfte an die Scheibe, und die kleine Antonella antwortete mit Gebrüll. Das Gespräch war eröffnet. Seit ihrer Kindheit besucht Antonella regelmäßig ihre heißgeliebte Großmutter Rosetta, und die Teestunde, die die beiden jedesmal zelebrieren, ist zum festen Bestandteil in ihrem Leben geworden. In Großmutters kleiner Wohnung – Antonella auf ihrem Lieblingssofa und die Nonna auf dem Sessel – entfaltet sich vor dem Leser die ganz alltägliche und liebevolle Beziehung zwischen zwei Generationen, die doch so viel trennt. Gefühlvoll und mit großem Charme schildert Cristina Michelotti die Beziehung dieser beiden so verschiedenen Frauen, die aber durch Liebe und Respekt innig verbunden sind.

Chiara Zocchi

Olga

Roman. Aus dem Italienischen von Anja Nattefort. 159 Seiten. SP 2730

In Italien war sie eine kleine Sensation und wurde mit dem kleinen Prinzen von Saint-Exupéry verglichen: Olga, die frische, charmante, kindlich unschuldige und entwaffnend direkte Zehnjährige, Schöpfung einer Autorin, die selbst gerade erst die Schule beendet hat. Olga wohnt in einer ziemlich trostlosen Vorstadtsiedlung, ihr Vater sitzt im Knast, ihr Bruder hängt an der Spritze, und die Mama sucht Trost bei einem gewissen Herrn mit Schnurrbart. Aber Olga findet sich mit dem verzweifelten Optimismus, den eben nur Kinder haben können, zurecht. Zum Glück gibt es Ugo, den dicken Postboten, mit dem sie Fragen des Alltags klären kann, und Franco, ihren Herzensfreund, fürs philosophische Ganze der Welt. Mit ihm verbringt sie die Nachmittage in einer Nische unter der Treppe. Ein erstaunliches, berührendes Debüt – und ein Mädchen, das im Gedächtnis bleibt.

SERIE PIPER

Monika Helfer

Oskar und Lilli

Roman. 283 Seiten. SP 2165

Die ebenso heitere wie schmerzliche Geschichte zweier Kinder, die ihren Platz in der Welt suchen.

»So etwas Unsentimentales über das Zusammenleben der unterschiedlichen Generationen habe ich schon lange nicht mehr gelesen.«
Süddeutsche Zeitung

Die wilden Kinder

Roman. 155 Seiten. SP 659

»Monika Helfers Buch ist klug, witzig, klarsichtig und von der ersten bis zur letzten Zeile ein Lesevergnügen«, begeisterte sich die »Neue Zürcher Zeitung« über die Geschichten von Bella und Angela. In einer chaotischen Welt der Erwachsenen versuchen sie mit Frechheit, Phantasie und viel Mut ihre Träume vom großen Glück (Angela) und von der kleinen, aber sicheren Ordnung (Bella) zu realisieren.

Ich lieb Dich überhaupt nicht mehr

Roman. 263 Seiten. SP 1343

Der Neffe

Erzählung. 125 Seiten. SP 1829

Was wie eine leichte Sommergeschichte beginnt, entwickelt sich zunehmend zu einer Horrorstory, ebenso amüsant wie verstörend, ebenso schön erfunden wie wahr.

Wenn der Bräutigam kommt

Roman. 125 Seiten. SP 2961

»Wenn der Bräutigam kommt« ist eine unsentimentale und doch zutiefst poetische Parabel auf die Wechselfälle der Liebe. Mit einem scharfen Ohr für die leisen Zwischentöne des Lebens beschreibt Monika Helfer drei Generationen von Frauen, die mit Witz und einer gehörigen Portion Eigensinn versuchen, ihr Schicksal selbst in die Hand zu nehmen.

SERIE PIPER

Marcel Pagnol

Marcel

Eine Kindheit in der Provence. Aus dem Französischen von Pamela Wedekind. 276 Seiten. SP 2426

Marseille um die Jahrhundertwende: Eine fünfköpfige Familie bricht auf zu Ferien in der Provence – und hier beginnt für den elfjährigen Marcel ein Sommer voller Schönheit und Abenteuer in den Wiesen und Hügeln der Estaque inmitten von Zikaden und dem Lavendel- und Rosmarinduft der Hochebene. Sein bester Freund, der Bauernjunge Lili, führt ihn zu den geheimen Höhlen und verborgenen Quellen und zeigt ihm die beste Methode, geflügelte Ameisen zu fangen. Der leichte und poetische Ton besticht durch den zärtlichen Blick, in dem Arglosigkeit und Ironie verschmelzen und der kindliche Kosmos wiederaufersteht.

Marcel und Isabelle

Die Zeit der Geheimnisse. Eine Kindheit in der Provence. Aus dem Französischen von Pamela Wedekind. 195 Seiten. SP 2427

Die paradiesische Ferienidylle des elfjährigen Stadtjungen Marcel, der den Sommer mit seiner Familie in der Provence verbringt, erfährt einen jähen Einbruch in Form eines blonden, verzogenen Geschöpfs, das sich vor Schlangen fürchtet: Die tyrannische Isabelle tritt in Marcels Leben und macht ihn zu ihrem Knappen. Nun eröffnet sich das ganze Spektrum kindlicher Liebe, die in ihrer Absolutheit und Grausamkeit Marcel in heillose Verwirrung stürzt, ihn aber zugleich auch die großen Dinge des Lebens erahnen läßt. Behutsam nähert sich Marcel Pagnol seiner eigenen Kindheit und bewahrt dadurch Distanz, aber auch Zärtlichkeit und Ironie.

Die Wasser der Hügel

Roman. Aus dem Französischen von Pamela Wedekind. 423 Seiten. SP 2428

Die Eiserne Maske

Der Sonnenkönig und das Geheimnis des großen Unbekannten. Aus dem Französischen von Pamela Wedekind. Vorwort von Kasimir Edschmid. 272 Seiten. SP 2775